Lotte Römer

Limoncello und die wahre Liebe

Montlake

Das Buch

Elli ist urlaubsreif. Allein ihre Tochter großzuziehen und gleichzeitig eine Werbeagentur zu leiten – das ist eine wahre Herausforderung! Gut, dass es Antonellas gemütliches Hotel gibt, wo Elli sich sofort wohlfühlt.

Bei einer Bergwanderung kommt es zu einem Unfall, und wäre da nicht Sandro, der sie aus ihrer misslichen Lage rettet, hätte es böse ausgehen können. Sie fühlt sich sofort zu diesem besonderen Mann hingezogen – obwohl Sandro eigentlich zu alt für sie ist und Elli ohnehin nicht mehr an die große Liebe glaubt.

Lässt Elli sich auf Sandro ein? Vertraut sie auf ihr Gefühl oder siegt am Ende der Verstand? Als dann noch ihr Ex-Mann und Vater ihrer Tochter ins herbstliche Limone kommt, ist das Chaos perfekt.

Die Autorin

Lotte Römer, Baujahr 1979, lebt mit zwei Kindern und einem Auto namens »Wanderdüne« im südlichen Bayern. Hier versucht sie, Familie und Schreiben unter einen Hut zu bringen und dem täglichen Chaos Paroli zu bieten. Und manchmal klappt das sogar. Dann entstehen Bücher und Geschichten.

Lotte Römer

Limoncello *und die wahre* Liebe

Roman

Montlake

Deutsche Erstveröffentlichung bei
Montlake, Amazon Media EU S.à r.l.
38, avenue John F. Kennedy, L-1855 Luxembourg
Februar 2021

Umschlaggestaltung: bürosüd° München, www.buerosued.de
Umschlagmotiv: © Olesia Bilkei / Shutterstock; © DeiMosz / Shutterstock;
© xbrchx / Shutterstock; © Civil / Shutterstock; © severjn / Shutterstock;
© Anna Bogush / Shutterstock; © frantic00 / Shutterstock
Lektorat und Korrektorat: VLG Verlag & Agentur, Haar bei München,
www.vlg.de
Gedruckt durch:
Amazon Distribution GmbH, Amazonstraße 1, 04347 Leipzig /
Canon Deutschland Business Services GmbH, Ferdinand-Jühlke-Straße 7,
99095 Erfurt /
CPI books GmbH, Birkstraße 10, 25917 Leck

ISBN 978-2-49670-438-9

www.montlake.de

Prolog – Antonella

Der herrliche, unwiderstehliche Duft frisch gepflückter Zitronen umgab Antonella. Zufrieden betrachtete sie die Früchte, ritzte mit dem Fingernagel die Schale ein und hielt ihre Nase an die Stelle. In diesem Jahr war die Ernte besonders gut – und vor allem so früh im Jahr. Es war gerade mal Mitte September, und sie hatte das Gefühl, schon die Hälfte des gewohnten Ertrags abgeerntet zu haben. Normalerweise war es erst Anfang bis Mitte Oktober so weit. Aber in diesem Jahr hatte sie bereits so viel Limoncello gemacht, dass sie ihre Gäste das ganze nächste Jahr über damit bewirten konnte.

Das schätzten die Urlauber an Antonellas Hotel: dass es im *Casa Felicità* immer das gewisse Extra gab, in diesem Fall hausgemachten Limoncello.

Antonella begutachtete die Kiste Zitronen. Das würde noch mal zehn Flaschen ergeben, mindestens. Zum Glück hatte ihr Lebensmittelhändler schon zwei Kartons Wodka geliefert. Sie würde gleich anfangen, die Zitronen zu schälen, um die dünn abgetragene gelbe Schale dann in einem großen Eimer mit Wodka anzusetzen. Der Alkohol würde in den folgenden Tagen dafür sorgen, dass sich die ätherischen Öle aus der Schale lösten. Dann musste nur noch der Zuckersirup zugegeben werden,

den Antonella aus braunem Zucker anfertigte, und schon hätte sie den perfekten Limoncello hergestellt. Der braune Zucker war sozusagen ihre Geheimzutat. Er verlieh dem Likör eine goldene Farbe und machte ihn zu etwas ganz Besonderem, jedenfalls behauptete Sandro das immer. Der mochte nämlich keinen Limoncello – mal abgesehen von Antonellas Kreation, die er durchaus schätzte.

Oh, Sandro! Den durfte sie nicht vergessen. Am besten rief sie ihren Nachbarn gleich an. Sie legte den Schäler, mit dem sie bereits die ersten beiden Früchte geschält hatte, auf die Arbeitsplatte und roch an ihren Händen. Mmmh! Köstlich!

Dann ging sie zum Telefon. Auf dem Weg wischte sie sich die Finger an ihrer Schürze sauber.

»Pronto?« Die dunkle Stimme ihres Nachbarn war unverkennbar. Ein leicht heiserer Klang, tief und vollmundig.

»Ciao, Sandro! Ich bin's, Antonella.« Sie hatten sich eine ganze Weile nicht mehr gehört, Höflichkeiten wurden ausgetauscht, es wurde ein wenig geplaudert. Antonella stellte wieder einmal fest, dass ihr Alltag zu voll war. Wie gern hätte sie häufiger Zeit gehabt, mit ihrem humorvollen Nachbarn einen Cappuccino zu trinken. Aber meistens ließ es ihr Hotel nicht zu – in ihrem Leben war wenig Platz für Freizeit. Antonellas Aufmerksamkeit galt meist den Gästen.

»Aber warum rufst du an? Ist etwas passiert?«, unterbrach Sandro ihren Gedanken, und Antonellas Blick fiel auf den Eimer, dessen Boden bereits mit Zitronenschalen bedeckt war.

»Ja, es ist etwas sehr Wichtiges passiert!« Antonella lachte. »Die Zitronen sind reif.«

»Madonna! Ehrlich?« Sandro wusste sofort, worauf sie anspielte.

In diesem Augenblick kam Barbarossa durch die Terrassentür ins Haus. Der rot getigerte Kater zeigte den Stolz und die gewisse Arroganz, die ein Kater seines Formats natürlicherweise an sich hatte. Sein Schwanz reckte sich weit nach oben, als er erhobenen Hauptes die Küche betrat. Selbstverständlich wusste er, dass er hier eigentlich nichts verloren hatte. Antonella hatte ihn unzählige Male rausgeworfen. Sie traute dem Kater zu, dass er genau den Moment abgepasst hatte, in dem sie ans Telefon gegangen war, weil sie dann keine Chance gegen ihn hatte.

Das Schlimmste aber war, dass der Kater Beute mitbrachte. Ein rötlich-braunes Federbüschel hing ihm aus dem Maul. Deswegen war er also gar so stolz!

Antonella hielt ihre Hand über die Sprechmuschel des altmodischen Festnetztelefons, das an der Küchenwand hing. »Barbarossa!«, zischte sie in die Richtung ihres Katers. Die Tatsache, dass sie ausgerechnet Sandro am Telefon hatte, machte den Anblick ihres Tigers mit einem Vogel im Maul und stolzgeschwellter Jägerbrust irgendwie noch schlimmer. Schlagartig bekam sie ein schlechtes Gewissen.

»Ich könnte dir später ein Fläschchen Limoncello rüberbringen«, sprach sie in den Apparat. Sie warf einen weiteren Blick auf ihren Kater, der einfach an ihr vorbei hinaus in den Speisesaal stolzierte, und ihr schlechtes Gewissen verstärkte sich noch. »Oder drei. Wie wäre das? Du machst uns einen Cappuccino, und wir plaudern ein wenig.« Sie würde sich die Zeit für ihren Freund heute einfach nehmen, beschloss sie in diesem Augenblick.

»Klingt fantastisch. Was bin ich dir für den Limoncello schuldig?«

»Deinen wunderbaren Cappuccino.«

Sandro lachte. »Na gut.«

Jeden Herbst wiederholte sich der Wortwechsel zwischen den Nachbarn fast exakt, und auch Antonella fiel in sein Lachen ein. Sandro war ein guter, freundlicher Nachbar. Auch wenn die Gäste mal lauter waren oder Kinder im Pool besonders freudig kreischten: Er war nie wütend oder ungehalten. Er zeigte stets

Verständnis. Das einzige Mal, dass sie Sandro außer sich erlebt hatte, war, als die gehässige Signora Mussolini das Gerücht verbreitet hatte, bei Antonella gebe es Turteltauben zum Dinner. Selbstverständlich war das nichts weiter als dummer, gegenstandsloser Klatsch gewesen. Die Mussolini war in der ganzen Straße als Krawalltreiberin bekannt. *Da ist der Name Programm*, sagte man in der Nachbarschaft und zwinkerte sich vielsagend zu.

Zum Glück konnten Sandro und sie die Unstimmigkeiten klären und so ihre gute Nachbarschaft erhalten. Dafür würde Antonella ihm ewig dankbar sein und brachte ihm mal eine Portion Tiramisu mit, mal eine Flasche Limoncello, um die gute Nachbarschaft zu pflegen. Wie sagte man? Kleine Geschenke erhalten die Freundschaft, oder? Daran hielt sich Antonella.

»Ich freu mich!«, sagte Sandro jetzt. »Mir läuft schon das Wasser im Munde zusammen, wenn ich nur an den Limoncello denke!«

Antonella lachte erneut. »Ich weiß. Wie wäre es gegen vierzehn Uhr? Da könnte ich mich hier losmachen.«

»Prima. Nach Brescia fahre ich eh erst morgen wieder. Aber ich kann dir da eine Geschichte erzählen, du wirst es kaum glauben.«

»Jetzt bin ich aber neugierig.« Während sie sprach, versuchte sie, einen Blick in den Speisesaal zu erhaschen, aber Barbarossa war schon aus dem einsehbaren Bereich verschwunden. Mist! Sie musste ihren Kater finden, bevor er mit dem Vogel im Maul irgendwelchen Gästen begegnete. Zum Glück war jetzt, am späten Vormittag, der Speisesaal gähnend leer. Zeit, das Telefonat zu beenden. »Dann sehen wir uns später!«

»Sehr schön. Bis nachher.«

Antonella legte auf, kaum dass Sandro sein letztes Wort gesprochen hatte, und hastete aus der Küche.

»Barbarossa?« Erstaunlich, wie schnell ihr alter Kater verschwinden konnte, wenn er wollte. Überhaupt: dass er noch in der Lage war, in seinem fortgeschrittenen Alter ein Rotkehlchen zu erlegen – denn Antonella war sich ziemlich sicher, ein Rotkehlchen erkannt zu haben –, war beeindruckend. Sie lief durch den Speisesaal, erneut seinen Namen rufend. »Barbarossa?« Vermutlich reagierte er wegen ihres vorwurfsvollen Tones nicht. »Süßer?« Sie versuchte, ihn sanft zu locken, aber ohne Erfolg.

Antonella trat auf die Terrasse und ging am Pool vorbei. Sie hatte gerade keinen Blick übrig für die traumhafte Aussicht auf den Gardasee, die bunten Segel und das kräftige Blau des Wassers. Barbarossa war nämlich schon am Zaun. Er würde jede Sekunde mit seiner Beute in den nachbarlichen Garten entschwinden, wenn es ihr nicht gelang, ihn aufzuhalten.

»Barbarossa? Möchtest du ein Stück Parmesan?« Sie hörte selbst, dass sie etwas aufgeregt klang. Trotzdem: der Kater blieb stehen und schaute sich um. Noch immer trug er den Vogel im Maul, wie unschwer zu erkennen war. »Parmesan?«, gurrte Antonella erneut. Barbarossa hatte eine Schwäche für den würzigen Hartkäse, und ab und zu bekam er ein winziges Stückchen davon ab. Er kannte das Wort, normalerweise reichte die einmalige Erwähnung aus, um ihn aus den Tiefen des Gartens herbeizulocken. Heute allerdings schien der erbeutete Vogel einen stärkeren Reiz auf ihn auszuüben. Fast schon gelangweilt wandte der Kater sich ab und schlüpfte durch ein Loch im Boden hinüber in Sandros Garten.

Antonella schnappte aufgeregt nach Luft.

»Vier«, sagte sie laut und entschlossen. Antonella würde Sandro vier Flaschen Limoncello mitbringen.

1. Rotkehlchen

Elli und Mary saßen im Auto und hatten die Seitenfenster des kleinen VW Beetle, mit dem sie seit Stunden unterwegs waren, ganz nach unten gelassen. Der Fahrtwind kühlte angenehm das Innere des Fahrzeugs – besser als jede Klimaanlage, fand Mary –, und Amrei war endlich, endlich eingeschlafen, nachdem sie die letzte halbe Stunde immer wieder vor Müdigkeit zu weinen begonnen hatte. Elli warf über den Rückspiegel einen kontrollierenden Blick nach hinten auf ihre kleine Tochter. Sie sah so friedlich aus, die ebenmäßigen Gesichtszüge ganz entspannt. Wie immer, wenn Elli das Gesicht ihres Kindes betrachtete, wurde sie von tiefer Liebe erfüllt, einer Liebe, die sie sich, bevor sie Amrei zur Welt gebracht hatte, überhaupt nicht hatte vorstellen können. Sie liebte das kleine Zauberwesen so sehr, dass sie nach wie vor überwältigt von ihren eigenen Emotionen war. Vermutlich war das ein Zustand, an den sie sich einfach gewöhnen musste. Sie hätte zu gern gewusst, ob es Vätern genauso erging oder ob …

»Elli? Schläft Amrei noch?«, fragte Mary. Ihr Deutsch war mittlerweile, seit sie fast ein Jahr bei Elli war, so gut wie perfekt. Aber das R rollte das britische Au-pair-Mädchen noch immer, wenn sie nicht darauf achtete oder müde war, so wie jetzt. Mary hatte während der langen Fahrt teilweise im Fond des Wagens gesessen und immer wieder für die Unterhaltung der kleinen Amrei gesorgt, indem sie Fingerspiele mit ihr gespielt und gesungen hatte. Elli wollte sich gar nicht vorstellen, wie es sein würde, wenn Mary nach England zurückkehrte, was demnächst anstand. Sie war eine tolle junge Frau, die sich hingebungsvoll um Amrei kümmerte, wenn Elli bei der Arbeit war. Eine ihr ebenbürtige Nachfolgerin zu finden, würde sicher schwierig werden. Mary war patent, kinderlieb und klug, eine bessere Kinderbetreuung konnte man sich nicht wünschen.

»Ja, sie schläft zum Glück.« Elli konzentrierte sich wieder auf die Straße. Gerade hatten sie das Ortsschild von Nago passiert, gleich würden sie den herrlichen Blick über den Gardasee genießen können und die weite Anreise von München nach Limone war bald geschafft.

»Wow!«, rief Mary auf dem Beifahrersitz nur, als das atemberaubende Panorama vor ihnen erschien. Sie war noch nie in Italien gewesen – auch ein Grund, warum Elli sie unbedingt mit an den Lago di Garda hatte mitnehmen wollen, als Dankeschön für ihre wertvolle Arbeit.

»Es ist einfach wunderschön.« Mary strahlte.

Elli betrachtete die Landschaft durch die Augen der jungen Frau, der sich das herrliche Szenario zum ersten Mal bot. Das Blau des Sees, die schroffen Felsen, die steil ins Wasser abfielen, auf der rechten Seite, links die Bergkette mit dem Monte Baldo. Dazwischen der Blick auf die Orte Riva und Arco mit seiner Burg. Die Zypressen, Olivenbäume, Oleanderbüsche und all die anderen Pflanzen vermittelten die mediterrane Atmosphäre der Region perfekt, dazu die duftenden Früchte, die gerade, zu Beginn der Erntezeit, die Äste der Bäume beschwerten.

Elli freute sich, dass Mary der Anblick der Landschaft so begeisterte. Vor einem Jahr, als sie selbst zum ersten Mal über die Kuppe gefahren war und sich ihr dieser Blick eröffnet hatte, war es ihr ähnlich gegangen, erinnerte sie sich. Natürlich war sie zuvor schon in Italien gewesen, aber die Region rund um den Gardasee hatte eine besondere Magie auf sie ausgeübt. Elli kam es vor, als hätte die damalige Reise in einem anderen Leben stattgefunden. Gewissermaßen hatte sie das ja auch, nicht wahr? Damals war sie noch mit Dirk hergekommen, schwanger mit Amrei, und die Reise hatte ihr ganzes Leben verändert. Sie schluckte. Erneut warf sie einen Blick nach hinten in das unschuldige Gesicht ihrer Tochter. Dann straffte sie ihre Körperhaltung und betrachtete wieder das Panorama.

Amrei brauchte keinen Vater und sie keinen Mann! Trotzig reckte Elli ihr Kinn ein wenig höher. Sie hatte ihre Tochter, dazu noch Kim, die eine tolle Patentante war, auch wenn sie jetzt in Italien lebte. Außerdem gab es zu Hause in München auch noch Clement und Ernesto, die sie bei ihrem letzten Aufenthalt hier am Gardasee kennengelernt hatte, ein wunderbar liebenswertes Ehepaar, das in München eine Kunstgalerie betrieb. Die beiden Männer hatten sich selbst zu Ehrenonkeln ernannt und statteten ihr alle ein, zwei Wochen einen spontanen Besuch ab, um nach Amrei zu sehen. Und wenn Elli mit dem Kinderwagen durch die Innenstadt spazierte, schaute sie im Gegenzug oft bei den beiden in der Galerie vorbei. Sowohl dort als auch in ihrer gemütlichen kleinen Wohnung war immer Zeit für einen Kaffee und ein paar Kekse. Hier war sie, die sich vor der Trennung von Dirk ganz ihrem Heim und Dirk gewidmet hatte, immer willkommen.

Jetzt steuerte Elli ihr Auto die Serpentinen hinunter in Richtung See. Mary war auf dem Beifahrersitz damit beschäftigt, aus dem Fenster zu starren, sehr zu Ellis Freude – und auch Erleichterung. Denn langsam beschlichen die junge Mutter doch Zweifel: Würde es sie nicht traurig machen, hierher zurückzukommen? An den Ort, wo sich ihr Leben so nachhaltig verändert hatte? Aber andererseits: Sie wollte Zeit mit Kim verbringen, und die lebte nun einmal in Sirmione. Außerdem wollte sie den Sommer verlängern und Mary eine gute Zeit bereiten. Das hatte das Au-pair einfach verdient!

Dazu kam noch, dass Antonellas Kochkünste perfekt waren, um sich mal so richtig verwöhnen zu lassen. Und nicht alle Veränderungen waren schlecht gewesen – im Gegenteil!

Im Alltag dachte sie nicht mehr an Dirk – auch dann nicht, wenn er sie mit Nachrichten bombardierte. Ein Klick, gelöscht. So einfach war das. Elli ließ die wichtigen Dinge durch Anwälte regeln. Denn die Wahrheit war, dass sie mit Dirk nicht umgehen wollte. Die Beziehung war zu schmerzhaft auseinandergegangen. Wie konnte ein Mann so herzlos sein und seine schwangere Frau betrügen? Abgesehen davon hatte er sie schließlich schon betrogen, als sie noch gar nicht schwanger geworden war – er hatte mit Elli eine Familie geplant und gleichzeitig seine freien Stunden im Bett einer anderen Frau verbracht, noch dazu im Bett einer Frau, die sich eine Beziehung fürs Leben mit ihm wünschte und die er, genau wie Elli, an der Nase herumgeführt hatte.

Bevor die negativen Gedanken die Überhand gewannen, versuchte Elli sich auf etwas anderes zu konzentrieren.

Sie holte tief Luft. Es duftete herrlich!

»Riechst du das?«, fragte sie in Marys Richtung.

»Was ist das für ein Duft?« Mary hatte ihre Augen jetzt geschlossen und nahm ebenfalls einen tiefen Atemzug.

»Das ist der Geruch der Pinienbäume. Sie duften einzigartig, nicht wahr? Für mich sind sie der Inbegriff von Urlaub. Sobald ich sie rieche, bin ich weit weg von zu Hause.«

Elli fuhr durch Riva del Garda, während Mary den Kopf zum Fenster hinausstreckte. Riva war ein luxuriöser Ort, eine Boutique reihte sich an die andere, ein großes Plakat wies auf einen Bike-Contest hin. Ein gepflegter Stadtpark, zahlreiche Zypressen und eine kleine Bimmelbahn, die die Touristen durch den Ort kutschierte, prägten das Stadtbild der reichen Gemeinde. Immer wieder konnte man Blicke auf den See werfen, auf dem sich Optimisten, wie die kleinen Segelboote hießen, tummelten. Überall waren Urlauber unterwegs, bummelten durch die Straßen, saßen in kleinen Cafés und genossen das selbst gemachte Eis der Gelaterias, die vielerorts um Kundschaft warben.

Hier in Riva genossen sowohl Sportler als auch Leute, die vor allem entspannen und sich erholen wollten, die Urlaubsatmosphäre am See.

»Bald sind wir da.« Elli hatte den Ortsausgang erreicht und bog auf die Küstenstraße ab, die direkt in den Felsen geschlagen worden war. Sie führte durch einige Tunnel, doch man konnte auch von ihr aus immer wieder atemberaubende Blicke auf den See und die herrliche Berglandschaft ringsum erhaschen.

Bei all der Abwechslung kamen sie im Nu in den kleinen Ort Limone.

Als Elli das Hinweisschild in Richtung *Casa Felicità*, Antonellas kleinem Hotel, entdeckte und abbog, machte ihre Anspannung endgültig der Vorfreude Platz. Es war viel gewesen in den letzten Wochen: die Arbeit in der Agentur, in der nach Dirks Rauswurf alles umstrukturiert worden war, das Baby, dem das Zahnen zu allem Überfluss besonders nachts Schmerzen bereitete, und die Tatsache, dass jede Entscheidung, die sie sowohl beruflich als auch privat zu treffen hatte, plötzlich einzig und allein auf ihren Schultern lag. Manchmal fühlte sie sich von der Verantwortung wie niedergedrückt und fiel abends ins Bett, als hätte man ihr einfach den Boden unter den Füßen weggezogen. Vermutlich hätte sie dann geschlafen wie ein Stein, wenn … ja, wenn Amrei und ihre Zähne nicht gewesen wären. Kein Wunder, dass Elli sich so urlaubsreif fühlte.

Endlich knirschte der Kies der Hofeinfahrt unter den Reifen des Beetle.

»Es ist traumhaft hier!«, rief Mary aus. Das Auto stand noch nicht ganz, als sie schon die Beifahrertür geöffnet hatte und aus dem Wagen gesprungen war. Sie lief schnurstracks auf einen Zitronenbaum zu, der schwer an seinen Früchten trug, und hielt ihre Nase an eine der kräftig gelben Früchte. »Ich hab noch nie welche am Baum gesehen. Wahnsinn.« Sie schaute in Ellis Richtung. »Meinst du, ich darf eine pflücken?«

»Aber klar!«, dröhnte eine fremde Stimme.

Ohne dass Elli oder Mary sie bemerkt hätten, stand Antonella in der Haustür und lachte. »Wenn du noch nie eine Zitrone gepflückt hast, ist das sogar verpflichtend!« Sie trat näher. »Hallo, Elli, wie schön!«

Bevor Elli etwas sagen konnte, hatte Antonella sie schon fest in die Arme geschlossen. »Wo ist die Kleine? Ich warte jetzt schon ein geschlagenes Jahr darauf, deine Figlia kennenzulernen.«

Elli lächelte nur, als Antonella die letzten Schritte auf das Auto zustürmte und die Tür zum Fond aufriss. Das Temperament der Italienerin ging sichtlich mit ihr durch. Doch als sie Amrei sah, hielt sie mitten in der Bewegung inne.

»O mein Gott, wie schön sie ist!« Die gerade noch laute Antonella war mit einem Mal ganz still geworden – man hörte ihre fast geflüsterten Worte kaum. Ihre Miene verriet ihre Ergriffenheit, ihr Lächeln hellte ihre Züge auf, vertiefte ihre Falten und drang bis in den letzten Winkel ihres Gesichts vor. Mit langsamen Bewegungen trat sie ein Stück vom Wagen zurück, offensichtlich wollte sie den Schlaf des Kindes nicht stören. Sie kam auf Elli zu. »Ich finde, sie sieht genau aus wie du.«

»Das arme Kind!« Elli lachte leise.

»Elli!« Antonellas Entrüstung war nicht gespielt. Dann schloss sie Elli erneut in die Arme, als wäre sie eine alte Freundin. Man konnte einen Gast nicht liebevoller willkommen heißen, als Antonella das tat. Ihre Umarmung war kräftig und ehrlich.

Die beiden Frauen waren sich schon im Vorjahr so sympathisch gewesen, dass sie sich spontan geduzt hatten.

»Das war doch ein Scherz! Darf ich dir Mary vorstellen? Sie ist mein Au-pair und begleitet uns.«

Mary und Antonella schüttelten einander die Hand und begrüßten sich. »Freut mich sehr! Ihr habt das Zimmer mit dem großen Panoramafenster. Ich bin sicher, ihr werdet euch sehr wohlfühlen«, versprach Antonella den beiden Frauen. »Wollt ihr als Erstes die Kleine reinbringen? Oder das Gepäck? Ihr müsst entschuldigen, ich habe keine Kinder – bis auf Barbarossa, und bei dem ist mir, fürchte ich, die Erziehung gewaltig misslungen. Ich hoffe, Amrei wacht nicht auf, wenn ihr sie reinbringt. Oder soll ich einen Schirm holen, damit sie noch besser im Schatten liegt?« Antonellas Bemühungen waren so herzergreifend wie ihr gewaltiger Wortschwall, sodass man gar nicht anders konnte, als sich sofort wie zu Hause zu fühlen.

Elli schmunzelte. »Ich habe keine Ahnung, was sie eher weckt. Vermutlich etwas ganz anderes, mit dem wir alle nicht rechnen. Sie verändert sich so schnell im Moment, dass ich manchmal, obwohl ich so viel Zeit mit ihr verbringe, selbst nicht genau weiß, was das Beste ist.«

»Na, dann …« Antonella wollte weitersprechen, aber eine kräftige Stimme unterbrach sie.

»Signora Antonella?« Ein Schwall italienischer Worte ergoss sich lautstark in den Innenhof, woraufhin Antonellas Gesicht einen betroffenen Ausdruck annahm und sie auf ihre Uhr schaute.

Am Tor stand ein Mann in einer langen Leinenhose, mit einem lockeren T-Shirt und einem Käppi, das sein Gesicht beschattete. Plötzlich verfiel die Hotelbesitzerin in hektische Bewegungen, während Elli in die Richtung schaute, aus der die Stimme gekommen war.

»Madonna, es tut mir so leid! Ich komme! Ich bin gleich da!«, antwortete Antonella dem Mann. Dann wandte sie sich an Elli und Mary. »Ich fürchte, ich habe ein Treffen mit meinem Nachbarn vergessen – beziehungsweise die Zeit übersehen. Wie peinlich! Können wir später weitersprechen? Ich muss wirklich dringend und …« Sie schaute wieder zu dem Mann, der jetzt leicht breitbeinig mit verschränkten Armen dastand und wartete.

Wer war das? Ein Mafioso? Elli versuchte seine Gesichtszüge auszumachen, aber er stand genau im Gegenlicht. Bis auf ein markantes Kinn und die dominante Körperhaltung konnte sie nichts erkennen. Er rief noch einen Satz auf Italienisch herüber. Elli liebte den Klang der Sprache. Leider verstand sie jedoch kein Wort von dem, was der Nachbar sagte, bevor er seine Arme löste und leichten Schrittes aus ihrem Blickfeld verschwand.

»Vier Flaschen«, murmelte Antonella – und schon wieder verstand Elli, obwohl Antonella Deutsch gesprochen hatte, kein Wort.

Antonella lächelte Elli freundlich an. »Ich schick euch Valentina raus, die kann euch mit dem Gepäck helfen, ja?«

»Oh, das schaffen wir schon. Oder, Mary? Es reicht, wenn sie uns den Schlüssel für das Zimmer gibt. Vielleicht haben wir ja Glück und Amrei schläft noch, bis wir ausgepackt haben.«

Mary nickte. »Na klar. Und sonst gehen wir mit Amrei in den Pool und lassen erst mal alles stehen und liegen. Das kühle Wasser wird ihr guttun.«

Wie immer wusste das Au-pair-Mädchen so unkompliziert mit der Situation umzugehen, dass Elli einmal mehr das Gefühl hatte, noch etwas lernen zu können. War das die Jugend, die Mary so unbeschwert und einfach sein ließ, oder war es Ellis Charakter, der manchmal das Leben unnötig schwer machte?

Auch was das Zimmer anging, hatte Mary ganz unkompliziert für ein Doppelzimmer mit Babybett plädiert – und

Elli hatte gern zugestimmt. Die beiden Frauen waren mehr Freundinnen geworden als Arbeitgeberin und Arbeitnehmerin.

Antonella lachte. »Ich sehe schon, ihr kommt wunderbar zurecht.« Sie winkte, dann war sie auch schon in Richtung Haustür unterwegs. Auf der Bank neben dem Eingang lag der riesige rot getigerte Kater, der Elli schon bei ihrem letzten Aufenthalt aufgefallen war, und streckte sich so lang, dass er fast die ganze Sitzfläche einnahm. Die Katze wird Amrei sicher gefallen, dachte sie bei sich. Dann ging sie zum Kofferraum und öffnete die Klappe. Es waren eh nur zwei Koffer hineinzutragen und die Babyschale, aus der Amrei langsam rauswuchs.

Elli atmete erneut tief ein. Pinien, Zitronen, Blumen, deren Namen sie nicht kannte. Ein Rotkehlchen landete auf dem Dach des Beetle, erblickte Elli mit dem für einen kleinen Singvogel gebotenen Entsetzen und flatterte schleunigst in Richtung der Steinmauer davon, die die Hofeinfahrt umrahmte. Aus sicherer Entfernung nahm der Vogel die Beobachtung wieder auf. Schon jetzt spürte Elli, wie wohltuend Italien auf sie wirkte und die Mauer aus Anspannung und Stress langsam, ganz langsam zu bröckeln begann. Bella Italia, dachte sie bei sich und hievte das erste Gepäckstück aus dem Kofferraum.

* * *

Elli schaute aus dem riesigen Panoramafenster ihres Zimmers auf den See hinunter. Zu dieser späten Stunde, kurz vor neunzehn Uhr, lag die Wasserfläche verwaist da. Die meisten Segler waren in ihre Häfen zurückgekehrt, und nur eines der gelben Fährschiffe kreuzte neben ein paar einsamen Windsurfern auf dem Wasser. Antonella hatte nicht zu viel versprochen: Dieses Zimmer war wunderschön gestaltet, und der Ausblick, der sich von hier aus bot, machte es perfekt. Das riesige Doppelbett reichte auch für Amrei, sodass sie das an das Bett gestellte Babybett kaum brauchen würden. Die hellen Möbel, dazu die dunkelrote Bettwäsche, der dicke Teppich und die Wandgemälde, die samt und sonders Katzenmotive zeigten, gaben dem Raum die Gemütlichkeit, die man sich im Urlaub wünschte. Elli dachte an Barbarossa. Offensichtlich hatte Antonella eine Schwäche für Katzen.

Zum Glück sah das Zimmer ganz anders aus als das, das sie mit Dirk für ein paar Nächte geteilt hatte. Auch empfand Elli die Landschaft jetzt im September ganz anders, als sie bei ihrem Aufenthalt im Mai auf sie gewirkt hatte. Damals war alles noch so frisch und blühend gewesen, während man jetzt schon die ersten Anzeichen des Herbsts sah, wenn man genau hinschaute.

Amrei war längst aufgewacht und hatte jeden Winkel des Raums erkundet. Zufrieden krabbelte sie auf dem Teppich herum, steckte ihre Hände in das weiche Fleece und kreischte laut. Hoffentlich störte das keine anderen Urlauber. Aber darauf würde Elli es ankommen lassen.

Sie, Mary und die Kleine waren vorhin noch kurz am Pool gewesen, und Amrei hatte ihre neuen Schwimmflügel ausprobiert, was sie zu glücklichem Quietschen animiert hatte. Jetzt, mit einem Jahr, konnte man ihre Laute immer mehr verstehen und ihnen eine Emotion oder einen Wunsch zuordnen. Bald würde sie laufen und die ersten Worte sprechen. Elli konnte es kaum erwarten. Was wohl das erste Wort ihrer Tochter sein würde? Mama? Mary? Sie liebte ihr Au-pair. Der Abschied von der jungen Frau würde furchtbar sein. Elli ließ den Blick vom Fenster hinüber zu Mary wandern, die ihr Handy in der Hand hatte und gerade lächelnd eine Nachricht tippte – in einem Tempo, von dem Elli nur träumen konnte und das ihr vermutlich jeden Tag mindestens eine halbe Stunde Arbeitszeit eingespart hätte, wenn sie dieses Fingertanzes mächtig gewesen wäre.

Elli ging mit drei Schritten zu Amrei und hob sie hoch. »Schätzchen, möchtest du mal das gelbe Schiff sehen?« Sie trat zurück ans Fenster und küsste dabei ih Wie immer genoss sie das Gefühl Lippen. »Schau mal!« Sie zeigte Amreis Blick ihrem Finger, sie pa die perfekt geputzte Fensterscheibe u dort einen Abdruck. Mary lachte vom immer in ihr Smartphone vertieft.

»Oh, und schau mal da!« Elli deutete ge sind Enten, glaub ich.«

Zwei schwerfällig wirkende Vögel flogen in Wasser. Ja, das waren ziemlich sicher Enten gewesen. kleiner Körper wand sich in ihrem Arm, so sehr versetzte Anblick der Tiere das kleine Mädchen in Aufregung. Ihre roten Locken standen nach allen Seiten ab. Erstaunlich, wie viele Haare das kleine Mädchen schon hatte! Elli versuchte immer mal wieder, ihrer Tochter mit kleinen Spängchen eine Frisur zu zaubern, aber die widerspenstigen Locken waren wie ihre eigenen: unzähmbar.

»Wollen wir runter zum Essen?«, fragte Mary vom Bett her, und Elli nickte.

»Ja, sehr gern. Mir knurrt eh schon der Magen. Und du wirst überrascht sein, wie lecker Antonella kocht.«

In diesem Moment klopfte es energisch an der Tür. Mary und Elli wechselten einen überraschten Blick, dann zuckte Elli mit den Schultern. »Herein!«

»Überraschung!«

Da stand Kim! Sie hatte beide Arme ausgebreitet und strahlte über das ganze Gesicht. Ihre Haare waren noch kürzer als beim letzten Treffen der Frauen, sie hatte ein Kleid an, das über und über mit riesigen Sonnenblumen bedruckt war und nach Aufmerksamkeit schrie. Dazu trug sie einfache Riemchensandalen, die gerade deshalb, weil sie so simpel waren, ihr Outfit perfekt zur Geltung brachten.

Gott, ich fass es nicht!« Elli setzte Amrei behutsam ppich, dann ließ sie sich in die ausgebreiteten Arme ndin fallen. Es wurde eine feste Umarmung, die die ehensfreude auf beiden Seiten perfekt spiegelte.

h dachte, ich komm zum Essen. Ich hab schon so lange Antonella-Pasta mehr gegessen, dass ich mich kaum daran nern kann, wie sie schmeckt«, erklärte Kim und hielt ihre undin auf Armeslänge von sich. »Du siehst wunderbar aus!«

Elli lachte. »Lügnerin!« Sie wusste um ihre Augenringe und die Tatsache, dass sie in den letzten Monaten fünf Kilo abgenommen hatte, die abzunehmen nicht unbedingt notwendig gewesen wäre. Sie war klar zu dünn.

Kim lachte auch. Im Gegensatz zu ihrer Freundin waren ihre Hüften ein wenig üppiger als bei ihrer letzten Begegnung.

»Selbstbewusst wie immer. Aber lass mich erst mal Amrei und Mary begrüßen.« Amrei war längst herbeigekrabbelt und versuchte jetzt, sich an Kims Bein hochzuziehen und nach dem Rocksaum zu schnappen, aber sie scheiterte und plumpste zurück auf den Boden. Bevor die Kleine richtig realisierte, was passiert war, hatte Kim sie schon hochgehoben und sie mit einem Eskimobussi begrüßt. Diese Art der Begrüßung, Nase an Nase, war ein Ritual zwischen Kim und Amrei und schien tatsächlich dazu zu führen, dass die Kleine ihre Patin auch nach zwei Monaten noch erkannte. Jedenfalls kreischte sie fröhlich und patschte Kim mit ihren Händchen ins Gesicht, was diese erneut zum Lachen brachte.

»Hallo, Kim!« Auch Mary war herangetreten. Sie winkte nur, da Kim wirklich alle Hände voll zu tun hatte mit dem Kleinkind in ihren Armen.

»Wie schön, dich noch mal zu sehen.« Kim nickte Mary zu. »Du fühlst dich einfach umarmt, ja?«

Mary grinste. »Ja, danke.«

»Hast du auch Hunger, Amrei? Du wächst dermaßen schnell, dass es gar nicht anders sein kann, als dass du ständig isst!« Kim gab dem Kind einen weiteren Eskimokuss, was das Mädchen erneut mit einem lauten Juchzen kommentierte, bevor ihr die Situation irgendwie unheimlich wurde und sie die Arme nach Mary ausstreckte, die sich das Kind routiniert auf die Hüfte setzte und geschickt auswich, als die Kleine nach ihrer Nase langte.

Plötzlich wurde Amreis Aufmerksamkeit abgelenkt. Ihr Zeigefinger schoss in Richtung Fenster, und man sah gerade noch, dass das Entenpaar erneut vorbeiflog.

* * *

Pasta mit Basilikumpesto war ein so pures Gericht, dass es nur großartig oder furchtbar langweilig sein konnte. In diesem Fall war das Knoblaucharoma perfekt auf die Pinienkerne und das Basilikum abgestimmt. Elli hätte darauf gewettet, dass die Kräuter frisch aus dem Garten auf den Tisch gekommen waren. Ihr Hunger war derart groß, dass sie zwei Portionen Spaghetti genoss, bevor sie sich dem Filet zuwandte, das nach frischem Rosmarin duftete und mit Kartöffelchen serviert wurde. Die leichte Gemüsesoße, die Antonella dazu reichte, rundete das Gericht perfekt ab.

Während des Essens ebbte die Unterhaltung am Tisch niemals ab. Kim war freudig von Antonella begrüßt worden mit der Ermahnung, dass sie wirklich häufiger vorbeikommen sollte, gern auch nur, um Luca zu begleiten. Luca war Kims Freund, er arbeitete im Hotel als Yogalehrer und gab auch immer wieder Surfstunden für Gäste.

Mary war mindestens so begeistert vom Essen wie Elli. Ihre Mutter war, sagte sie lachend, eine dieser englischen

Klischeemütter, die ihre Spaghetti winzig klein geschnitten mit Reis gemischt servierten, wenn es Reste gab.

»Lass das mal nicht Antonella hören, die erleidet sonst einen Herzinfarkt«, hatte Kim lachend geantwortet und eine Gabel mit einer riesigen Portion Pasta in ihrem Mund verschwinden lassen.

Elli und Mary lachten gleichermaßen, und Amrei warf angesteckt von den drei gut gelaunten Frauen übermütig ein Stück Weißbrot auf den schön gedeckten Tisch.

»Läuft es gut in der Agentur?«, fragte Kim jetzt, nachdem ausgiebig über Amrei und ihre Entwicklung gesprochen worden war. Die Kleine kaute glücklich auf einem weiteren Stück Weißbrot und war mit sich und der Welt zufrieden, während sie sich im Speiseraum umschaute.

»Nun ja. Doch.« Ellis Antwort kam zögerlich. Es lief gut, ja. Es war nur sehr viel zu tun, und sie war eine Perfektionistin. Alles, was sie anpackte, sollte bestens funktionieren. Dirk hatte damals zwar gute Arbeit geleistet, war jedoch nicht ihrem Anspruch gerecht geworden, sodass Elli sich nach der Eheschließung mit ihm jahrelang aus der aktiven Arbeit in der Werbung zurückgezogen hatte. Sonst wäre ihre Ehe noch viel früher gescheitert, das war ihr im Nachhinein klarer denn je. Dirk arbeitete nicht schlecht, ging aber wenig ins Detail, und so waren viele von Ellis Wünschen offengeblieben. Jetzt, wo sie täglich in der Agentur war, kam sie jeden Tag später nach Hause, als sie es theoretisch plante, und das war nicht nur anstrengend, sondern auch oft überwältigend. Ihr Alltag glich einem Berg, den sie täglich neu bestieg, um zwar irgendwann am Gipfel anzukommen, aber eben außer Puste und am Ende ihrer Kraft.

Kim zog nur die Augenbraue hoch. »Überforderst du dich möglicherweise ein wenig? Hast du endlich jemanden eingestellt, der dir hilft? Ich weiß schließlich, was alles dranhängt.«

Elli seufzte. »Nein, ich konnte mich noch nicht aufraffen, wieder Verantwortung abzugeben.«

Tatsächlich kannte Kim sich sehr gut in der Agentur aus. Sie war Dirks rechte Hand gewesen, hatte sogar ein Verhältnis mit ihm gehabt. Dirk hatte ihr nämlich vorgegaukelt, dass er Elli für sie verlassen würde. Dann war die Schwangerschaft dazwischengekommen, und Kim hatte Elli genau hier im Hotel gestanden, dass Dirk und sie eine Affäre miteinander gehabt hatten.

So gesehen war das *Casa Felicità* für Elli eine Art Schicksalsort: Sie hatte hier ihre Ehe beendet und Kim als Freundin fürs Leben gewonnen.

»Das solltest du aber. Du arbeitest ganz offensichtlich zu viel«, brach Kim in ihre Gedanken ein. »Ich meine, du arbeitest für zwei – und das ist nicht übertrieben.«

Elli wusste, dass Kim recht hatte. »Ich habe deine Stelle eh ausgeschrieben. Nach dem Urlaub laufen die ersten Bewerbungsgespräche.«

Kim hatte sich gerade ein großes Stück Kartoffel in den Mund gesteckt. »Sehr gut«, nuschelte sie mit vollen Backen und begann dann zufrieden zu kauen. Kein Wunder, dass sie ein wenig üppiger geworden war – das Essen schmeckte ihr offensichtlich ausgezeichnet.

Alle genossen die nächsten Bissen schweigend, bis Elli wieder das Wort ergriff. »Und dir geht es gut?« Es war nur eine halbe Frage. Man sah, dass Kim glücklich war. Die Pfunde, die sie zugelegt hatte, standen ihr hervorragend. Davor war sie so dünn gewesen, wie Elli jetzt war.

Kein Wunder, so wie Dirk sie hintergangen hatte. Wie so oft, wenn der Gedanke an ihren Ex-Mann unerwartet in ihr aufkam, legte sich eine eiskalte Faust um ihr Herz. Sie würde nie wieder blind vertrauen, nie mehr.

»Ja, es geht mir prima, danke.« Kim sprach weiter, aber Elli hing erneut ihren Gedanken nach, während sie ihre Freundin, die lebhaft erzählte, anstarrte. Für sie war es noch immer ein kleines Wunder, dass sie und Kim sich so innig verbunden fühlten. Sie würde Kim ihre Ehrlichkeit nie vergessen. Dass sie den Mut gefunden hatte, ihr Dirks Betrug, ihr eigenes Fehlverhalten und dessen Konsequenzen zu beichten und ihr dabei in die Augen zu sehen, würde Elli für immer im Herzen bewahren. Sie fand, es sagte viel über Kim aus, so sehr zu sich selbst zu stehen. Kim hatte Ellis Gefühl, dass etwas in der Beziehung mit Dirk nicht stimmte, mit ihrem Verhalten ein Gesicht gegeben. Und auch wenn es eine Fratze war, die Elli im Anschluss an seinen Betrug nicht mehr sehen wollte, tat es gut, ihrem negativen Empfinden einen Namen zu geben, nämlich dass Dirk sie nicht so liebte, wie sie es sich wünschte, und er sich am Ende als genau das entpuppte, wie ihn ihr verstorbener Vater immer eingeschätzt hatte: ein Windhund. Aber sie hatte ihm nicht glauben wollen, hatte lieben wollen, leben und erwachsen sein wollen.

Jetzt gab es keinen Vater mehr, der ihr einen Tipp geben konnte – dieses Mal hätte sie vielleicht auf ihn gehört. Nein, nicht vielleicht, ganz sicher. Das sah sie schließlich jeden Tag in der Agentur. Ihr Vater hatte das Unternehmen aufgebaut, und nach Dirks Geschäftsführung gab es jetzt vieles, das sie zurück an die richtige Stelle rücken musste. Wie hatte sie sich nur so sehr in Dirks Hände begeben können?

»Hörst du mir überhaupt zu?« Kim holte die Freundin aus ihren trüben Gedanken.

Elli spürte, wie sie rot wurde. »Ehrlich gesagt war ich einen Moment abgelenkt.«

»Offensichtlich.« Kim lachte.

»Entschuldige. Ich musste gerade an Dirk denken, und das hat dann eine Art gedankliche Kettenreaktion ausgelöst«, versuchte Elli zu erklären.

Kim nickte. Sie war jetzt ganz ernst. »Verstehe ich. Ist wohl gar nicht so einfach, wieder hier zu sein?«

Elli versuchte ein Lächeln. »So ähnlich. Ich würde sagen: ja und nein.«

Valentina, Antonellas Mitarbeiterin, kam an den Tisch und räumte die Teller ab. Die Frauen unterbrachen ihr Gespräch und lächelten Valentina zu. »Hat es euch geschmeckt?«

»Was für eine Frage! Als ob es je nicht schmecken würde.« Kim lachte, und Valentina fiel mit ein. Sie war, wie gewohnt, schnell und effizient in ihren Bewegungen, blieb dabei jedoch den Gästen gegenüber freundlich und zugewandt. Ein wahres Multitasking-Talent!

»Ich gebe es an die Küche weiter.« Mit einem Lächeln im Gesicht und einem Stapel Teller auf den Armen ging Valentina in Richtung Küche davon.

»Vielleicht solltest du etwas machen, das ganz neu ist«, schlug Kim vor.

»Was denn?«

»Na, ich meine, etwas, das dich überhaupt nicht an Dirk erinnert und das etwas Besonderes ist. Wenn Mary ein paar Stunden auf Amrei aufpasst, könnten wir zum Beispiel eine Bergtour machen. Direkt hier von Limone gehen wunderschöne Touren aus. Ganz einsam. Warst du da schon mal wandern?«

Elli schüttelte den Kopf. Der Vorschlag, durch ruhige Berglandschaften zu wandern, klang verlockend. »Ich möchte Mary aber eigentlich auch Urlaub gönnen.«

Mary, die während dieser Unterhaltung still dagesessen hatte, meldete sich zu Wort. »Oh, das ist kein Problem, wirklich. Ich kann ja dann übermorgen mal zum Surfen gehen. Ist dein Freund nicht Surflehrer?«, fragte sie Kim.

»Ja, das ist er. Und ich bin sicher, die Stunde wird ein Gratisangebot«, bestätigte Kim, und Marys Gesicht spiegelte sehr deutlich die freudige Aufregung wider, die sie beim Gedanken an ein Surfabenteuer empfand.

»Ehrlich, Mary? Bist du sicher?«, vergewisserte sich Elli, und Mary nickte vehement. »Definitiv! Amrei und ich gehen an den Strand. Oder, Amy?« Amy war ein Überbleibsel aus der Zeit, als Mary noch Probleme mit der Aussprache des Namens gehabt hatte. Außerdem bedeutete Amy »die, die geliebt wird«, hatte Mary erklärt – und wer wollte sich da noch dieser Abkürzung verschließen?

Amrei hielt triumphierend ihr Brot in die Luft, bevor sie ihren Mund übertrieben weit aufriss und das Stück in den Mund stopfte. Wie so oft musste Elli beim Anblick ihrer Tochter schmunzeln. Sie konnte gar nicht anders, als sich zu dem Kind hinüberzubeugen und es auf die Wange zu küssen.

Elli wollte in diesem Urlaub viel Zeit mit der Kleinen verbringen, wusste sie aber gleichzeitig bei Mary so gut aufgehoben, dass sie auch mit Kim ein paar schöne Stunden haben konnte – was zu Hause nicht der Fall war.

»Also gut, gern«, beschloss sie deshalb jetzt. »Wo gehen wir hin?«

»Ich wollte schon lang mal auf den Monte Traversole. Das soll eine sehr schöne Tour sein – mit spektakulärer Aussicht am Gipfel. Es ist ein bisschen weit, aber die Landschaft entschädigt wirklich für alles. Leider hatte Luca diese Saison so viel Arbeit, und ich war mit der Ausstellung so beschäftigt, dass ich mir nie Zeit dafür genommen habe.«

Kim arbeitete gerade an einer Ausstellung mit Bildern, auf denen sie ihren Vater porträtiert hatte. Sie verwirklichte sich noch nicht lange selbst als Malerin, doch ihre erste Ausstellung in München war ein so großer Erfolg, dass sich deutschlandweit Galerien bei Kim gemeldet hatten, um ihre Zeichnungen auszustellen. Sie allerdings hatte sich entschieden, zunächst eine weitere Ausstellung bei Clement und Ernesto zu gestalten, weil sie nicht nur Freunde, sondern auch ihre Entdecker waren, wenn man das so sagen wollte. Die beiden Galeristen hatten die Botschaft freudig aufgenommen, und gerade wurde in der Kunstgalerie schon alles für die Ausstellung vorbereitet. Dieses Mal sollten die Wände schwarz sein, um den einfachen Kohlezeichnungen die perfekte Kulisse zu bieten. Die Männer waren selbst so aufgeregt, dass Kim sie kaum toppen können würde, wenn erst einmal die Eröffnung der Ausstellung anstand.

Elli freute sich sehr, dass die Freundin den morgigen Tag mit ihr verbringen wollte – sie hatte sie vermisst. Außerdem wollte sie so viel wissen und gleichzeitig so viel erzählen, dass sie wirklich Zeit brauchten, in der sie ungestört waren.

»Dann ist das ausgemacht«, sagte Kim. »Morgen, du, ich, eine deftige Brotzeit und der Berg. Hast du geeignete Schuhe dabei?«

»Ja, ich denke schon. Monte Traverse, oder? Dann schau ich mir den noch mal im Internet an.«

»Nein, Traversole. Warte, ich schreib dir den Namen auf.« Kim hatte immer Stifte und Papier in ihrer Tasche.

Jetzt reichte sie Elli einen Zettel, auf dem sie in ihrer schwungvollen Schrift den Namen des Gipfels vermerkt hatte. »Bitte sehr.« Sie hob ihr Glas. »Darauf trinken wir. Auf einen gelungenen Ausflug!«

Es war im ganzen Raum zu hören, als die drei Frauen die Gläser klingen ließen.

2. Enten

Elli hatte den Rucksack schon gepackt. Es war kein richtiger Wanderrucksack, genau genommen war es ein Wickelrucksack, dem man seinen Zweck glücklicherweise nicht ansah. Die Babysachen, Windeln und Amreis Fläschchen waren in Marys riesiger Badetasche verschwunden, als diese vor einer halben Stunde mit Amrei losgezogen war. Sie wollte mit ihr an den See in der Hoffnung, dort ein paar Enten anzutreffen, um sie zu füttern. Außerdem würden die Damen mit Sicherheit zum Eisessen gehen, wie sich das im Italienurlaub gehörte.

In Ellis Rucksack befanden sich Wechselkleidung und Wasser sowie eine Packung Müsliriegel für den Notfall. Man wusste ja nie. Kim würde Ciabatta-Brot und Salami mitbringen, mehr brauchte man wirklich nicht für eine einfache Bergtour, noch dazu nach dem gewaltigen Frühstück, das Elli gerade genossen hatte. Bewegung war da genau das Richtige.

Sie setzte sich auf die Bettkante, um ihre Trekkingschuhe zu schnüren, als ihr Handy klingelte.

Kim!

»Es tut mir so leid«, brach es aus der Freundin heraus. »Ich hab total vergessen, dass heute Lucas Freund Leo Geburtstag hat. Wir sind da eingeladen, und ich hab das schon vor

Ewigkeiten zugesagt. Es ist sein bester Freund, und ich weiß, dass es Luca wichtig ist, dass ich mitkomme.« Das Bedauern in Kims Stimme war nicht zu überhören.

»Oh.« Elli konnte ihre Enttäuschung nicht ganz verbergen. Sie hatte sich so auf die Wanderung gefreut und sich ganz darauf eingestellt, dass sie stattfinden würde. Jetzt breitete sich vor ihr gähnende Leere aus, wo gerade noch die Vorfreude ihren Platz gehabt hatte.

»Es tut mir ehrlich leid«, wiederholte Kim.

»Das weiß ich doch.« Elli versuchte, ihren Frust hinunterzuschlucken. »Wir sind ja noch sechs Tage da.«

»Und wenn du allein losziehst? Ich meine, der Weg ist wirklich nicht schwer zu finden, hier in der Gegend sind alle Wanderwege bestens beschildert. Oder wir gehen ein anderes Mal?«, schlug Kim vor.

Elli schaute auf ihre fertig geschnürten Trekkingschuhe hinunter und spürte das Gewicht des Rucksacks auf ihrem Rücken. Mary und Amrei waren bereits unterwegs. Warum sollte sie eigentlich nicht alleine losziehen? Am Ende würde ihr genau das guttun! Wann hatte sie schon Zeit, ein paar Stunden mit sich selbst zu verbringen, so bewegt, wie ihr Leben im letzten Jahr gewesen war?

»Weißt du was? Ich mach das wirklich. Ich besteige diesen Berg jetzt allein.« Es laut zu sagen, machte es wahr. Sie beugte sich zu ihrem Nachtkästchen hinüber und langte nach dem Zettel. Monte Traversole, genau, so hieß er.

»Wunderbar! Das finde ich gut. Und noch mal, es tut mir ehrlich leid. Wollen wir uns morgen sehen? Wir könnten mit dem Boot rüber nach Riva fahren, was meinst du?« Elli hörte in jedem von Kims Worten, wie leid es ihr tat, dass sie keine Zeit hatte.

»Machen wir. Amrei ist eh noch nie Boot gefahren.«

»Ja super. Ausgemacht. Und noch mal …«

»Es tut dir leid, ich weiß. Jetzt mach aber mal den Kopf zu!« Elli lachte, und auch Kim fiel in das Lachen mit ein.

»Ich hatte schon wieder vergessen, wie unkompliziert du bist. Danke, Elli, dass du nicht sauer …«

»Jetzt hör aber auf! Ich werde wunderbar klarkommen, mach dir bloß keine Gedanken«, wiegelte Elli die Besorgnis ihrer Freundin ab und schaute aus dem Fenster in den strahlend blauen Himmel.

»Findest du den Weg?«

»Meine Liebe, wir leben in Zeiten von Google Earth und GPS. Das sollte nun wirklich kein Problem sein.«

»Gut! Nein, eigentlich nicht, aber …«

»Kim! Ernsthaft. Hör auf, dich fertigzumachen. Ich hab kapiert, dass es dir wirklich leidtut und dass du sehr gern mit mir auf den Monte Traversole gegangen wärst. Jetzt wird der Ausflug eben zum Alltagsabenteuer, und ich werde meine höchstpersönliche Solobegehung dieses alpinen Wunders erleben.«

»O Gott, man hört dir die Werbefrau so sehr an, unglaublich!« Kim lachte. »Also gut. Dann ist alles klar.«

Elli lachte auch. »Ja, wirklich. Es ist ja kein gefährlicher Berg, hab ich gelesen. Eher eine Wanderung. Das ist auch für mich Stadtkind durchaus machbar.« Früher waren Dirk und sie ab und zu an den Spitzingsee gefahren, erinnerte sie sich. Das war eigentlich immer schön gewesen. Sie fragte sich, wann das aufgehört hatte, konnte aber den Zeitpunkt nicht festmachen. Die Erinnerung fühlte sich in jedem Fall alt an, längst vergangen. So vergangen, dass sie nicht einmal mehr schmerzte, sondern zu einem verklärten Bild aus fernen Zeiten geworden war. Ein wenig so, als ob es gar nichts mehr mit Dirk zu tun hatte, wie sie da am Wasser entlanggewandert und mit der Taubenstein-Bahn gefahren waren. Es musste ganz am Anfang ihrer Beziehung gewesen sein, als Dirk sich noch darum bemüht hatte, Elli zu erobern, kurz bevor ihr Vater verstorben war. Und bevor …

Nein, diesen Gedanken wollte Elli nicht zulassen. Sie schob ihn entschlossen beiseite.

»Also, dann sehen wir uns morgen, ja? Ich freu mich schon. Mary kann sich freinehmen oder auch mitkommen – ganz wie sie möchte. Und in Riva trinken wir dann einen Hugo oder einen Wein, direkt am See in einem kleinen Café. Nach heute brauche ich mit Sicherheit einen ruhigen Tag.« Elli konnte den Muskelkater, der sie nach der ungewohnten Bewegung plagen würde, schon beinahe fühlen.

»Klingt spitze. Dann bis morgen, ja?«

Nachdem die beiden Frauen sich verabschiedet hatten, war Elli auch schon unterwegs. Sie, Mary und Amrei hatten – Amrei geschuldet – zeitig gefrühstückt. Ihre Tochter hatte den ersten warmen Kakao ihres Lebens getrunken und ihn sichtlich genossen, wie ihr Schokomund plakativ bezeugte. Jetzt war es noch relativ kühl, ein schöner Herbstmorgen, der aber für später die gleiche Hitze wie am gestrigen Tag versprach.

Elli hatte Limone vom vergangenen Jahr noch gut in Erinnerung. Der Weg, den sie nehmen musste, führte direkt am kleinen Fluss San Giovanni entlang hinauf ins Hinterland des Dorfs, direkt zur Bar *La Milanesa*. Am Zaun bei der großen Aussichtsterrasse waren Fotos der Speisen montiert, die man im Lokal genießen konnte, bei einem schönen Blick über den Gardasee, der jetzt noch ruhig und friedlich wirkte. Mehrere Wanderungen hatten hier ihren Ausgangspunkt, und Elli nahm sich schon jetzt vor, nachher auf ein erfrischendes Lemon Soda einzukehren, quasi nach getaner Wanderarbeit. Das einzige Fahrzeug, das jetzt, zu dieser frühen Zeit am Morgen, auf dem Parkplatz stand, war ein großer olivfarbener Geländewagen, der fast zwei Parkplätze brauchte. Elli musste unweigerlich schmunzeln. Sie hatte schon oft beobachtet, dass ein Fahrzeug durchaus Auskunft über seinen Fahrer gab, und stellte sich vor ihrem inneren Auge den kleinen, dünnen

Besitzer des riesigen Schiffes vor. Natürlich war das ein dummes Vorurteil, aber der Gedanke amüsierte sie trotzdem. In ihrem Job als Chefin einer Werbeagentur hatte sie es oft mit Führungspersönlichkeiten und ihren kleinen oder auch größeren Ticks zu tun. Selbst in München traf man auf Fans großer Jeeps mitten im Stadtverkehr, wo es häufig einem Lottogewinn glich, einen Parkplatz zu erhaschen.

In Gedanken versunken war Elli weitergegangen, direkt in das Tal hinein. Zu beiden Seiten des kleinen Pfads ragten die Berge auf. Rechts war ein Stahlseil montiert, das als Handlauf dienen konnte. Aber Elli benötigte das Seil nicht. Der Weg war gut ausgebaut und sicher. Das Grün der Wiesen hatte schon die dumpfe Färbung des frühen Herbstes angenommen. Vereinzelte Laubbäume, Buschwerk, ein paar Krüppelkiefern machten die Landschaft abwechslungsreich. Ein Schmetterlingspaar, Kohlweißlinge, flatterte direkt vor Elli vorbei.

Elli passierte einen alten Kalkofen. Sehr gut, der wurde in der Beschreibung der Wanderung erwähnt. Bei der nächsten Weggabelung bog Elli links ab. Sie erspähte eine erste rotweiße Markierung auf einem Stein. In spitzen Kehren zog der Weg sich den Hang hinauf. Immer wieder öffnete sich ihr das Panorama über den See. Elli hatte bis jetzt keine Menschenseele getroffen, und ihr wurde bewusst, wie selten sie wirklich allein war.

Langsam wurde es warm, ja, heiß. Der Schweiß lief ihr den Rücken hinunter, und sie bekam Durst. Hoffentlich hatte sie genug Wasser dabei. Sie ging über eine kleine Brücke. Endlich führte der Weg in den Wald, wo es sofort deutlich kühler war. Elli setzte sich auf eine Wurzel, nahm den Rucksack ab und holte ihre Flasche heraus. Sie trank einen kräftigen Schluck und fühlte sich schlagartig erfrischt genug, um weiterzugehen. Ein paar Grillen zirpten – oder waren es Grashüpfer? Elli fühlte sich fast peinlich berührt, weil sie das nicht wusste. Auf der anderen

Seite: Sie war schließlich ein Stadtkind. Sie wusste eben andere Dinge. Doch jetzt, in diesem Augenblick, hätte sie gern mehr über die Natur gewusst. Wie hieß der Vogel, der ein Stück weiter vorn auf einem Busch gelandet war und neugierig herüberschaute? Was war das vorhin für ein Schmetterling gewesen, dessen Flügel ein bläuliches Muster aufwiesen? Und warum hatte in dem Apfelbaum am Ortsausgang ein Netz gehangen? Sollte es die Vögel davon abhalten, sich über die reifen Früchte herzumachen?

Elli stand auf, und der kleine Vogel flog davon, einen Warnruf ausstoßend. Sie lächelte ihm hinterher. Was für ein süßer gefiederter Geselle!

An der nächsten Weggabelung ging sie dem Pfeil nach, auf dem *Corna Vecchia* stand, und folgte dem kleinen Pfad weiter bergan. Vor ihr lag ein Berg, der der Beschreibung im Internet nach schon der Monte Traversole sein sollte – bald hätte sie ihr Ziel also erreicht.

Am gerade noch strahlend sonnigen Himmel hatte sich weit hinten eine Wolkenfront gebildet, die langsam näher zog. Sicher dauerte es noch eine ganze Weile, bis das dunkle Gewölk sie erreichte, dachte Elli, dennoch beschleunigte sie ihren Schritt. Sie spürte die Anstrengung durchaus in den Beinen. Wann war sie zuletzt auf einen Berg gestiegen? Es war auf jeden Fall vor Amreis Geburt gewesen – sogar vor der Schwangerschaft, rechnete Elli zurück und versuchte sich an die exakte Tour zu erinnern, ein Bild heraufzubeschwören, aber es wollte ihr partout nichts einfallen. Sie keuchte ganz schön, als sie am Gipfel stand. Immerhin war die Luft etwas abgekühlt. Ihr war gar nicht aufgefallen, wie schnell die Wolken herangezogen waren. Eine frische Brise umwehte Elli, und ja, sie fröstelte sogar ein wenig. Kein Wunder, sie war völlig verschwitzt vom Aufstieg, auch wenn es jeder Meter wert gewesen war. Was für ein Ausblick – und noch dazu hatte sie den Gipfel für sich allein. Sie konnte sogar den Gardasee weit unten sehen.

Doch Elli sah auch, dass die Wolken dichter wurden und bedrohlich anschwollen, und bekam langsam ein mulmiges Gefühl. Die Gipfel ein Stück weiter drüben waren schon von den ersten Wolken verhangen. Schnell schulterte sie den Rucksack wieder, den sie gerade abgesetzt hatte, um ihre mitgebrachten Müsliriegel zu verzehren. Sie musste ein sicheres Plätzchen finden und abwarten, bis das Schlimmste vorbei war. Bei dem Tempo, mit dem der Wind sich plötzlich steigerte und die Wolken über den Himmel rasten, würde sie es niemals trocken bis nach unten schaffen. Sie durfte schon froh sein, wenn sie wieder im Wald war, wenn es richtig losging mit dem Gewitter.

Sie hörte bereits Donner grollen, und mit einem Mal wurde der Wind zum Sturm. Alles ging so viel schneller, als Elli es angenommen hatte. Sie machte sich an den Abstieg, so rasch sie konnte, schon klatschten erste Regentropfen eiskalt auf die warme Haut ihrer Unterarme, wie sie überrascht feststellte. Sie hatte zwar schon gehört, dass das Wetter im Gebirge sich schnell änderte, aber dass es *so* rasant ging, damit hätte sie nie gerechnet. Elli verfiel in einen leichten Laufschritt. Hatte sie nicht beim Aufstieg eine Hütte gesehen? Vielleicht gab es ein Vordach oder zumindest die Möglichkeit, sich nah an die Hausmauer zu pressen, um nicht allzu nass zu werden. So wie der Sturm an ihr zerrte, würde es bestimmt gleich aus Eimern gießen und …

»Verdammt!« Der Stein, auf den Elli in ihrer Eile eben getreten war, war nicht fest. Sie kam ins Rutschen, versuchte, das Gleichgewicht zu halten, aber vergeblich. Sie knickte um und ein plötzlicher Schmerz zuckte durch ihren Knöchel. Elli stöhnte auf und blieb stehen. Die einzelnen Tropfen waren mehr geworden und klatschten fester auf ihre Haut, aber sie spürte es kaum, konzentrierte sich auf ihr Bein und versuchte vorsichtig, das Fußgelenk zu bewegen. Es tat höllisch weh. Ungeachtet des Regens setzte sie sich auf einen Stein und umklammerte ihren Fuß. Sie weinte fast, so dominant pochte der Schmerz. Sie musste warten, da half alles nichts. Wenigstens ein paar Augenblicke, bis es ein bisschen erträglicher wurde. Dann würde sie versuchen, aufzutreten und langsam weiterzuhumpeln. Bestimmt würde sie im Wald einen Stock finden, den sie als Krücke benutzen konnte. Während sie noch darüber nachdachte, wie sie vorgehen konnte, zuckte ein Blitz über den dunklen Himmel, gefolgt von einem Donner. O Gott, das Gewitter war fast genau über ihr, und sie saß viel zu exponiert mitten im Wiesenhang. Sie musste wenigstens in den Wald, wo sie sicherer war. Elli versuchte aufzustehen und biss die Zähne zusammen. Ihr Bein schmerzte höllisch, wenn sie auftrat. Aber sie hatte keine Wahl. Sie musste weiter. Der nächste Blitz, gefolgt von einem ohrenbetäubenden Donnern, ließ Elli zusammenzucken. Ganz automatisch wurde sie schneller. Das Adrenalin rauschte nur so in ihren Ohren. Für den Augenblick verschwand der Schmerz fast hinter dem Regen, der Elli nun geballt ins Gesicht klatschte, und der unerwarteten Kälte durch die Kombination aus Nässe und Sturm, die sie plötzlich umfing. Jeder Regentropfen wurde zum Nadelstich. Sie zitterte am ganzen Leib und hätte nicht sagen können, ob vor Kälte oder Angst. Die eben noch so friedliche Szenerie hatte sich in ein wahres Inferno verwandelt, als sie weiter abwärts humpelte. Jetzt konnte es nicht mehr weit zu der kleinen Alm sein, wirklich nicht mehr weit, sie war fast da. War sie nicht vorhin an diesem eigenwillig geformten Ast vorbeigekommen? Ihr Atem ging stoßweise, als sie immer weiterhinkte, ohne sich eine Verschnaufpause zu gönnen. Da! Endlich tauchte die Hütte auf! Elli stieß einen Seufzer aus und humpelte darauf zu. Gleich würde sie sich sicherer fühlen, immerhin das. Mittlerweile schlotterten ihre Glieder vor Kälte, und ihre Lippen zitterten.

Sie ging in Gedanken den Inhalt ihres Rucksacks durch, aber da war nur eine leichte Windjacke, die sie drüberziehen konnte. Die würde ihr kaum helfen. Elli hatte einfach nicht mit Regen gerechnet.

Sie kauerte sich unter das Vordach und zog den Reißverschluss ihres Rucksacks auf, um nach der Jacke zu wühlen. Ihre Finger zitterten wie Espenlaub. Die Jacke war besser als gar nichts.

Als sie das dünne Ding gefunden und aus dem Rucksack gezerrt hatte, richtete sie sich auf – und erschrak. Vor ihr stand eine große Gestalt, die eine olivgrüne Jacke trug, die Kapuze tief ins Gesicht gezogen, dennoch erkennbar ein Mann. Seine Hose im Camouflagestil verlieh ihm den Anschein von Macht. Ein Soldat? Mit tiefer Stimme ließ er einen Schwall italienischer Worte auf Elli herniederprasseln, von dem sie nicht das Geringste verstand. Sie zuckte mit den Schultern, versuchte einen Blick auf sein Gesicht zu erhaschen, doch mehr als ein markantes Kinn, volle Lippen und eine Nasenspitze waren nicht zu sehen. Er trug einen Dreitagebart – das ließ ihn noch verwegener wirken. Ein weiterer Donner krachte, und Elli, die ihre Jacke an die Brust presste wie einen Schutzschild, fühlte sich wie ein verschüchtertes kleines Kind.

Wieder begann der Mann, auf sie einzureden. Seine kräftige Stimme setzte sich mühelos gegen das Prasseln des Regens auf dem Hüttendach durch. Dennoch konnte Elli nur den Kopf schütteln. Ihr Bein hatte wieder angefangen zu schmerzen, sie fror erbärmlich und hatte einen Furcht einflößenden Fremden vor sich, den sie nicht verstand.

»Ich verstehe Sie nicht«, sagte sie schließlich, fast sicher, er würde sie genauso wenig verstehen wie sie ihn.

»Ah, aus Deutschland?« Der Mann sprach mit Akzent, aber offensichtlich verstand er Elli doch, wie sie erleichtert feststellte. »Geht es Ihnen gut? Brauchen Sie Hilfe?«

Plötzlich hatte die Stimme alles Bedrohliche verloren. Sie war nur noch tief, voll und warm und fühlte sich an wie ein Rettungsanker.

»Ich bin in das Gewitter geraten.«

»Das kann ich sehen.« Der Mund des Fremden verzog sich zu einem breiten Lächeln und ließ gepflegte Zähne sehen. Ein Grübchen erschien am Kinn, das seinem Gesicht auch den letzten Rest der grausamen Härte nahm, die Elli im ersten Moment empfunden hatte. Ihre Unterlippe zitterte noch immer vor Kälte, und der Schmerz in ihrem Knöchel trat weiter in den Vordergrund. Am liebsten hätte sie einfach losgeheult, so wund und verletzlich fühlte Elli sich. Sie hätte alles dafür gegeben, jetzt nicht vor dieser Hütte zu stehen.

»Kommen Sie, ich habe den Schlüssel.« Tatsächlich stand die Tür der Hütte einen winzigen Spaltbreit offen. Der Mann bedeutete ihr einzutreten. Eine brennende Kerze auf dem Tisch schaffte es kaum, den Raum auszuleuchten. Es gab ein paar Pritschen, auf denen einfache Decken lagen. An einem der Betten lehnte ein riesiger Rucksack. So spärlich das Kerzenlicht war, tauchte es den Raum doch in ein warmes Licht und verlieh ihm trotz der dürftigen Möblierung Gemütlichkeit.

»Hier, eine Decke. Zum Aufwärmen.« Er rollte das R ein wenig, nur ein bisschen, aber doch so, dass man ihm den Italiener anhörte. Schnell faltete er die karierte Decke auf und warf sie über Ellis nackte Schultern. Dass der raue Stoff ein wenig kratzte, war ihr in diesem Moment vollkommen egal. Hauptsache, er wärmte.

Nachdem Elli ihren Rucksack samt Windjacke einfach auf den Boden gestellt hatte, drehte sie sich zu dem Fremden um. Noch immer hatte sie sein Gesicht nicht gesehen. Gespannt verfolgte sie die Bewegung seiner Hand hin zu seiner Kapuze, als er sie mit einer schnellen Bewegung zurückschob. Dunkle, kurze Haare, von ersten weißen Fäden durchzogen, stahlblaue, fast stechende Augen, die Elli hellwach anschauten, dazu hohe Wangenknochen und der Dreitagebart, den Elli schon am Kinn gesehen hatte und der sich über seine Wangen fortsetzte, kamen zum Vorschein. Seine Haut war dunkel gebräunt und verriet, dass er viel Zeit draußen verbrachte.

»Sind Sie okay?«, fragte er und musterte sie aufmerksam.

Endlich ließ das Zittern nach. »Es geht. Ich bin umgeknickt und kann nicht mehr richtig laufen«, gab Elli zu. »Keine Ahnung, wie ich den Berg runterkommen soll.«

Sie klang weinerlich, das hörte sie selbst. Aber mit zunehmendem Schmerz wuchs in gleichem Maße die Verzweiflung über ihre Situation. Gab es hier eine Art Bergrettung? Elli wusste es nicht, und es war ihr so peinlich, sich bei einer so einfachen Wanderung verletzt zu haben, dass sie es gegenüber dem Fremden nur ungern zugab.

»Setzen Sie sich hier hin!« Er deutete auf eine der Pritschen.

Elli gehorchte. Seine Worte ließen keinen Widerspruch zu, schien ihr. Sie konnte ihn noch immer nicht richtig einschätzen, aber er beherrschte mit seiner Dominanz die Situation.

»Legen Sie den Fuß auf die Liege, ich schau mir das an. Oder Sie legen sich gleich ganz hin.«

Elli nickte und stöhnte leise auf, als sie das schmerzende Bein hochlegte. Fast automatisch kam sie in eine liegende Position. So war es bequemer – und leichter auszuhalten, was das Pochen anging.

Jetzt setzte sich der Mann auf ihre Bettkante wie ein besorgter Vater. Aus der Nähe konnte sie kleine Fältchen um seine Augen sehen und eine leichte, fast nicht sichtbare Falte, die sich vertikal über seine Stirn bis zur Nasenwurzel zog. Die Falten verrieten, dass er schon etwas älter war, an die fünfzig, schätzte Elli.

»Ich bin Sandro!« Seine Hand, die er ihr zum Gruß hinhielt, war ganz warm, und er drückte ihre kalten Finger fest und einen Moment länger, als es der Etikette entsprach. Als wollte er einen bleibenden Eindruck hinterlassen.

»Elli.«

»Ciao, Elli. Wollen wir uns duzen?« Er lächelte, und die Falten um seine Augen vertieften sich sofort. Das Grübchen am Kinn, das sie vorhin schon gesehen hatte, tauchte wie von Zauberhand wieder auf, und Elli beschloss, diesem Mann zu vertrauen. Ein weiterer Donner draußen ließ die Hütte in diesem Moment erzittern und schien ihre Entscheidung damit zu untermauern.

»Gern.« Elli versuchte ein Lächeln.

»Also, was ist dir denn genau passiert?«

»Ich wollte schnell runter, als ich das Gewitter gesehen habe, da bin ich ausgerutscht und umgeknickt. Total banal.« Elli seufzte.

»Darf ich es mir mal anschauen?« Er deutete auf das Bein.

»Natürlich.« Trotz ihrer Not registrierte Elli, dass er sie jetzt fragte, obwohl er vorhin schon mit aller Selbstverständlichkeit angekündigt hatte, es zu tun. Sie setzte sich auf und löste die Schleife ihres Trekkingschuhs. Das würde gleich wehtun, wenn sie ihn auszog. Sie biss die Zähne zusammen und versuchte, möglichst vorsichtig aus dem Schuh zu schlüpfen. Und siehe da, es ließ sich tatsächlich aushalten.

Sandro nahm ihr den Schuh ab und stellte ihn auf den Boden. In jeder anderen Situation hätte Elli sich Gedanken über den Geruch ihrer Füße nach stundenlangem Wandern gemacht, aber jetzt gerade war ihr das völlig egal. Sie schob ihre Socke nach unten. Der Knöchel war dick, das sah man sofort.

Sandro stand auf, ging zu seinem Rucksack und begann, darin zu wühlen. Dann brachte er – neben ein paar Werkzeugen – eine Thermoskanne zum Vorschein, außerdem eine leere Plastiktüte. »Wir müssen den Knöchel kühlen!«, bestimmte er, während er die Thermoskanne aufschraubte.

Elli verstand nicht. Aber Sandro handelte mit sicheren Bewegungen. Er reichte Elli die Tüte. »Bitte aufhalten«, sagte er. Dann goss er die Flüssigkeit aus der Kanne in die Plastiktüte. Überraschenderweise befand sich kein Tee, sondern eiskaltes Wasser in dem Thermobehälter. Sandro stellte die Kanne auf den Tisch und nahm Elli die Plastiktüte ab. Er knotete sie zu und platzierte sie vorsichtig auf der geschwollenen Stelle. Die Kälte ließ Elli zusammenzucken, obwohl ihr Bein noch immer nicht durchwärmt war und sie nach wie vor fror.

»Geht es so? Brauchst du noch eine Decke?« Sandro war ihre Reaktion nicht entgangen. Er war ein aufmerksamer Beobachter.

»Geht schon.« Elli wollte keine Umstände machen. Aber Sandro war bereits aufgestanden und hatte eine weitere Decke geholt, die er ihr jetzt reichte. »Für den Fall, dass dir doch noch zu kalt wird.«

»Danke.« Verschämt breitete Elli die Decke über ihrem Körper aus. Schließlich war auch ihr Shirt ziemlich nass geworden. Die zusätzliche Wärme tat gut – so wie gleichzeitig die Kälte ihrem Knöchel spürbare Erleichterung verschaffte.

Eine Weile saßen sie stumm in der Hütte. Der Regen trommelte auf das Dach, und Donner um Donner ließ die Hütte erzittern. Sie beide schienen nach draußen zu horchen und hingen ihren Gedanken nach.

Irgendwann stand Sandro auf und ging wieder zu seinem Rucksack. Erneut wühlte er darin herum. Er förderte eine Flasche Wein, ein Weißbrot und eine Plastikdose zutage. Als er sie öffnete, roch es sofort in der ganzen Hütte nach würzigem Käse. In einer weiteren Dose waren riesige sattgrüne Oliven. In dieser Färbung hatte Elli Oliven noch nie gesehen.

»Hunger?« Sandro riss ein Stück von dem Brotlaib ab. Die Kruste war noch so knusprig, dass man ein leises Knacken hörte, als er das Brot entzweibrach.

Erst als Sandro fragte, wurde Elli klar, wie kraftlos und hungrig sie sich tatsächlich fühlte. Sie nickte. »Sehr.«

Er reichte ihr das herrlich duftende Brot. Den Käse schnitt er mit einem riesigen Taschenmesser, das er am Gürtel trug, in Stücke und stellte die Dose zusammen mit den Oliven auf die Liege. Beim Anblick des Messers wurde Elli klar, warum sie ihn am Anfang für gefährlich gehalten hatte.

»Ein karges Mahl, fürchte ich. Aber das ist alles, was ich dabeihabe.« Er klang fast entschuldigend. »Die Oliven sind was Besonderes«, fügte er noch hinzu. »Iss!«

Er hatte den Wein vergessen und stand noch mal auf, um ihn zu holen. Schon hatte Elli sich eine Olive in den Mund gesteckt. Ein wahres Geschmackserlebnis explodierte in ihrem Mund. Die Olive schmeckte mild, fast cremig. Dazu war sie saftig und vollmundig. Elli dachte an die jämmerlichen Müsliriegel in ihrem Rucksack und wusste den Geschmack von Käse und Oliven gleich noch mehr zu schätzen.

Als Sandro wieder da war, reichte er Elli die Weinflasche. »Gläser gibt es keine.«

Elli griff nach der Flasche und nahm einen kleinen Schluck. Sie würde nur ein wenig nippen – sonst könnte sie sich endgültig von einem Abstieg vom Berg auf ihren eigenen zwei Beinen verabschieden, das wusste sie. Es galt, einen kühlen Kopf zu bewahren. Sie biss in das Brot, außen knusprig und innen weich, ganz frisch.

»Was machst du eigentlich hier bei diesem Wetter?« Sandro schob sich ein Stück Käse in den Mund und kaute langsam.

»Einen Ausflug!« Blöde Frage, fand Elli. Was machte man als Tourist wohl auf einem Berg?

Sandro lachte leise. Es klang rau und ein wenig so, als wäre er es nicht gewohnt zu lachen. »Vermutlich war das eine dumme Frage, oder?«, fragte er und nahm selbst einen Schluck Wein.

Elli lachte jetzt ebenfalls. »Na ja.« Sie wollte ihn nicht beleidigen. Schließlich versorgte er gerade nicht nur ihren Fuß, sondern auch ihren Magen. Beim Aroma des herrlichen Käses waren ihre Müsliriegel völlig vergessen. »Ich bin hier im Urlaub. Eigentlich wollte ich die Wanderung mit meiner Freundin unternehmen, aber sie hat dann absagen müssen, und so bin ich eben allein los.«

»Bei dem Wetter? Na, das ist mutig.« Sein Gesichtsausdruck war ernst.

»Eher blauäugig. Beziehungsweise habe ich die Wolken schon gesehen, aber …«

»Lass mich raten: Du dachtest, es dauert noch, bis das Gewitter dich erreicht.« Sandro biss in sein Brot.

»Ja, woher weißt du das?«

»Es ist ein gängiger Fehler im Gebirge. Außerdem ist das Wetter hier eigen.«

»Hab ich gemerkt«, stellte Elli trocken fest.

Sandro lächelte, freundlich und zugewandt. »Ja.«

Er biss erneut von seinem Brot und inspizierte gleichzeitig die Tüte mit dem Wasser auf ihrem Knöchel, ob der Knoten, mit dem er sie verschlossen hatte, noch dicht war. Seine Umsicht war erstaunlich. Elli realisierte, dass sie sich gut aufgehoben fühlte bei diesem fremden Mann – und das trotz seiner Tarnkleidung, die vermuten ließ, dass er beim Militär war.

»Was machst du denn hier draußen, wenn du schon wusstest, dass es ein Gewitter geben würde?« Elli griff schon wieder nach einer Olive. Sie war froh, dass sie entkernt waren. Das Wandern hatte sie hungriger gemacht, als sie erwartet hätte.

Wieder lachte er auf seine raue Art. »Das ist eine gute Frage.«

Er fixierte Ellis Blick für einen Augenblick. Als ob er überlegen müsste, wie er antworten sollte. Dann erst sprach er. »Ich bin wegen der Vögel losgelaufen und dann einer Laune gefolgt, um mal wieder den Monte zu besteigen – zum Glück!« Sandro deutete auf das Bein.

»Wie bitte? Du bist Vogelbeobachter?« Elli konnte es nicht glauben. Diesen Zweimetermann mit dem breiten Kreuz konnte sie sich beim besten Willen nicht mit einem Fernglas auf der Lauer nach einem Buchfinken vorstellen.

»Nun ja. Nicht direkt. Es ist eher so, dass ich mich gegen die Jagd auf Singvögel einsetze.«

»Wie – Jagd auf Singvögel?«

»Hier in der Gegend gelten Singvögel noch als Delikatesse. Sie werden gejagt und gegessen. Es gibt verschiedenste Fangvorrichtungen, die alle nur ein Ziel haben: Singvögel einzufangen. Meine selbst auferlegte Aufgabe ist es, wann immer ich eine Falle oder Netze sehe, sie untauglich zu machen. Und manchmal«, er zuckte mit den Schultern, »habe ich auch schon ein Netz eingepackt.«

»Ist das denn erlaubt?«

»Netze klauen? Ich fürchte nicht.« Er grinste Elli an, viel zu spitzbübisch für sein Alter. »Weißt du, viele der Jäger sind Wilderer. Und viele der Vogelarten vom Aussterben bedroht. Es ist eine Schande, dass es in der heutigen Zeit noch solche Idioten gibt, die glauben, Turteltauben zu essen gehöre einfach zu ihrer Kultur, obwohl die Bestände der Turteltaube aus Gründen der Jagd, und weil den Vögeln der Lebensraum ausgeht, um siebzig Prozent geschrumpft sind. Siebzig Prozent!« Sandro war ganz außer sich, als er über Täubchen sprach, und irgendwie fand Elli das süß. Dieser ganze Kerl hatte eine weiche Seite – Singvögel.

»Ich hab mir jedenfalls gedacht, dass so kurz vor einem Unwetter weniger Menschen unterwegs sind – und das hat ja auch gestimmt. Ich habe in einigen der Obstgärten Beute gemacht und Netze aus den Bäumen geschnitten.« Jetzt klang er befriedigt. »Ich hab sogar ein paar Leimruten gefunden. Wenn mir der Unmensch, der sie aufgestellt hat, begegnet – nein, das sollte er besser nicht.« Sandro schlug mit der Faust in seine Handfläche. Die Falte auf seiner Stirn war in diesem Moment ein tiefer Krater, die Färbung seiner Haut im Gesicht war rötlicher geworden. Er, der in der letzten halben Stunde so ruhig und gelassen auf Elli gewirkt hatte, wurde wieder zu jemandem, vor dem man sich durchaus fürchten konnte, auch wenn ihr Bauchgefühl ihr zu verstehen gab, dass sie in seiner Gegenwart sicher war. Schließlich war er kein junger Schürzenjäger, sondern ein Mann mittleren Alters, der keinesfalls die Tendenz zum Lüstling zeigte. Auch wenn man sah, dass er sich ziemlich ereifern konnte.

»Was ist denn eine Leimrute?« Elli hatte keine Ahnung.

Ihre unbedarfte Frage schien Sandro ein wenig zu beruhigen. Er wurde sofort wieder sachlich. »Eine Leimrute ist ein Stock, der dick mit Kleber – Leim – bestrichen wird. Wenn ein Vogel darauf landet, bleibt er kleben und kann nicht mehr weiterfliegen.« Sein Gesicht, das sonst, selbst wenn er ernst dreinschaute, von seinen Lachfalten geprägt war, wirkte plötzlich viel älter. »Kannst du dir das Leid vorstellen, wenn ein Vogel versucht, flatternd und sich windend sich aus so einer Falle zu befreien, um am Ende jämmerlich zugrunde zu gehen?«

Elli wusste nicht, ob es die Intensität war, mit der Sandro gesprochen hatte, leise und eindringlich, oder ob es die Tatsache war, dass sie selbst gerade solche Schmerzen im Bein hatte, dass sie das Leiden der Tiere tief nachempfinden konnte, wie auch immer, in jedem Fall standen ihr Tränen in den Augen bei der Vorstellung, wie ein Tier auf solch unwürdige Weise um sein Leben kämpfen musste. Sie nickte. »Ja, kann ich mir vorstellen. Das ist wirklich schrecklich!«

Sandro schüttelte den Kopf, fuhr sich mit der Hand durch sein kurz geschnittenes, kräftiges Haar. »Für viele Leute hier sind die Vögel nichts weiter als eine Delikatesse und eine Trophäe.

Sie sehen gar nicht, wie hübsch die Vögel sind oder dass sie mit ihrem Gesang unser Leben bereichern – oder dass sie, ganz praktisch gesehen, die Mücken fressen.«

»Du engagierst dich sehr für die Vögel«, stellte Elli fest.

»Ja, schon. Wenn ich kann, verbringe ich vor allem jetzt im Herbst viel Zeit damit, sie vor der Pfanne zu bewahren. Ich bin gern draußen und wandere. Da stört es nicht, wenn ich gleichzeitig ein wenig Werkzeug mitnehme, um den Fallen den Garaus zu machen. Heute habe ich sämtliche Netze, die ich entdeckt habe, aus den Bäumen geschnitten – wie man sieht.« Er deutete auf sein Rucksackmonstrum.

Elli musste lachen. »Da werden die Wilderer aber Augen machen, wenn sie zurückkommen.«

Ihr Gedanke schien auch Sandro aufzuheitern. »Und ob!« Er grinste triumphierend und sah wieder so jung und lebendig aus wie vorhin.

Wie alt er sein mochte? Wirklich gut schätzen konnte man sein Alter nicht, fand Elli.

»Sie können sich ja nicht mal beschweren, obwohl sie wissen, dass ich hinter allem stecke«, erklärte er gut gelaunt. »Kannst du den Fuß denn noch bewegen?«, fragte Sandro nach einer kurzen Gesprächspause und deutete auf ihren Knöchel.

Elli versuchte es. »Ja, geht. Könnte sein, ich schaff es runterzuhumpeln.«

»Gut! Das ist gut«, sagte Sandro. Das Prasseln des Regens war einem leichten Klopfen gewichen. »Ich kann dich stützen. Aber erst mal mach ich dir einen Druckverband, ja? Dann wird es noch einfacher.«

Sandro holte ein kleines Verbandsset aus seinem Rucksack. Er hatte wirklich alles in diesem Monstrum. Elli wollte gar nicht wissen, was der Rucksack wog. Sandro musste eine Menge Zeit in seine Fitness investieren, schloss Elli rück. Sie musterte ihn erneut. Bis jetzt war er ihr als Mann gar nicht ins Auge gestochen, jetzt erst betrachtete sie seine kräftigen, zupackenden Hände bewusst. Er hatte ein großes Pflaster am rechten Daumen. Die Adern traten sogar auf den Handrücken deutlich hervor. Sein Pullover war zu weit, sodass man seine Figur nicht exakt ausmachen konnte, aber Elli erkannte, dass er schlank war. Seine Beine füllten die Hose im Military Style gut aus. Elli mochte es, wenn ein Mann Kraft hatte und man es ihm auch ansah. Allerdings hatte sie ihre ganz eigene Meinung zum Militär.

»Bist du Soldat?«, fragte sie Sandro deshalb, während er vorsichtig die Tüte mit kaltem Wasser von ihrem Knöchel hob.

Er lachte leise und schüttelte den Kopf. »Nein, die Klamotten sind nur praktisch. Wenn ich zwischen den Bäumen herumturne, sieht man mich wenigstens von Weitem nicht. Ich bin perfekt getarnt.«

»Allerdings«, stimmte Elli zu.

»Ich hab eine Firma in München geleitet, die Socken und Unterwäsche für Männer herstellt. Designerprodukte, kleine exklusive Dinge. Ich weiß, ich weiß, ich sehe nicht danach aus«, fügte er hinzu, bevor Elli etwas dazu sagen konnte. Fragend deutete er auf Ellis Fuß und sie nickte. Er griff behutsam unter ihre Ferse und an die Wade. Eine Gänsehaut bildete sich auf Ellis Haut, als seine Hände sie berührten. Vorsichtig legte Sandro Ellis Bein auf seinen Schoß und begann, die Binde anzulegen. Er schaffte es, so behutsam vorzugehen, dass sie zwar den Zug des Druckverbandes spürte, aber der Schmerz im Gelenk sich nicht mehr verstärkte.

Trotzdem wollte sie sich ablenken. »Erzähl mir von deinen Schlüpfern.«

»Meinen was?«

»Der Unterwäsche, die deine Firma herstellt und die du dann unters Volk bringst.«

»Ach so, na ja. Meine Tochter Chiara hat die Firma übernommen. Ich habe mich letztes Jahr aus dem Geschäft zurückgezogen. Davor war ich hauptverantwortlicher Direktor. Die Leute mögen italienische Wäsche, weißt du? Unsere Socken waren sehr bunt, manchmal mit Motivdrucken – oft auch passend zur Krawatte, die wir dann natürlich auch im Angebot hatten. Unsere Unterwäsche war und ist der Renner in bestimmten Kreisen, würde ich meinen. Wir haben vor allem diese hautengen Boxershorts in allen möglichen Farben, Slipboxer nennt man die, manche mit zweideutigen Aufdrucken, die kamen sehr gut an – tun sie heute noch, sagt Chiara. Außerdem gibt es eine kleine, exklusive Reihe Tangas.« Sandro lachte leise auf. »Ich hab nie verstanden, dass jemand sich so unbequeme Dinger antut, aber sie haben sich erstaunlich gut verkauft.«

Elli wollte gerade nachfragen, wer die Tangas kaufte, ob sie mehr Scherzartikel waren (sie konnte sich beim besten Willen keinen richtigen Kerl im Tanga vorstellen), als Sandro mit dem Verband fertig war und ihr behutsam in den Schuh half.

»So, lass uns mal sehen, ob du stehen kannst, ja?« Er legte ihren Fuß vorsichtig zurück auf die Pritsche und erhob sich. Ganz selbstverständlich reichte er Elli die Hand, als sie die Beine über die Kante der dünnen Matratze schwang und langsam aufstand, nur den gesunden Fuß belastend. Dann griff sie nach Sandros dargebotenem Arm und hielt sich fest. Als sie spürte, dass er die Belastung mit Leichtigkeit aushielt, erlaubte sie sich, noch mehr ihres Gewichts auf ihn zu stützen, bevor sie das verletzte Bein belastete. Sie verzog das Gesicht. Es tat weh, aber zugleich spürte sie, dass es machbar war, den Berg hinunterzukommen.

»Und? Was meinst du?«, fragte Sandro. Seine ruhige, besonnene Art tat Elli immens gut und bestätigte sie noch mehr.

»Es wird gehen«, antwortete sie mit fester Stimme. »Es wird gehen.« Sie wiederholte den Satz, als ob sie sich selbst damit von seinem Wahrheitsgehalt überzeugen konnte, wenn sie ihn nur oft genug laut hörte. Andererseits fühlte sich der Knöchel im Augenblick tatsächlich viel besser an.

»Also gut. Ich nehm deinen Rucksack. Dann versuchen wir es.«

Wie selbstverständlich dieser Mann sich um sie kümmerte, rührte Elli. Er war ihr schließlich zu nichts verpflichtet und doch wirkte er kein bisschen genervt. Für ihn war klar, dass er jetzt für sie da war, und das ließ er sie spüren. Elli beobachtete, wie er die Brotzeit zusammenpackte und anschließend ihren Rucksack auf den seinen schnallte. Das Gebilde sah eindrucksvoll aus, als er es schulterte, und dennoch wirkte es ganz mühelos, als er das Monstrum auf den Rücken schwang.

Dann öffnete er die Tür der Hütte. Strahlendes Tageslicht fiel von draußen herein und machte das Kerzenlicht lächerlich, das die winzige Schutzhütte erhellt hatte. Sandro pustete die Kerze aus, und es duftete einen Moment herrlich nach Wachs und dem Rauch. Dann roch man den nassen Wald und die Frische der Luft nach dem Regen.

»Gehen wir?« Sandro schaute Elli mit seinen eisblauen Augen intensiv an, als wollte er sich erneut vergewissern, dass sie der vor ihnen liegenden Herausforderung gewachsen war.

»Natürlich!« Elli biss die Zähne zusammen und humpelte hinaus vor die Tür. Als sie fast das Gleichgewicht verlor, griff Sandro blitzschnell zu und fasste sie um die Taille, damit sie sich wieder fing. Schon wieder half er selbstverständlich, ohne eine Sekunde zu zögern.

Mehr sogar: Er lächelte Elli an, als ob nichts passiert wäre. »Na, dann mal los!«

3. Turteltauben

Der Abstieg vom Berg war eine anstrengende und entsprechend schweigsame Angelegenheit, die Elli viel Kraft kostete. Einige Male wäre sie fast gefallen. Der Weg war jetzt rutschig. Sandro war mit seiner ruhigen, verantwortungsvollen Art stets zur Stelle, um ihr zur Seite zu stehen. Und überraschenderweise funktionierten sie wie eine Maschine miteinander. Ihre Bewegungen griffen ineinander, gerade so, als konnte Sandro voraussehen, wann sie fiel. Vermutlich war er einfach so erfahren am Berg, dass er die kritischen Stellen erkannte. Bei erster Gelegenheit hatte Sandro auch einen Stock im Wald erspäht, den er Elli in die Hand drückte. Ihr kam es jetzt, in Bewegung, so vor, als würde der Schmerz tatsächlich noch ein wenig leichter werden.

»Das kann ich dir auch nicht erklären, ich bin kein Mediziner«, hatte Sandro zu ihr gesagt, als sie ihn gefragt hatte, ob sie sich die Veränderung nur einbildete.

Schließlich waren sie bei dem Parkplatz an der Bar angekommen. Die Terrasse, die am Morgen noch leer dagelegen hatte, war jetzt gut besucht von Gästen, die den Ausblick über den Gardasee genossen. Elli hatte den Gedanken an ein erfrischend kühles Getränk, der beim Aufstieg noch so verlockend war, ganz aus ihrem Bewusstsein verloren.

»Mein Auto ist der Geländewagen da drüben.« Er deutete auf das Schiff, das Elli beim Aufstieg aufgefallen war. Jetzt verstand sie, wofür Sandro so ein Fahrzeug brauchte. Im Gegensatz zu ihren Vorurteilen war es wohl so, dass er häufig in den umgebenden Bergen unterwegs war.

»Das Auto schafft es überall hin, oder?«, fragte Elli.

Sandro nickte. »O ja. Ich bin niemand, der Autos besonders toll findet, aber ich wollte ein Fahrzeug, das mich zuverlässig dabei unterstützt, meiner Passion zu folgen, und die führt mich oft ein wenig abseits der ausgetretenen Pfade.« Er zuckte die Schultern. »Fangeinrichtungen für Singvögel befinden sich selten an der Hauptstraße, da würden die Carabinieri dann doch eingreifen. Aber ich weiß eine Menge Gärten, in denen ich immer wieder auf Fallen stoße, doch selbst bei einer offiziellen Anzeige würde dort niemand eingreifen.«

»Da hast du dir sicher schon viele Feinde gemacht.« In Ellis langsamem Gehtempo bewegten die beiden sich auf das Auto zu.

»Natürlich.« Sandros Gesichtsausdruck war sehr ernst geworden. »Eine Menge Einheimische verdammen mich für das, was ich tue. Da hilft es auch nichts, dass ich in Limone geboren bin. Wenn man so will, habe ich mich für die Turteltauben und gegen einen Teil meiner Nachbarn entschieden.« Die Entschlossenheit seiner Worte beantwortete deutlich die Frage, ob er seine Entscheidung je bereut hatte. Dieser Mann stand zu dem, was er tat, und zwar hundertprozentig. Elli bewunderte ihn in diesem Moment für seine Willensstärke. Dieser Baum von einem Mann kam ihr jetzt noch ein wenig größer vor, als er es ohnehin schon war.

»Ciao, Sandro!« Der Kellner der Bar war auf die Terrasse herausgekommen und überschüttete sie mit Worten, die Elli nicht verstand. Er klang sehr freundlich, und auch Sandros Antwort war ein fröhlicher Wortschwall, bevor er mit Elli gemeinsam die letzten Meter zu seinem Fahrzeug überwand. Er runzelte die Stirn. Elli folgte seinem Blick. Der Lack wies etliche frische Kratzer auf. Sandro fuhr mit dem Finger darüber, kommentierte den Schaden aber nicht, während er ihr wie selbstverständlich die Tür aufhielt, damit sie einsteigen konnte. Vielleicht hatte er mit einer solchen Aktion gerechnet? Da bestätigte sich wohl, worüber sie eben noch gesprochen hatten: Sandro hatte Feinde hier im Dorf.

»Geht es?«, fragte er, voll und ganz auf Elli konzentriert. Dem Schaden am Auto widmete er keine weitere Beachtung – stattdessen schenkte er Elli seine ungeteilte Aufmerksamkeit. Das war sie nicht gewohnt. Sehr schnell war ihr nach der Trennung von Dirk klar geworden, dass sie die einzige Verantwortliche in ihrem Leben war und alle Fäden bei ihr zusammenliefen. Diese Verantwortung jetzt abzugeben, war ein ungewohntes Gefühl.

»Danke. Wirklich. Ohne dich hätte ich es niemals geschafft.« Elli schloss für einen kurzen Moment die Augen. Ihre Beine taten weh von der Beanspruchung durch das lange Gehen, noch dazu in Schonhaltung. Es hatte ewig gedauert, ins Tal zu kommen. Sie waren stundenlang marschiert. Elli hatte der Aufstieg zwar sehr angestrengt, doch er war bei Weitem keine solche Strapaze wie der Abstieg, nicht nur wegen ihrer Verstauchung. An ihrer linken Ferse hatte sich obendrein eine dicke Blase gebildet, und ihr Knöchel pochte leise vor sich hin. »Ich bin total fertig.«

»Das kann ich mir vorstellen.« Sandro warf die Autotür zu, verstaute seinen Rucksack im Kofferraum und setzte sich dann ans Steuer.

»Wo wohnst du? Ich fahr dich direkt dorthin, dann kannst du das Bein hochlegen. Nachdem wir die ganze Strecke so gut geschafft haben, glaube ich nicht, dass du einen Arzt brauchst.«

»Nein«, bestätigte Elli. »Das denk ich auch nicht. Ich wohne im Hotel *Casa Felicità*. Das liegt …«

Sandro ließ sie nicht aussprechen. »Bei meiner Nachbarin Antonella. Das ist ja ein witziger Zufall.«

In diesem Augenblick erinnerte Elli sich an den Mann in der Leinenhose, auf den sie bei ihrer Ankunft getroffen waren – vier Flaschen Limoncello, das hatte Antonella doch gesagt, oder?

Sandro war der Mann! Sie war ihm also schon einmal begegnet. Wie sagt man doch: Man sieht sich immer zweimal im Leben.

Sandro ließ den Motor an. Das Brummen des Wagens sorgte dafür, dass Elli ihre Augen erneut schloss. Sie war hundemüde. Als das Motorgeräusch verstummte, war Elli überrascht. Waren sie nicht gerade erst losgefahren? War sie eingenickt?

Auf jeden Fall stand das Auto vor dem Hotel auf dem Kies. Tatsächlich musste sie in Gegenwart eines fremden Menschen einfach eingeschlafen sein.

Barbarossa lag zufrieden auf der Hausbank und putzte sich. Die Eingangstür war einladend geöffnet.

»Vielen Dank für alles«, sagte Elli zu Sandro.

Er schüttelte den Kopf und lachte. »Das hast du schon gesagt.«

Dann stieg er aus dem Auto aus und kam um das Fahrzeug herum. Ganz Gentleman, öffnete er die Beifahrertür und half ihr beim Aussteigen. Dann erst kümmerte er sich darum, Ellis Rucksack aus dem Kofferraum zu holen. Doch plötzlich hielt er in der Bewegung inne. »Da, eine Turteltaube!« Er deutete auf einen Baum in der Nähe, auf dem eine Taube saß und neugierig zu ihnen herabschaute. Ihr Gefieder war hellbraun, der Kopf fast weiß. Ihre Augen waren bernsteinfarben und warm. Elli musste zugeben, dass die Turteltaube ein wunderschönes Tier war und eine gewisse Eleganz ausstrahlte. Am Halsansatz war ihr Gefieder hellblau, leuchtete fast.

»Unvorstellbar, dass so eine Schönheit aufgegessen werden soll«, platzte es aus Elli heraus.

»Ja, nicht wahr?« Sandro stand noch immer ganz still und beobachtete den Vogel. »Stell dir vor, sie hängt in einer Leimrute und kann sich nicht mehr bewegen. Weißt du, was das für ein elender Anblick ist?« Er seufzte. Die Turteltaube warf den beiden einen letzten Blick zu, bevor sie in Richtung See davonflog.

Sandro erwartete keine Antwort von Elli. »Wenn du möchtest, trag ich dir noch den Rucksack rein.«

Aber Elli schüttelte den Kopf. »Du hast echt genug für mich getan. Die paar Meter schaffe ich.«

»Gut, dann …« Sandro reichte ihr die Hand. Warm und trocken, fest und stabil schlossen sich seine Finger um Ellis, wieder einen Augenblick länger als ein gewöhnlicher Händedruck. Dann war der Moment auch schon vorbei, und Sandro stieg in den Wagen. Die Fahrertür schlug zu, und Sandro ließ den Motor an. Er winkte, eine kurze, knappe Geste und ein Lächeln. Dann wandte er sich um und fuhr rückwärts aus der Hofeinfahrt.

In diesem Augenblick hatte Elli das seltsame Gefühl, gerade etwas Wichtiges vergessen oder verloren zu haben. Eine kleine Lücke nur, kaum spürbar, aber doch vorhanden.

Sie schüttelte den Kopf und humpelte auf das Gebäude zu. Gleich würde sie Amrei und Mary sehen, zu Abend essen. Und im Anschluss würde sie sich überlegen, wie sie Sandro eine Freude machen könnte. Vielleicht wusste Antonella da ja einen Rat, schließlich war er ihr Nachbar. Ja, genau so würde sie es machen.

Ach, Amrei! Es würde so schön sein, ihre Tochter gleich im Arm zu halten. Mit einem Lächeln auf den Lippen trat sie ins Foyer des kleinen Hotels.

* * *

»Und du sagst, er hat dich auf dem ganzen Weg nach unten gestützt?« Mary hing an Ellis Lippen, als diese die Geschichte des heutigen Tages erzählte, immer wieder fragte sie nach und wollte alles im Detail wissen, während Amrei begeistert Schokoladenpudding futterte, den Antonella extra für die Kleine zubereitet hatte, weil Kinder ihren *budino* unbedingt probieren sollten, wie sie sagte. Sehr offensichtlich fand Amrei das auch. Ihr T-Shirt war mal rosa gewesen – man konnte es allerdings nur noch grob erahnen.

»Ja, er war zumindest immer da, wenn ich ihn brauchte«, bestätigte Elli und nahm einen Bissen ihres Zitronenkuchens, der im Mund dahinzuschmelzen schien, während Süße und Säure gleichermaßen ihre Geschmacksnerven kitzelten. Sie erinnerte sich daran, wie sie ein paarmal fast gefallen wäre, wie sie auf dem vom Regen glitschigen Boden ausgerutscht war und Sandro sie jedes einzelne Mal gestützt und Schlimmeres verhindert hatte.

»Dann ist er ein Märchenprinz!« Marys Augen leuchteten wie die eines Kindes am Weihnachtsabend.

Elli musste lachen. Man hörte an Marys sehnsüchtigem Ton wirklich die romantische Verklärung der Jugend, die Elli längst gegen bodenständigen Realismus eingetauscht hatte. Ihr würde so leicht niemand mehr etwas vormachen.

»Lach mich nicht aus!« Mary schob ihre Unterlippe vor und wirkte noch jünger als ohnehin schon.

»Ich lach dich nicht aus. Ich bin nur in einem anderen Lebensabschnitt als du, und mein Glaube an den Ritter in schimmernder Rüstung ist einer sehr realistischen Version von Männern gewichen.« Elli konnte nicht verhindern, dass sie das Wort *Männer* ein wenig ausspuckte. Dirk tat noch immer weh. Sie schaute zu ihrer gemeinsamen Tochter, die eifrig dabei war, aus ihrer mittlerweile leeren Puddingschale letzte Reste der schokoladigen Köstlichkeit zu kratzen, die ihrem T-Shirt den Rest gegeben hatte. Etwas Gutes hatte die Beziehung mit Dirk immerhin gehabt: Ihre Tochter löste in Elli nichts als pure Liebe aus.

Schon so oft hatte Elli sich gefragt, was gewesen wäre, hätte Dirk sie nicht betrogen, oder andersherum: wie ihr Leben sich dadurch verändert hatte, dass er kein Teil ihres Lebens mehr war. Sie dachte an die Nachricht von ihm, die sie vorhin auf dem Handy gesehen und ungelesen gelöscht hatte. Dirk meldete sich jede Woche, immer am Sonntag, und jede Woche löschte sie die Nachricht. Eigentlich war es an der Zeit für eine neue Handynummer, dachte sie nun schon zum tausendsten Mal, aber am Ende hatte sie sich dann doch nie dazu durchringen können. Sie konnte selbst nicht genau sagen, warum. Vielleicht weil sie wusste, dass sie sich irgendwann der Sache stellen musste und Dirk nicht ewig ausweichen konnte. Er war Amreis Vater. Er hatte Rechte, nicht wahr?

»Ach, Elli, du bist eine Schwarzseherin!« Mary schüttelte lachend den Kopf. Trotz ihres Altersunterschieds von zehn Jahren hatten sich die zwei Frauen auf Anhieb blendend verstanden.

»Wer sieht schwarz? Und darf ich vielleicht noch ein Stück Zitronenkuchen reichen?« Valentina, die auch schon vor einem Jahr, als Elli zuletzt hier gewesen war, hier gearbeitet hatte, war unbemerkt an den Tisch herangetreten und hielt einen hübsch dekorierten Kuchenteller in der Hand.

Mary winkte ab, aber Elli wollte zu gern noch ein Stück des köstlichen Backwerks.

»Elli hat heute ein kleines Abenteuer erlebt«, antwortete Mary auf Valentinas erste Frage, bevor Elli zu Wort kommen konnte.

»Ist etwas passiert?«

»Elli hatte einen furchtbaren Unfall!« Mary war eigentlich nicht der Typ, der sich hervortun wollte, es war wohl mehr die eigene Erregung, die sie so dramatisch antworten ließ.

»Na ja, es war weniger schlimm, als ich zuerst dachte«, relativierte Elli die Aussage der jungen Frau. »Ich hab mir den Fuß verknackst.«

»Und dann ist sie von einem Prinzen gerettet worden«, erklärte Mary begeistert und machte ein ganz verzücktes Gesicht.

»Eher von einem patenten Nachbarn hier vom Hotel. Er heißt Sandro«, informierte Elli Valentina. »Vielleicht kennst du ihn ja? Ich wollte ihm eigentlich noch eine kleine Freude machen, als Dankeschön für seine Hilfe.«

Valentina schüttelte bedauernd den Kopf. »Ich weiß zwar, welchen Nachbarn du meinst, doch ich kenne ihn kaum und kann dir deshalb leider nicht weiterhelfen. Aber ich geh mal in die Küche und frag die Chefin, ja?«

Elli nickte. »Das wäre sehr nett.«

Es dauerte keine fünf Minuten, da stand Antonella vor Elli. Wie schaffte sie es nur, dass ihre Schürze so blitzsauber blieb? Die grauen Haare waren zu einem riesigen Dutt zusammengefasst, der Antonella Eleganz und Grazie verlieh, trotz der einfachen Küchenkluft, die sie anhatte.

»Hat Sandro etwas ausgefressen?«, fragte sie mit einem schelmischen Augenzwinkern nach. »Ich meine, was ist denn passiert?«

»Ich hatte einen kleinen Wanderunfall«, antwortete Elli. »Dann bin ich auf Sandro getroffen und er hat mir den Berg runtergeholfen und mich nach Hause gebracht.« Sie wollte die Geschichte nicht noch einmal ausführlich erzählen. »Jetzt möchte ich mich gern bei ihm bedanken.«

»Er hat sich wirklich heldenhaft verhalten!«

Elli warf Mary für diesen Einwurf einen fast schon tadelnden Blick zu und fuhr fort: »Hättest du vielleicht eine Idee, wie ich ihm eine Freude machen könnte, Antonella?«

»Geht es deinem Fuß denn jetzt gut?«, fragte die Italienerin zunächst nach.

»Ja, danke. Ich bin selbst überrascht, dass es mir schon wieder so gut geht. Vermutlich war Sandros Kühlpack genau das Richtige.«

»Vermutlich.« Antonella nickte zur Bestätigung. »Und wegen Sandro – hm. Lass mich mal nachdenken. Er mag Limoncello, aber da habe ich ihm schon vier Flaschen rübergebracht. Eigentlich wollte ich ihm drei bringen, aber dann habe ich noch eine draufgelegt, als Barbarossa mit einem frisch erlegten Rotkehlchen in seinen Garten verschwunden ist. Da hat mich einfach das schlechte Gewissen gepackt, wo Sandro sich doch so vorbildlich für den Erhalt des Singvogelbestands einsetzt.«

»Ja, das tut er, nicht wahr?« Elli war noch immer beeindruckt von Sandros ruhiger Stärke und der Besonnenheit, die er mit jeder Faser seines Körpers ausstrahlte. Wenn er sich ein Ziel setzte, wich er nicht davon ab – da war sie sicher.

»Cantuccini.«

»Wie bitte?« Ellis Gedanken waren für einen Moment ganz weit weg gewesen.

»Die liebt er. Cantuccini? Diese Kekse, die man gern mal zum Cappuccino reicht? Du kennst doch sicher dieses Mandelgebäck?«, hakte Antonella nach.

Natürlich kannte Elli das! Allerdings hatte sie nur ein einziges Mal welche gekauft, weil sie sich nicht wirklich mit den harten Keksen anfreunden konnte.

»Ja, kenn ich schon, aber …« Sie klang genauso unmotiviert, wie sie sich beim Gedanken an die steinharten Kekse fühlte.

»Oooh, ich weiß, was du jetzt vermutest, aber da bist du ganz falsch gewickelt. Unten in der kleinen Bäckerei gibt es die besten Cantuccini überhaupt, und ich bin mir sicher, auch du wirst deine Meinung über die Kekse ändern, wenn du diese erst probiert hast.« Antonella sprach mit unverkennbarer Leidenschaft in der Stimme, Leidenschaft für gutes Essen.

»Na, eigentlich muss ich sie eh nicht mögen.« Elli zuckte mit den Schultern. »Hauptsache, Sandro mag sie.«

Sie wandte sich an Mary. »Wenn es nicht zu weit ist, könnten wir vielleicht noch zu der Bäckerei humpeln. Was meinst du?«

»Klar, gern!« Wie immer war Mary voller Tatendrang.

»Wenn du mir jetzt noch sagst, wo der Laden ist, dann sind wir quasi schon unterwegs«, wandte Elli sich an Antonella. »Oh, und ich muss Amrei noch rasch umziehen.«

Die Hotelbesitzerin lachte. »Offenbar war mein Pudding ein voller Erfolg.«

Wie zur Bestätigung ließ Amrei ein lautes, fröhliches Kreischen hören und fuchtelte mit dem kleinen Löffel, den sie noch immer in der Hand hatte, in der Luft herum. Die drei Frauen mussten mitlachen, als die Kleine ihren schokoladeverschmierten Mund zu einem breiten Grinsen verzog.

4. Italiensperling

Eigentlich war Elli müde. Eigentlich.

Der Tag war ganz schön voll gewesen. Kim war mit ihr und Amrei mit dem Fährboot nach Riva gefahren, was ein gigantisches Landschaftserlebnis gewesen war. Dort hatten sie in einem kleinen Café direkt am Wasser einen Cappuccino getrunken und waren durch die Gassen gebummelt. Amrei hatte, nachdem sie am Vorabend später ins Bett gekommen war, einen langen Mittagsschlaf gehalten, und Elli, bei der in jeder Faser des Körpers der Muskelkater tobte, war Kim sehr dankbar, dass sie mit ihr gemeinsam auf einer Bank direkt am Seeufer einfach die Beine von sich streckte und das schöne Wetter genoss.

Die Freundinnen hatten sich schon eine ganze Weile nicht mehr ausgiebig unterhalten und austauschen können, und jetzt Zeit für ihre Freundschaft zu haben, tat einfach nur gut. Kim erzählte von der kleinen Wohnung, die sie mit Luca bewohnte, und dass sie meistens unten in der Hütte am Seeufer arbeitete, wo Luca auch seine Surfsachen und die SUPs aufbewahrte. Dort war noch Platz für einen Maltisch gewesen, und Luca hatte kurzerhand ein Dachfenster darüber eingebaut, damit Kim genügend Licht hatte. Die Augen der Freundin strahlten, als sie davon erzählte.

»Weißt du«, sagte sie, »ich lebe heute viel bescheidener als früher. Mit Luca habe ich gemerkt, dass ich den Luxus, den ich in München hatte, echt gern gegen viel Sonnenschein und den richtigen Menschen an meiner Seite eintausche. Ich glaube wirklich, dass das der wahre Reichtum im Leben ist.«

Aus dem Mund von jemand anders hätten Kims Worte kitschig klingen können, aber bei ihr hörte man, dass es nichts als die Wahrheit war, so ruhig und ohne Schnickschnack, wie sie es formulierte. Sie liebte Luca – keine Frage.

Als Amrei dann aufgewacht war, waren sie mit der Kleinen zu einer Stelle gegangen, wo sie ein wenig im Wasser planschen konnte, um anschließend noch Eis für alle zu besorgen. Elli hatte sich schon Gedanken gemacht, ob Amrei in den letzten Tagen nicht ein wenig zu viel Süßigkeiten verputzte, aber dann hatte sie die Sorge schnell weggeschoben – das hier war Urlaub, nicht wahr? Da durfte auch ein Kind mal eine Kugel Eis mehr essen als daheim, beschloss sie.

Die Bootsfahrt zurück war für Amrei dann ein einziges Fest, weil die Kleine gar nicht mehr nachkam, die Boote und Surfbretter zu bemerken, die mit dem aufgefrischten Wind über den See glitten. Ihr Zeigefinger flog in alle Richtungen.

Zudem war auf dem Boot auch noch ein wuscheliger kleiner Hund – der natürlich sofort das Herz des Mädchens gewann. Als Amrei ihn auch noch streicheln durfte, war es ganz und gar um sie geschehen. Kinderglück war so einfach!

Jetzt, nach dem fulminanten Abendessen, das Antonella kredenzt hatte, schlief die Kleine hoffentlich. Mary hatte sie kurzerhand in den Buggy gesetzt, um sie in den Schlaf zu wiegen. Elli fiel ein, dass sie ihre junge Freundin noch gar nicht gefragt hatte, wie ihr Tag verlaufen war – das musste sie unbedingt später nachholen.

Jetzt allerdings stand sie vor Sandros Eingangstor, das abgeschlossen war. Dahinter war alles still. Sie hatte eine

Tüte Cantuccini dabei und zusätzlich diese italienischen Zitronenplätzchen, die sie in der Bäckerei probiert hatte. Eine nette Angestellte hatte sie diverse Kekse verkosten lassen, und im Gegensatz zu den Cantuccini, die sie auch in der Bäckerei geschmacklich nicht umgehauen hatten, schmolzen diese Zitronenplätzchen regelrecht auf der Zunge, ähnlich wie der Kuchen, den Antonella an ihrem Ankunftsabend serviert hatte. Nur dass diese Kekse außen fest waren und über einen Kern aus Zitronencreme verfügten, der sich als sauer-prickelnde Überraschung auf der Zunge präsentierte. Elli hatte kurz entschlossen auch davon eine Tüte für Sandro gekauft und gleich noch eine weitere für sich und Mary mitgenommen. Sie stellte sich diese Kekse herrlich zu einem Glas Prosecco vor – wobei sie schon pur größten Genuss darstellten. Deshalb stellte sich die Frage, ob sie unter Ellis Obhut überhaupt bis zum nächsten Sekt überleben würden.

Das Tor zu Sandros Anwesen war hellgrau gestrichen. Elli hielt nach einer Klingel Ausschau, entdeckte aber keine. Unentschlossen stand sie da und wollte bereits unverrichteter Dinge wieder gehen, als das Tor plötzlich zur Seite aufschwenkte und Sandro vor ihr stand.

»Oh«, sagte er und verschränkte die Arme vor der Brust. Sein T-Shirt ließ die Armmuskeln sehen, sein breiter Oberkörper kam perfekt zur Geltung. Weißer Stoff, braune Haut und seine Körpergröße taten ein Übriges. Sandro war ein eindrucksvoller Mann, selbstsicher und präsent. Sie konnte ihn sich gut vorstellen, wie er in seiner Firma die Strippen gezogen hatte, einen Raum ganz ausfüllend, die Aufmerksamkeit aller auf ihm. Plötzlich kam sie sich blöd vor mit ihrer Bäckertüte in der Hand. Sandro stand ihr gegenüber wie ein Fels.

»Ich hab dir Kekse mitgebracht«, stammelte sie und fühlte sich fehl am Platz, weil sie sich nicht bei ihm angemeldet hatte.

Doch in diesem Augenblick verzog Sandros Gesicht sich schon zu einem Lächeln. »Das ist sehr nett.«

»Ich wollte mich einfach bei dir bedanken. Du hast mir sehr geholfen.« Elli hielt ihm die knisternde Tüte hin, aber Sandro nahm sie ihr nicht ab.

»Komm doch rein«, sagte er stattdessen und trat einen Schritt zur Seite. Da stand Sandros Jeep, den kannte Elli schon. Aber das Bild, das sich ihr vom Garten bot, als sie freien Blick hatte, war beeindruckend und ließ sie staunen. Die Wiese stand ziemlich hoch. Ein großer Bereich war mit Obstbäumen bepflanzt. Es gab an einigen Stellen Nistkästen, die sich zum Teil in den Bewuchs einfügten, zum Teil aber so aufwendig gestaltet waren, dass sie bunt aus ihrer Umgebung hervorstachen. In einer Ecke standen verblühte Sonnenblumen, manche abgeknickt. Kein Wunder, gerade flatterte ein kleiner Vogel dort herum. Sandro folgte ihrem Blick. »Das ist ein Sperling. Ich habe den Garten vogelfreundlich gestaltet – um ehrlich zu sein, auch deshalb, weil ich faul bin und ein verwilderter Garten dieser Tendenz entspricht, sozusagen. Dem Italiensperling dort drüben gefällt es sehr gut bei mir.« Sandro schmunzelte.

Der Vogel flog auf, als hätte er gehört, dass Sandro über ihn gesprochen hatte, und flatterte zu einem kleinen Busch hinüber, in dem er verschwand. Auch Büsche gab es überall, sogar vor der Mauer, die das Grundstück eingrenzte, befand sich Buschwerk.

Das Haus selbst war über und über mit Efeuranken bewachsen und strahlte so viel Gemütlichkeit aus, dass Elli am liebsten sofort eingezogen wäre. Es war aus Natursteinen erbaut, und dort, wo es nicht in das dunkle, satte Grün des Efeus gehüllt war wie in ein Kleid, sah man, dass die Fassade unverputzt war. Das Braun der Fensterrahmen passte perfekt.

Sie gingen nebeneinander zum Haus, während sich das Gartentor wie von Zauberhand hinter ihnen schloss.

»Trinkst du ein Glas Prosecco mit mir?«, fragte Sandro, während Elli noch immer damit beschäftigt war, sich umzusehen.

»Sehr gern! Meine Kekse passen sicher hervorragend dazu.« Sie hob ihre Tüte und klopfte dagegen.

»Dann komm, wir setzen uns auf die Terrasse, ja?«, schlug Sandro vor und zeigte auf einen kleinen Kiesweg, der am Haus entlangführte. Ganz Gentleman, ließ er Elli vorausgehen. Sie hatte bequeme Turnschuhe angezogen und ein einfaches Sweatkleid. Zu Hause in München musste sie sich für ihren Geschmack viel zu oft im Kostüm oder in einem eleganten Outfit präsentieren, um den Ansprüchen der Agenturkunden gerecht zu werden. Jetzt im Urlaub genoss sie es, leger unterwegs zu sein.

»Mach es dir bequem!« Die Terrasse war mit Korbstühlen und einem passenden Tisch möbliert. Ein Margeritenstrauch, der nur noch spärlich blühte, stand in einer Ecke. Alles hier war blitzsauber. Elli erhaschte einen Blick ins Wohnzimmer auf cremefarbene Polstermöbel und einen schweren Eichentisch. Auch innen schien alles perfekt aufgeräumt. So faul, wie Sandro behauptet hatte, war er offenbar nicht. Oder er hatte Personal.

»Hier?« Elli deutete auf einen der Stühle.

»Du kannst sitzen, wo du möchtest. Aber lieber wäre mir, du würdest diesen Platz dort nehmen – wegen des Ausblicks auf den See.« Erst jetzt bemerkte Elli, dass der Blick aus Sandros Garten noch viel mehr bot als der von Antonellas Terrasse.

»Traumhaft!«, entfuhr es ihr. Das Abendlicht, das satte Grün von Sandros Obstbäumen, die den Blick umrahmten und an denen strahlend gelbe Zitronen hingen, die Berge auf der gegenüberliegenden Seeseite – alles vereinte sich zu einem fast magischen Bild.

»Vom Schlafzimmer aus ist der Blick am besten, aber hier ist es auch sehr schön. Ich hab lang über eine Dachterrasse nachgedacht, aber der Umbau war mir einfach zu aufwendig«, erklärte Sandro. »Ich versuche, mich auf die Dinge im Leben zu beschränken, die mir wirklich wichtig sind.«

Automatisch wanderten Ellis Gedanken zu Amrei. Dann fokussierte sie sich wieder auf Sandro.

»Ich hol mal Prosecco.« Sandro verschwand im Haus und ließ Elli allein, die in ihre Tüte griff und die beiden Kekssorten auf den Tisch stellte.

Es dauerte kaum eine Minute, schon war Sandro zurück.

»Oh, Cantuccini«, sagte er, während er Elli und sich je ein Glas hinstellte.

»Du liebst sie also wirklich?«, fragte Elli und begutachtete seinen Gesichtsausdruck.

Sandro machte sich am Verschluss der Proseccoflasche zu schaffen. Er schaute auf. »Also, wenn ich ehrlich bin, schmecken mir die Zitronenkekse, die du noch dabei hast, besser.« Sein Lächeln wirkte verlegen.

Elli lachte. »Na, dann ist es ja super, dass ich die auch mitgebracht habe. Ich kann Cantuccini nämlich nicht besonders leiden. Keine Ahnung, was mich an ihnen stört, aber – na, jeder hat andere Vorlieben. Ich kann sie allerdings Antonella schenken, die schwört auf diese Kekse!«

Sandro fiel in ihr Lachen ein. »Ich weiß! Mir hat sie auch schon mal welche gebracht, als ihr Kater mir ein Täubchen auf die Terrasse gelegt hat. Sie hatte so ein schlechtes Gewissen deswegen, dass ich gar nicht anders konnte, als Freude vorzutäuschen.«

Dass er auf Antonellas Geschenk so liebevoll reagiert hatte, gefiel Elli. Dann fiel ihr ein: »Magst du Limoncello etwa auch nicht?«

»O doch, in den könnte ich mich direkt reinlegen. Aber mir schmeckt nur ihrer. Irgendwas macht sie anders, ich weiß nicht genau. Es könnte der braune Zucker sein.« Sandro verdrehte die Augen. »Hast du Antonellas Zitronenlikör schon probiert? Nein? Das musst du unbedingt nachholen!«

Er hatte mit routinierten Bewegungen Prosecco eingeschenkt und hob sein Glas. »Salute, schön, dass du da bist!«

Sandro lächelte sie an und Elli setzte ihr Glas an die Lippen. Der Prosecco war erfrischend kalt.

»Wie geht es deinem Bein?«, fragte er, nachdem er ebenfalls von seinem Glas genippt hatte.

Elli umriss kurz ihren heutigen Tag. »Du siehst, ich bin wieder ganz in Ordnung.«

»Sehr schön. Ich denke, du hattest Glück im Unglück.«

Elli nickte bestätigend. »O ja, vor allem, weil ich dich getroffen habe.«

»Oh, vielen Dank. Das ehrt mich.«

Ihre Blicke trafen sich wie von selbst. Die Stimmung war plötzlich eine ganz andere. Jetzt, wo Elli den Nachhall ihres eigenen Satzes noch im Ohr hatte, hörte sie auf einmal, wie sie geklungen hatte. Dabei hatte sie nicht mit ihm flirten wollen, oder? Noch immer schaute sie tief in Sandros helle Augen, der ihren Blick unverwandt erwiderte. Die Zeit schien stillzustehen, sie hörte nichts mehr und sah nur das strahlende Blau seiner Augen. In diesem Augenblick wurde sie sich seiner Männlichkeit zum ersten Mal bewusst. Sein Alter, das ihn als potenziellen Partner ausgeschlossen hatte, spielte in diesem Moment, wo sie so sehr durch ihre Blicke verbunden waren, plötzlich keine Rolle mehr. Schließlich war es Sandro, der den Blickkontakt brach.

Er räusperte sich und deutete auf die Zitronenkekse. »Darf ich?«

»Natürlich!« Elli schob ihm die Cellophantüte hin, und er öffnete sie. Der Duft, der ihr sofort entstieg, ließ sogar Elli das Wasser im Munde zusammenlaufen, obwohl sie mehr als satt vom Abendessen zu Sandro gekommen war. Sie wollte sich einen Keks nehmen, gleichzeitig griff Sandro in die Tüte und ihre Handrücken berührten sich. Es war nur ein kurzer Moment, und doch war diese Berührung ganz anders als jede zuvor. Plötzlich schien die Luft zwischen ihnen zu knistern. Elli zog ihre Hand zurück. Die Stelle, wo sie Sandros Haut berührt hatte, schien zu brennen. Erstaunt schaute sie ihn an, sein markantes Profil, während er den Blick auf den Keks richtete, den er sich gerade herausgeholt hatte. Wie alt er wohl war? Keinesfalls *zu* alt – oder doch?

Elli kaute auf ihrer Unterlippe herum, ertappte sich bei der Verlegenheitsgeste und hörte sofort damit auf. Sandros Augen lagen auf ihr, und sie fragte sich, ob ihm aufgefallen war, dass sie wie ein kleines Mädchen ihre Lippe malträtiert hatte. Aber er lächelte nur, beugte sich über den Tisch, griff nochmals in die Tüte und hielt ihr den Keks hin, den er gerade herausgefischt hatte.

»Hier, bitte sehr.«

Sein Lächeln erreichte seine Augen direkt und ohne Umwege. Die Wärme seines Blicks sorgte – wie auf der Hütte – dafür, dass Elli sich schlagartig wohl und geborgen fühlte. Wie hatte sie je denken können, dass von diesem Mann auch nur ein Funken Kälte ausging? Vermutlich war das ihren Schmerzen zuzuschreiben und der Kapuze, die ihm anfangs bei der Berghütte ins Gesicht gehangen und seine Augen verdeckt hatte. Jetzt strahlte er einfach nur Wärme aus, eine Ruhe, die ansteckend wirkte.

»Erzähl, was machst du so, wenn du nicht hier Urlaub machst?«, fragte Sandro, während Elli noch nervös an ihrem Keks herumknabberte. Denn auf einmal hatte sie überhaupt kein Interesse mehr an dem süßen Gebäck.

»Na ja, was man so macht, ich arbeite viel in meiner Werbeagentur und bin außerdem noch alleinerziehende

Mutter.« Sie zuckte mit den Schultern. »Das ist genug, um meine Tage komplett auszufüllen.«

»Oh, da weiß ich, wovon du sprichst. Ich hab meine Tochter Chiara auch weitgehend allein großgezogen – und dazu noch die Unterwäsche, du kannst es dir vorstellen.«

»Echt?«

»Ja, die Unterwäsche musste uns ja ernähren.«

Elli lachte kopfschüttelnd. »Das meine ich nicht. Ich finde es eher ungewöhnlich, dass du deine Tochter allein großziehen musstest.«

»Meine Ex-Frau nicht.« Sandro klang nicht bitter. »Sie war einfach kein mütterlicher Typ, glaube ich.« Selbst jetzt wirkte er noch ruhig, und Elli fragte sich, wie sich die Beziehung zwischen Sandro und seiner Ex wohl entwickelt hatte. Ist sie seiner Tochter trotz allem eine gute Mutter gewesen, oder hatte er sie aus dem Leben des Kindes ausgeklammert? Sie dachte kurz an Dirk. Was Sandro wohl von Dirk halten würde?

»Chiara ist mittlerweile erwachsen«, erzählte Sandro. »Aber ich glaube, wir haben unser Schiff immer gut gesegelt. Es hat uns sehr verbunden, dass wir viel Zeit miteinander verbracht haben.«

Sandros Worte klangen für Elli wie ein Ausblick in ihre Zukunft. Womöglich würde ihr mit Amrei das Gleiche gelingen?

»Hattest du dann auch ein Au-pair? Oder hast du deine Tochter mit zur Arbeit genommen?« Sie war neugierig, wollte mehr wissen.

»Nein. Damals hat meine Mutter noch gelebt. Zum Glück, sonst wäre es schwierig gewesen, gut für Chiara da zu sein.« Sein Blick richtete sich kurz in die Ferne.

»In drei Tagen kommt Chiara für ein verlängertes Wochenende hierher. Der See ist ein Ort ihrer Kindheit. Und sie wollte mal wieder zum Surfen«, erzählte Sandro. Er trank einen Schluck Wein. »Und du? Helfen dir deine Eltern?«, wandte er sich wieder an Elli.

»O nein.« Sie schüttelte den Kopf. »Leider nicht. Mein Vater ist vor fünf Jahren gestorben und meine Mutter …« Sie brachte es nicht über die Lippen. Der Tod ihrer Mutter war etwas, worüber Elli nicht sprach. Niemals, mit niemandem sprach sie je über dieses Kapitel ihres Lebens. Sandros Blick war wieder aufmerksam auf Elli gerichtet. Verdammt, warum schossen ihr ausgerechnet jetzt vor diesem fremden Mann Tränen in die Augen? Sie schluckte hart. »Aber ich habe ein Au-pair. Sie macht mit uns Urlaub und ist gestern eingesprungen, als ich auf dem Berg war. Amrei und Mary sind ein Herz und eine Seele«, wechselte sie das Thema.

»Das ist gut. Wie lange bleibt sie bei euch?« Sandro hatte die klassische Au-pair-Problematik sofort erkannt.

»Darüber will ich noch gar nicht nachdenken. In vier Wochen reist Mary nämlich ab. Ich hab noch nicht wirklich nach einem Ersatz gesucht«, gab Elli zu. Es fiel ihr einfach schwer, Mary gehen zu lassen. »Und du? Warum hat deine Frau dich verlassen?« Was für eine plumpe Frage! Aber sie war alles, was ihr in diesem Moment einfiel, um von sich und ihrem Kummer abzulenken.

»Meine Frau hat mich verlassen, weil wir keinen Ehevertrag hatten, ich Geld hatte und bereit war, mich allein um Chiara zu kümmern. Sie ist nach Ibiza gezogen, hat sich dort ins Partyleben gestürzt, für das sie, wie sie sagte, *geschaffen* sei, und ist zweimal im Jahr bei uns *vorbeigejettet*, um nach ihrem *kleinen Sonnenschein* zu sehen. Es war hart für Chiara, irgendwann zu realisieren, was für eine Mutter sie hat – aber das muss ich vermutlich nicht extra erwähnen, oder?«

Sandros Ehrlichkeit sorgte dafür, dass Elli ihn fassungslos anstarrte. Wie ehrlich konnte man sein, ohne das Gefühl zu haben, das Gesicht zu verlieren? Sehr ehrlich, offensichtlich.

»Nein, das musst du nicht erwähnen.« Elli verzog das Gesicht. Sie spürte seinen Schmerz. Dann platzte es einfach aus ihr heraus. »Meine Mutter hat sich umgebracht, nachdem mein Vater an einem Schlaganfall verstorben war. Er war schon fünfundsiebzig. Oder erst, ich kann es nicht genau sagen. Damals war ich gerade mit dem Studium fertig. Es war ein riesiger Schock für mich.« Ellis Stimme brach bei ihren letzten Worten. Ein Schock, ja, aber das traf es nicht ganz. Beide Eltern innerhalb eines Jahres zu verlieren, war eine Katastrophe gewesen, eine Atombombe, die mitten in ihrem Leben detoniert war und einfach alles mit sich gerissen hatte. Die Tränen, die ihr jetzt in die Augen schossen, konnte Elli nicht zurückhalten. Sie ließ sie einfach fließen, als wäre es ganz natürlich, bei einem Glas Prosecco mit einem fast Fremden zu weinen. Aber Sandro gab ihr das Gefühl, dass Platz dafür war. Seine Ehrlichkeit hatte die Tür zu ihrem Inneren aufgestoßen, ohne sich um Scham oder Konventionen zu scheren.

»Es tut mir so leid.« Sandro sprach leise, mit seiner warmen, tiefen Stimme. Er beugte sich über den Tisch und drückte Ellis Hand, ganz kurz nur. Dennoch war die Geste so tröstlich, dass Elli sich von einer Kraft durchflutet fühlte, die sich wie pure Energie anfühlte.

»Danke.« Erstaunlicherweise fühlte sie sich ein wenig leichter, jetzt, wo sie es laut ausgesprochen hatte. Die Wunde, an die sie nie rührte, damit sie nicht aufplatzte, schien eine Nuance weniger zu pochen. »Meine Eltern und ich waren einander sehr nah. Ich bin als Einzelkind aufgewachsen. Das hat mich sehr geprägt. Dass meine Mutter mich auf diese Weise verlassen hat, habe ich ihr lange nicht verziehen.« Sie hatte es noch nie laut ausgesprochen, niemandem gegenüber. Es jetzt zu tun, nahm kiloweise Gewicht von ihren Schultern. Wer war dieser Sandro, dass er das in ihr auslöste? Wie kam es, dass sie mit diesem

Fremden eine solche Verbindung spürte? War es gerade die Tatsache, dass er ein Fremder war, die sie sich öffnen ließ?

Sandro nickte nur. »Ich verstehe.« Er hätte es gar nicht laut sagen müssen. Elli wusste, dass er sie verstand. Sie spürte es einfach.

Still saßen sie miteinander am Tisch, ohne dass das Schweigen unangenehm geworden wäre. Elli hatte das Gefühl, Sandro wollte ihr die Zeit lassen, die sie brauchte, um ihre Gedanken zu sortieren. Nach einigen Momenten stand er auf, nahm seinen Stuhl, kam um den Tisch herum und stellte ihn wortlos neben Elli.

»Darf ich?«

Elli nickte. Dann legte Sandro den Arm um sie, nur ganz leicht. Es war die erste schützende Geste, die Elli seit ihrer Trennung von Dirk empfing. Wie automatisch ließ sie innerlich los. Erst in diesem Augenblick wurde ihr in vollem Umfang klar, wie sehr sie sich nach einer solchen Berührung gesehnt hatte, nach einem Moment, in dem sie loslassen konnte und nicht die Starke sein musste. Sandro roch gut, ganz leicht nach Lavendel und einer Mischung aus Sekt, Zitronenplätzchen und einem herben Duft, den Elli nicht einsortieren konnte. Es war ein inneres Aufatmen, als sie es wagte, ihren Kopf gegen seine Schulter zu lehnen. Vorsichtig erst, aber dann mit vollem Gewicht.

Erst als es langsam dunkel wurde, hob Elli den Kopf.

»Ich glaub, ich muss langsam rüber zu Mary und Amrei.« Sie fuhr sich mit den Handrücken ganz undamenhaft über die Augen. Nein, sie löste die Situation nicht gern auf. Elli hätte ewig hier so sitzen können, ganz losgelöst von jedem Alltag, wie in einer anderen Welt, beschützt in den Armen des Fremden. Aber da war Amrei – und nachts wollte sie ihre Mama bei sich haben, wenn sie wach wurde. Da war Mary kein Ersatz.

»Ja.« Sandro nahm seinen Arm von ihrer Schulter. Er griff nach seinem fast vollen Glas und trank es mit einem einzigen Schluck aus.

Auch er wirkte so, als würde er aus einem Traum aufwachen – nicht ganz bei sich. Er wuschelte sich durch sein grau meliertes kurzes Haar. Elli mochte die Geste, mochte, wie seine Haare wie Igelstacheln wild abstanden, obwohl sie relativ kurz geschnitten waren.

Selbst jetzt, im Halbdunkel, blitzten die strahlend blauen Augen des Mannes noch auffällig auf. Er nahm die Arme vor die Brust wie einen Schutzwall.

»Na dann«, sagte Elli, aber sie machte keine Anstalten zu gehen, wartete – nur worauf?

»Na dann.« Sandro machte einen Schritt auf Elli zu. Sie wich nicht zurück. Sie standen nah, so nah.

»Danke für den schönen Abend.«

Sandro lächelte. Er löste einen Arm, legte ihn an ihren Oberarm und drückte ihn sanft. »Das Vergnügen war ganz auf meiner Seite. Ich habe deinen Besuch sehr genossen.«

Elli wusste nicht, ob seine eckige Ausdrucksweise Absicht und seinem Charme geschuldet war, oder weil Deutsch für ihn eine Fremdsprache war. Aber sie spürte die Wärme seiner Hand auf ihrem kühlen Arm, und sie hörte ihr Herz. Sie wusste, Sandro konnte es nicht hören, ihr Verstand wusste es, aber so laut, wie es in ihren Ohren dröhnte, hätte es dennoch durchaus möglich sein können, dass Sandro des Hämmerns gewahr wurde. Elli lächelte ihn nur an, nickte, wollte nicht, dass seine Hand auch nur einen Millimeter von ihr abrückte.

Doch dann ließ Sandro sie sinken. Ihre Enttäuschung, die sich wie ein dunkler Stoff über ihr pochendes Herz legte, ließ sie ein wenig in sich zusammensinken. Sandro hatte die Arme wieder vor der Brust verschränkt. Geh, Elli, befahl sie sich selbst. Geh! Es gab nichts mehr zu sagen. Sie räusperte sich dennoch.

»Geh mit mir aus.« Sandros dunkle, leicht kratzige Stimme durchschnitt das Schweigen. Er fragte nicht. Er war sich seiner so bewusst, dass eine Absage von Elli ihn nicht das Gesicht verlieren lassen würde.

»Gern.« Auch Elli zeigte sich, Umschweife waren nicht nötig. Seine Nacktheit machte es ihr möglich, selbst unmaskiert zu sein.

Sandro lächelte. »Schon morgen? Wir haben nichts zu verlieren, nicht wahr?«

»Nein.« Wieder diese Direktheit, diese Augen von Sandro, die in Ellis Innerstes zu blicken schienen und sie ruhig und aufgeregt zugleich sein ließen.

»Ich freue mich.« Sandro kam auf Elli zu. Dieses Mal legte er seine Hände auf ihre Schultern. Er beugte sich zu ihr herunter und küsste sie. Nein, nicht auf den Mund. Er küsste daran vorbei, streifte ihren Mundwinkel und die Wange, als wäre der Kuss eher ein Zufall, wie ein leichter Windhauch, der ihre Haut streichelte.

Mehr, schrie es in Elli, mehr! Aber sie wagte nicht, Sandro festzuhalten, wagte nicht, ihren Kopf zu drehen, wagte nicht, forsch zu fordern. Zugleich war sie viel zu überrascht von ihrer heftigen Reaktion auf diesen Mann, der so herrlich nach Lavendel und Prosecco roch.

»Ich hol dich ab. Ein Essen zu dritt?« Er lächelte.

»Zu dritt?« Elli schluckte hart.

Jetzt lachte Sandro. »Amrei heißt deine Tochter, nicht wahr?«

Und in diesem Moment hatte Sandro sich endgültig einen Platz in Ellis Herzen erobert.

* * *

Elli schob Amrei im Kinderwagen in Richtung Strandpromenade von Limone. Der Gehsteig war mit einem grünen Belag beschichtet, den sie noch nirgends außer hier gesehen hatte und der den Kinderwagen besonders gut rollen ließ. Mary war daheim im Hotel geblieben mit ihrem Smartphone, das Elli manchmal scherzhaft ihren verlängerten Arm nannte. Das zu hören, gefiel Mary zwar nicht und ließ sie die Augen verdrehen, wenn ihr Gerät aber sein vertrautes Pling! ertönen ließ, schielte sie immer sofort in Richtung des Handys und konnte es kaum erwarten, einen Blick auf das Display zu werfen. Kein Problem, fand Elli, schließlich hatte die Tatsache, dass sie in ihrem Sprachkurs sofort Freunde gefunden hatte, mit dafür gesorgt, wie wohl sie sich in München gefühlt hatte – und das schon nach wenigen Wochen.

Heute Morgen allerdings hatte Mary komisch gewirkt, etwas von Kopfschmerzen gesagt und wollte nicht mitkommen. Elli war das gar nicht so unrecht, auch wenn sie natürlich hoffte, dass Mary nicht ausgerechnet jetzt krank wurde.

Jetzt war Elli mit Kim verabredet, um zu quatschen. Luca hatte auch mitkommen wollen, aber dann war ihm eine Privatstunde dazwischengerutscht, die jemand im Hotel *Casa Felicità* gebucht hatte. Und wenn Elli ehrlich war, kam ihr das heute, in ihrem Zustand, sogar sehr entgegen. Sie brauchte ihre Freundin für sich allein.

Sie ging abwärts, unter der großen Palme hindurch und über den grün unterlegten Zebrastreifen in Richtung des großen Parkplatzes, wo die Ausflugsbusse standen. Ein paar kleine Ruderboote – waren es Kanus? – tummelten sich hier im Wasser, und eine Ente protestierte lautstark gegen etwas, das für Elli nicht ersichtlich war. Sie ging über die schön gepflasterte Promenade direkt am Wasser. Das herrliche Bergpanorama im Hintergrund des Dorfs erinnerte Elli an ihren Ausflug auf den Monte Traversole vor zwei Tagen. Ihr Bein tat zum Glück nicht mehr weh. Man sah von hier aus genau, wo sich der Zugang zu dem Tal befinden musste, durch das man wanderte, bevor man nach links in Richtung Gipfel abbog. Die Ente schnatterte erneut lautstark. Erst jetzt sah Elli, dass sie drei Jungtiere dabeihatte. Offenbar dirigierte sie mit ihrem kräftigen Organ ihre Kinder. Das war doch die völlig verkehrte Zeit, um Nachwuchs zu haben, jetzt im Herbst – oder? Elli hatte keine Ahnung. Sie würde Sandro bei Gelegenheit fragen. Ihr Magen machte einen komischen Hüpfer, den sie unmöglich dem Frühstück zuschreiben konnte – dafür war es zu lange her.

Im Weitergehen kam sie an einem kleinen Hafen für Segelboote vorbei, die fröhlich auf den Wellen tanzten. Ja, genau wie so ein Boot fühlte sie sich innerlich: unstet, dauernd in Bewegung, mal hierhin, mal dorthin, so, als wäre es unmöglich, zur Ruhe zu kommen. Linker Hand tauchten kleine Cafés auf, und der Kinderwagen begann beim Rollen über das Kopfsteinpflaster ein wenig zu holpern. Amrei protestierte wütend und hielt sich am seitlichen Gestänge fest, doch Augenblicke später hatte sie sich auch schon beruhigt und thronte wieder gelassen in ihrem Wagen. Interessiert beobachtete sie die Umgebung, und wenn sie mit ihrem kleinen Zeigefinger auf etwas deutete, benannte Elli den entsprechenden Gegenstand für ihre Tochter. Viele Touristen waren unterwegs auf der Jagd nach dem perfekten Foto von dem idyllisch in die Bergkulisse eingepassten Dorf. Die hell gestrichenen Häuser mit den grünen Fensterläden, die schmalen Gassen, durch die sie gleich mit Kim schlendern würde und die sie noch vom Vorjahr kannte, wo es hinter jeder Ecke etwas zu entdecken gab, sorgten für das Flair des Orts, dem man sich einfach nicht entziehen konnte. Kein Wunder, dass so viele Urlauber hierherkamen.

Elli war mit Kim an dem runden Brunnen direkt an der Promenade verabredet. Das plätschernde Wasser würde Amrei gefallen, dachte sie und schob direkt darauf zu.

»Schau mal, Mäuschen, da vorne!« Elli zeigte mit dem Finger zu dem Wasserkunstwerk. Es war kein spektakulärer Brunnen, aber für ein knapp ein Jahr altes Mädchen wirkte er mit Sicherheit wie ein Wunder. Das war eines der Dinge, die sie an der Mutterschaft so liebte: Amrei öffnete Elli oft die Augen, veränderte ihren Blick auf Dinge und sorgte dafür, dass sie die kleinen Besonderheiten des Alltags, die für sie als Erwachsene selbstverständlich waren, durch Kinderaugen neu entdeckte. So glich die Reaktion ihrer Tochter auch dieses Mal einem wahren Feuerwerk. Fröhlich quietschend streckte sie ihre Ärmchen in Richtung des Brunnens aus. Kim war schon da und winkte Elli und Amrei entgegen.

»Hallo, ihr zwei!« Kim schloss Elli in die Arme, die die herzliche Begrüßung erwiderte. »Geht es euch gut?«

Elli nickte. »Doch, ja.«

»Klingt ja wahnsinnig toll. Was ist los? Tut dein Fuß wieder weh?« Kim schaute zu Ellis Sandale hinunter.

»Nein, nein. Alles gut. Mein Abend gestern war nur … na ja.«

»Dein Abend? Hat Antonellas Essen nicht geschmeckt?«

»Doch, natürlich! Was für eine Frage. Es hat hervorragend geschmeckt. Aber ich war danach noch bei Sandro auf einen Absacker. Ich habe ihm Kekse gebracht und wollte mich noch mal bei ihm bedanken, aber …«

Kim unterbrach Elli: »Lass mich raten! Er hat dich abblitzen lassen!« Sie lachte. »Da könnte ich dir Geschichten erzählen!«

»Geschichten?« Elli verstand nicht ganz.

»Na ja. Es gibt durchaus ein paar junge Witwen, die ihr Glück schon bei ihm versucht haben und auf Granit beißen mussten. Sandro hat kein Interesse an Frauen, weißt du.«

»Hat er nicht?«

»Nein, und außerdem ist er dir sicher zu alt.« Kim hatte Amrei aus dem Kinderwagen gehoben und half dem Mädchen, die Hände unter eine der Fontänen zu halten, was die Kleine erneut aufkreischen ließ.

Elli sagte gar nichts. Zu alt? Sie hatte Sandro gar nicht gefragt, wie alt er war. Seine Tochter war allerdings schon selbstständig, also – fünfundvierzig, vielleicht?

»Zwanzig Jahre Altersunterschied sind schließlich kein Pappenstiel, vor allem, wenn man sich mit jemandem noch eine Zukunft aufbauen will.« Kim sprach einfach weiter, sie realisierte gar nicht, dass Elli verstummt war.

»Zwanzig?« Die Zahl laut auszusprechen, war schon ein wenig hart. Elli konnte es ohnehin nicht glauben. Sie hatte sich so wohl bei Sandro gefühlt – war das ruhige Geborgenheitsgefühl, das sie verspürt hatte, etwa ausgelöst worden durch eine Art von Väterlichkeit?

»Ja, zwanzig. Aber jetzt erzähl doch mal, hm?«

Amrei war völlig vertieft in den Brunnen, beobachtete das herabplätschernde Wasser und kreischte, wenn sie von ein paar Tropfen getroffen wurde.

»Ich weiß auch nicht. Wir hatten ein sehr offenes Gespräch, und das Nächste, was ich weiß, ist, dass er seinen Arm um mich gelegt hat. Das war irgendwie besonders.« Amrei planschte so arg, dass Elli lachen musste und sich einen Spritzer von der Wange wischte. »Und dann hat er mich gefragt, ob wir ausgehen wollen.«

Kim nickte. »Immerhin mag er dich.«

Elli zuckte mit den Schultern. Ja, das Gefühl hatte sie auch. Wieder spritzte Amrei wild herum und kreischte laut. Kim war schon von Kopf bis Fuß mit Wassertropfen gesprenkelt.

»Und da Sandro eher als Einzelgänger bekannt ist …« Kim ließ den Satz unvollendet in der Luft stehen.

Elli spürte, dass sie rot wurde. »Ich weiß nicht.«

»Gefällt er dir denn? Ich meine, über seine grauen Schläfen hinaus?«

Elli stupste Kim leicht in die Seite. »Also ehrlich! Als ob das stören würde. Darum geht es nun wirklich nicht. Dirk beispielsweise war optisch total mein Typ – und was steckte dahinter? Nichts als ein Blender. Er hat mich verletzt und allein gelassen. Das brauch ich wirklich nie wieder.«

Kim wurde ernst. »Ich weiß. Aber Sandro ist schon deutlich älter als du«, gab sie zu bedenken. »Bestimmt willst du noch mal eine Familie gründen, oder?«

Elli dachte kurz über Kims Worte nach – dann wanderten ihre Gedanken weiter zu ihren eigenen Eltern, ihrer hilflosen Mutter, die nach dem Tod des Vaters einfach nicht mehr weitermachen konnte. So wollte sie nie werden, so abhängig von jemandem. Aber war der große Altersunterschied ihrer Eltern das Problem gewesen? Oder eher die Unselbstständigkeit ihrer Mutter Therese, die sich ihr Leben lang auf den Vater verlassen hatte? Sie hatte ja nicht einmal den Führerschein besessen!

»Mich stört das nicht. Ich meine, es ist nur ein Date, oder? Außerdem – hast du ihm jemals in die Augen gesehen? Dieses Blau ist einfach … einfach …« Elli suchte nach den richtigen Worten. Es war kein kaltes Blau, aber intensiv. Es war kein durchdringender Blick, aber forschend und interessiert. Seine Augen waren … Elli dachte nach. Vielleicht waren es einfach nur seine Augen, die etwas Besonderes in ihr berührten?

»Na ja. Vielleicht wird er ja eine Art väterlicher Freund, das ist doch super«, räumte Kim ein.

Elli wusste nicht, was sie darauf erwidern sollte. Sie hatte das Gefühl, dass Kims Worte falsch waren. Alles in ihr sträubte sich gegen das, was die Freundin da von sich gab. Zugleich hatte sie keine Antwort – noch nicht. Vielleicht brauchte es erst noch ein Treffen mit Sandro. Dazu kam, dass Kim Sandro ja gar nicht kannte. Wie sollte sie also etwas über ihn sagen – oder ihr eigenes Verhältnis zu ihm beurteilen? Am Ende war diese Sicherheit, die sie spürte, wenn sie bei ihm war, nichts als Freundschaft und sie konnte es nur nicht einschätzen.

»Ich werde es rausfinden, wenn wir uns heute Abend treffen. Ich lass sogar Antonellas Dinner sausen. Sandro hat etwas von einer Osteria gesagt, ganz klein, am Ledrosee irgendwo.« Der Lago di Ledro mit seinem kristallklaren Wasser galt als landschaftliche Schönheit. Elli hatte ihn schon bei ihrem letzten Besuch erkunden wollen – aber dann war ihr die Trennung von Dirk dazwischengekommen und hatte all ihre Pläne einfach weggewischt.

»Klingt gut. Er kennt bestimmt ein paar tolle Läden. Schließlich treibt er sich viel in der Gegend herum.«

»Ja, er hat mir schon von seinen vielen Missionen erzählt«, bestätigte Elli.

»Sein Engagement für die Vögel macht ihm nicht nur Freunde hier in der Gegend, das muss man sagen. Er hat so manchen Freund für seinen Einsatz für Enten verloren.«

Elli musste lachen. »Er kümmert sich mehr um Singvögel, Kim.«

»Wie auch immer!« Kim zuckte mit den Schultern. »Hauptsache, du hast einen schönen Abend, oder? Soll ich auf Amrei aufpassen?« In genau diesem Moment streckte die Kleine ihre Arme nach ihrer Mama aus, und Elli setzte sich das Kind mit einer routinierten Bewegung auf die Hüfte.

»Nein. Sie ist auch mit eingeladen.«

Kim runzelte die Stirn. »Er hat deine Tochter mit eingeladen? Wow.«

Elli nickte.

»Sehr romantisch«, bemerkte Kim trocken.

Jetzt konnte Elli nicht anders, als mit den Augen zu rollen. »Ein Kind zu haben, ist eben nicht sehr romantisch. Ich fand es sehr nett, dass er auch an Amrei gedacht hat!« Elli klang trotzig.

»Ist ja gut. Du hast ja recht. Das ist wirklich rücksichtsvoll.«

»Eben. So, und jetzt lass uns von was anderem reden.« Da hatte sie sich so sehr auf ein Gespräch mit der Freundin gefreut, aber mehr Klarheit hatte sie nicht gewonnen, eher ein Gefühl, sich verteidigen zu müssen, weil sie Sandro traf, und das nur, weil er ein paar Jahre älter war als sie.

Offenbar musste sie allein herausfinden, was sie fühlte – und ob Sandro sich überhaupt für sie interessierte. Sie dachte an den flüchtigen Wangenkuss, von dem sie Kim jetzt gar nicht berichtet hatte. Vermutlich war es besser so, denn auf Elli hatte es gewirkt, als hätte Kim ihr Urteil schon gefällt.

Sie setzte Amrei zurück in den Kinderwagen. Der Kleinen würden sicher gleich die Augen zufallen, wenn sie sie über das unebene Kopfsteinpflaster in den Gassen von Limone schob.

Jetzt war genau der richtige Zeitpunkt, um shoppen zu gehen.

5. Schwarzmilan

Sie fuhren am Ledrosee entlang, der sich perfekt in die Bergkulisse schmiegte. Eine Gruppe Motorradfahrer überholte Sandros Geländewagen und Elli erschrak angesichts des lauten Motorengeräuschs fast zu Tode – was für ein Kontrast zu der leisen Swingmelodie, die aus den Lautsprechern klang. *Birds do it, bees do it, even educated fleas do it. Let's do it, let's fall in love …* Die unverkennbare Stimme von Robbie Williams gab dem Song eine besondere Note. Im Kopf sang Elli mit, aber sie wollte Sandro nicht zumuten, laut zu singen. Auf dem Rücksitz brabbelte Amrei vor sich hin, die Sandro ganz selbstverständlich in ihrer Babyschale ins Auto geschnallt hatte.

Das Wasser des Sees war kristallklar, und die Straße führte direkt am Ufer entlang, sodass sich ein perfekter Blick auf die Landschaft bot. Es gab auch einen Campingplatz mit bunten Rutschen, ein paar Gebäude, und am gegenüberliegenden Ufer erspähte Elli einen Strand, der ihr ebenfalls verlockend vorkam. Der Ledrosee war selbstredend touristisch erschlossen, wirkte aber nicht maßlos von touristischen Einrichtungen überflutet, auch wenn die Uferstraße von Fahrradfahrern, Bikern und Campingmobilen gleichermaßen stark bevölkert wurde. Die Gardaseeregion war, wer konnte es den Menschen verdenken, einfach rundum beliebt. Kein Wunder, so viel, wie die Landschaft hier zu bieten hatte. Sowohl Wanderer, Kletterer und Wassersportler als auch Urlauber, die einfach nur Entspannung suchten, kamen hier auf ihre Kosten.

»Das dort drüben ist die Bocca Caset. Die Fauna dort ist extrem wichtig für die hiesige Vogelpopulation und für Zugvögel, die diese Gebirgsformation, den Kamm der Bocca Caset, nutzen, um den Weg in den Süden zu nehmen. Es ist, wenn man so will, ein strategischer Punkt des Zugvogelflugs – und demzufolge auch ein strategischer Punkt der Vogeljagd, schon seit über hundert Jahren. Schon 1899 verbot der damalige Kaiser Agostino Zecchini die Jagd auf Singvögel – nicht, dass es ihn großartig beeindruckt hätte. Er selbst hat einfach weiter gejagt. Allein 1929 wurden 27 000 Zugvögel gefangen, das muss man sich mal vorstellen. Heute wird die Gegend um den Pass genutzt, um Vögel zu beringen und so ihre Flugbahnen nachzuvollziehen. Immerhin – das hat sich geändert.«

Elli schaute zu Sandro, dessen Blick sich jetzt wieder auf die Straße geheftet hatte. »Du bist sehr leidenschaftlich, was deine Vögel angeht.«

»Ja, das stimmt. Ich finde, es lohnt sich, für sie zu kämpfen. Es sind so wehrlose kleine Geschöpfe. Der Mensch ist heutzutage nicht mehr auf das Fleisch der Vögel angewiesen – und seien wir mal ehrlich, an so einem Vöglein ist doch ohnehin nichts dran. Außerdem geht es um den Erhalt der Artenvielfalt. Wäre doch schade, wenn es nur noch Raubvögel und Enten gäbe.« Er zuckte mit den Schultern. »Das macht mich dann wohl zum Softie, dass ich es liebe, wie die Vögel in meinem Garten singen.«

Elli lachte und schüttelte den Kopf. »Ganz und gar nicht. Ich finde, es macht dich zu einem netten Menschen«, sagte sie wahrheitsgetreu. »Außerdem rettest du noch verzweifelte Wanderinnen, die sich die Füße verknacksen.«

Jetzt lachte auch Sandro. »Ja, das und ich komm raus in die Natur. Ich war schon immer gern draußen und habe die Berge erkundet. So verbinde ich das Nützliche mit dem Schönen. Ich bin einfach ein Naturmensch, gern in Bewegung.«

Sie fuhren schweigend ein Stück weiter. Sandro summte leise brummend die Melodie des Swingstücks mit. Er war kein guter Sänger, das hörte man sogar an seinem Summen. Aber die Zufriedenheit, die er dabei ausstrahlte, ließ Elli lächeln. Seine angenehme Stimme machte die Misstöne deutlich wett.

»Mein Vorschlag wäre, vor dem Essen noch ans Wasser zu gehen. Ich weiß da ein hübsches Fleckchen. Da gefällt es bestimmt auch Amrei. Und danach entführe ich euch in die Osteria La Torre, die ist mitten in Pieve di Ledro. Nicht am See, aber die Pizza dort macht das wett.«

Elli hatte jetzt schon Hunger. Der Gedanke an eine selbst gemachte Pizza aus dem Steinofen ließ ihr das Wasser im Mund zusammenlaufen.

Der See lag ganz flach vor ihnen, und es bot sich eine traumhafte Bergkulisse. Als sie am Wasser ankamen, zog Elli erst einmal Amrei bis auf die Windel aus, schlüpfte aus ihren Sandalen und watete mit ihrer Tochter im Arm ins Wasser. Sie war froh, praktische Shorts anzuhaben, als sie das Kind im seichten Wasser absetzte, wo es sofort zu planschen begann.

Elli lachte, als Amrei kräftig auf das kristallklare Wasser patschte. Die kleinen Kiesel, aus denen der Strand bestand, ignorierte sie geflissentlich. Nur der See war für sie interessant.

»Na, ich sehe, das Wasser ist ein Volltreffer. Schön ist es hier, was, Amrei?« Sandro war neben der Kleinen in die Hocke gegangen und schlug selbst mit der flachen Hand auf die Wasseroberfläche. Sein T-Shirt und die lange, luftige Leinenhose, die er bis über die Knie hochgekrempelt hatte, waren über und über mit Wassertropfen besprenkelt. Aber er lachte über das ganze Gesicht, wie ein kleiner Junge. Elli ging ein paar Schritte zurück und setzte sich auf eine der Bänke, die das Ufer hier säumten.

Sie lächelte, als Amrei es Sandro nachtat und alle Kraft in ihren neuen Schlag legte. Sie patschte so kräftig aufs Wasser, dass sie das Gleichgewicht verlor und zur Seite wegkippte. Sandro fing Amrei auf und setzte sie wieder hin, aber das Kind war so erschrocken, dass es zu weinen begann. Elli wollte schon die paar Meter zwischen sich und ihrer Tochter überwinden, aber Sandro hatte Amrei bereits hochgehoben.

»Amrei, kleine Amrei, das ist nur eine kleine Sorge, hör auf zu weinen, hm?« Er setzte sich das Kind, dessen Mundwinkel sich noch immer verdächtig nach unten zogen, auf die Hüfte.

Kleine Sorge hatte Sandro gesagt – manchmal hörte man ihm an, dass er Deutsch eben als Fremdsprache sprach. Amrei war so überrascht, sich im Arm des Fremden wiederzufinden, dass sie nicht wusste, was sie tun sollte.

»Schau, kleine Amrei, da fliegt ein Schwarzmilan, siehst du ihn?« Sandro deutete in den Himmel, und Amreis Blick folgte seiner Hand. Der Schwarzmilan war ein größerer Greifvogel, der über dem See seine Kreise zog. »Er kommt aus einer Voliere bei einer Falknerei, irgendwo da drüben.« Sandro zeigte vage in eine Richtung. »Aber er darf ganz oft frei fliegen, und das macht ihn sehr glücklich. Er liebt es, über dem Wasser zu kreisen, und es gibt ihn überall auf der ganzen Welt, stell dir mal vor.«

Elli wusste nicht, ob es Sandros ruhige Stimme war oder die Tatsache, dass Amrei außer Clement und Ernesto, ihre Freunde in München, kaum Kontakt zu Männern hatte und deshalb mit Schauen beschäftigt war, doch die Kleine hörte auf zu weinen. Sie schien Sandro ganz genau zuzuhören. Und er fand die einfachen Worte, die das Kind vielleicht sogar schon zum Teil verstand. Auch Elli hörte jetzt zu, wie Sandro über den Milan erzählte, mit seiner ruhigen, tiefen Stimme. Sie konnte sich gut vorstellen, dass er seiner Tochter ein wunderbarer Vater gewesen war.

»Danke!« Elli lächelte ihn an. Amrei patschte Sandro ins Gesicht, und er musste lachen.

»Dafür wirklich nicht.« Sandro wandte sich wieder an die Kleine. »Sollen wir was essen gehen? Hast du Hunger?«

Amrei strahlte Sandro an. Die zwei hatten sofort einen Draht zueinander gefunden. Elli hatte für einen Moment ein Gefühl von Familie. Die Verantwortung lastete gerade nicht ganz auf ihren Schultern, und sie schaute ein weiteres Mal über das Wasser.

»Können wir? Ich hab schon tierisch Hunger. Und dir wird die Pizza Margherita sicher schmecken, kleine Amrei.« Sandro hatte sie vorhin schon so genannt, fiel Elli auf. Es war wie eine Art Kosename.

Elli erwartete, dass ihre Tochter die Ärmchen nach ihr ausstrecken würde, aber nein, ganz offensichtlich fühlte sich das Mädchen bei Sandro genauso wohl wie sie selbst.

»Sehr gern. Pizza klingt super.«

»Es gibt dort alles Mögliche. Die haben auch tolle Pasta und guten Fisch. Wirst sehen.«

Elli lachte angesichts von Sandros Eifer. »Keine Sorge, ich bin nicht empfindlich, wenn es um Essen geht. Pizza ist super.«

Das Lokal war rappelvoll und urgemütlich. Es war in einem Gewölbe untergebracht, einfache Möbel, rot-weiße Tischdecken. Sandro hatte reserviert, in weiser Voraussicht. Stimmengemurmel füllte den Raum. Es duftete nach Knoblauch und frisch gebackener Pizza, und die Pasta auf den Tellern, die an ihrem Tisch vorbeigetragen wurden, ließ Elli ebenfalls das Wasser im Munde zusammenlaufen.

Sie studierte die Speisekarte. »Ich kann mich nicht entscheiden.« Diese Pasta mit den Cocktailtomaten, Knoblauch und Olivenöl klang großartig, gleichzeitig war die Vorstellung einer Pizza mit Rucola und Parmesan sehr verlockend. »Pizza und Pasta liebe ich einfach beides viel zu sehr.«

Sandro lachte. »Wir nehmen beides. Eine Pizza und ein Pastagericht. Du suchst aus. Und was für Amrei natürlich.«

»Dein Ernst?« Ellis Magen knurrte laut. Zum Glück hörte man es in dem vollen Lokal nicht. Das Teelicht auf ihrem Tisch flackerte leicht.

»Natürlich! Ich esse hier fast alles gern.«

»Gut, ich wollte nämlich die Tomatenpasta und Rucolapizza, das passt!« Elli lief erneut das Wasser im Munde zusammen. »Für Amrei würde ich ein einfaches Pizzabrot nehmen. Sie kann bei mir ein wenig mitessen.«

»Gut, dann machen wir es so.« Er hob die Hand und winkte einem Kellner. Elli verstand nur Spaghetti, Vino und Pomodoro.

Sandro saß ganz lässig auf seinem Stuhl. Er wirkte selbstbewusst und ruhig, während er bestellte. Ein Mann wie er hatte es nicht nötig, sich zu produzieren. Er sah umwerfend aus und brauchte dafür genau gar nichts. Ein weißes T-Shirt, eine Leinenhose, die den warmen Temperaturen gerecht wurde. Seine Unterarmmuskulatur war deutlich definiert, dazu seine markanten Gesichtszüge, die perfekt gebräunte Haut und nicht zuletzt die Augen, die Elli immer wieder auffielen und faszinierten. Als sie das Lokal betreten hatten, hatte sie gesehen, dass sich gleich mehrere Frauen nach ihm umdrehten. Nicht ohne Stolz war sie mit Amrei auf dem Arm vor Sandro her zu ihrem Tisch gegangen. Er war ein schöner Mann. Elli beobachtete fasziniert, wie er Amrei eines der Grissini reichte, die sich auf dem Tisch in einem kleinen Korb befunden hatten. Dazu sagte er ein paar Worte auf Italienisch zu ihrer Tochter, die das mit einem strahlenden Lächeln quittierte, als ob sie jedes davon verstünde.

Dann steckte sie das Gebäck in den Mund und schaute sich zufrieden im Raum um.

»Sie ist sehr süß! Bestimmt bist du extrem stolz auf deine Tochter.« Sandro lächelte.

»Ja, das bin ich wirklich.«

»Ich verstehe nicht, dass ihr Vater nichts mit Amrei zu tun haben möchte. Ich meine, ich habe es damals mit Chiaras Mutter auch nicht verstanden. Sie hat sich so viel entgehen lassen – und wofür?« Sandros Stimme war plötzlich ganz ernst. »Für Alkohol und ein paar heiße Nächte?«

Elli bekam ein schlechtes Gewissen.

»Es war schwer, Chiara zu vermitteln, dass sie sehr wertvoll ist und dass es nicht an ihr liegt, wie ihre Mutter mit ihr umgeht.« Sandro strich Amrei über die wilden Löckchen. »Das wird dir mit Amrei auch bevorstehen.« Sein Gesicht hatte einen schmerzlichen Ausdruck angenommen, und plötzlich fühlte Elli sich überhaupt nicht mehr wohl in ihrer Haut. Daran hatte sie noch gar nicht gedacht! Sie hatte überhaupt nicht viel darüber nachgedacht, wie es für Amrei wäre, ohne Vater aufzuwachsen. Sie hatte mehr daran gedacht, wie es für *sie selbst* wäre, immer wieder mit Dirk konfrontiert zu werden. Also hatte sie sich entschlossen, ihn einfach aus ihrem – und damit Amreis – Leben zu radieren, so gut das eben möglich war. Jetzt zu hören, dass Sandros Tochter unter der Situation, nur ein Elternteil zu haben, gelitten hatte, war eine ganz neue Perspektive.

»O Mann«, sagte Elli laut.

»Du schaffst das schon, hab ich schließlich auch. Chiara ist eine tolle junge Frau – vielleicht lernt ihr euch ja kennen, wenn sie kommt. Das würde mich ehrlich freuen.« Sandro hielt sich wirklich nie mit Small Talk auf. Er kam immer gleich zum Punkt.

»Es geht nicht darum, dass ich es schaffe. Ich glaube, ich habe schon jetzt etwas mit Amrei ziemlich vergeigt. Dabei ist sie gerade ein Jahr alt geworden.«

Sandro richtete sich auf. »Was meinst du?«

»Das mit Amreis Vater ist nicht so, wie du denkst. Ich war es, die entschieden hat, Amrei allein zu erziehen«, gab Elli zu.

»Ich versteh es noch immer nicht.« Sandro griff nach seinem Wein, der zwischenzeitlich serviert worden war.

»Na ja. Es ist nicht so, dass Dirk kein Vater sein will. Ich wollte ihn bis jetzt nicht als Papa für die Kleine.«

Sandro runzelte die Stirn.

»Ich hatte wohl einfach Angst.«

»Angst?«

»Angst, dass Amrei dann nicht mehr zu mir kommen möchte oder dass er sie zu sehr verwöhnen könnte oder – einfach nur davor, dass meine Wunden wieder aufbrechen. Wir haben uns nicht im Guten getrennt, weißt du. Dirk hat mich sehr verletzt und betrogen. Die Scheidung läuft noch.« Elli versuchte, eine Kurzfassung der Ereignisse zu geben. »Ich würde es nicht ertragen, wenn ich Amrei verlöre oder …« Ihre Stimme brach.

»Ach, Elli!« Sandro langte einfach über den Tisch, zwischen den Gläsern hindurch, und drückte ihre Hand. »Weißt du denn nicht, dass du als Mama gar nicht verlieren kannst? Du liebst deine Tochter mit Haut und Haaren – das spürt sie doch!« Er lächelte. Es war ein gütiges, warmes Lächeln, das Elli sofort wieder inneren Halt gab.

»Meinst du?«, versicherte sie sich, und Sandro nickte mit Nachdruck.

»Natürlich! Du bist eine wunderbare Mama. Aber Kinder sollten, wenn es möglich ist, beide Elternteile haben.« Er war sich jedes seiner Worte sicher, das spürte Elli, während sie den Druck seiner Finger erwiderte. Am liebsten wäre sie aufgestanden, um den Tisch herumgegangen und hätte sich von Sandro umarmen lassen. Aber dafür kannte sie ihn nicht gut genug. Lieber widerstand sie dem Impuls und zerquetschte ihm fast die Hand.

»Dirk hat oft angerufen, versucht, Kontakt aufzunehmen.« Sie dachte an das Päckchen zu Amreis erstem Geburtstag, das sie ungeöffnet zurückgesandt hatte, an die Weihnachtskarte, an die Rosen, die er ins Krankenhaus geschickt hatte, die sie bei ihrer Entlassung einfach zurückgelassen hatte. »Es liegt an mir, dass Amrei ihn nicht kennt.«

Elli schaute zu ihrer Tochter, die das Grissino in winzige Stücke zerteilte und diesen interessiert nachschaute, wenn sie auf den Boden fielen. Plötzlich überrollte Elli ihr schlechtes Gewissen.

»O Gott, ich glaube, ich habe wirklich versagt.« Sie spürte, wie sich Tränen in ihre Augen schlichen, und versteckte sie nicht. Sie verspürte keine Notwendigkeit, irgendetwas vor Sandro geheim zu halten. Und der zauberte ein sauber gefaltetes Stofftaschentuch aus seiner Hosentasche und reichte es Elli.

»Unbenutzt, selbstverständlich«, sagte er dazu, als ob das nötig gewesen wäre. Das Tuch duftete nach Lavendel, als Elli sich die Wangen damit abtupfte. »Außerdem glaube ich nicht, dass du versagt hast. Jemand, der versagt, erkennt seinen Fehler meistens nicht oder kann ihn nicht eingestehen – das bist eindeutig nicht du. Amrei ist jetzt wie alt? Ein Jahr?«

Elli nickte. Sie hatten ein wunderbares Geburtstagsfest gefeiert. Elli hatte eine riesige Torte besorgt und Amrei durfte sie mit den Fingern essen. Die Kleine hatte sich mit Begeisterung auf die Schokosahne gestürzt.

»Na, siehst du. Du kannst Dirk einfach anrufen und ihn Vater werden lassen.«

Vater werden. Elli spürte erneut, wie Tränen über ihre Wangen liefen. Zum ersten Mal wurde ihr vollumfänglich klar, dass Dirk genauso sehr ein Elternteil war wie sie selbst. Er hatte das Recht, Amreis Vater zu sein.

Sie beobachtete, wie Sandro zu ihrer Tochter schaute und ihr zuzwinkerte. Die Kleine lachte und patschte vergnügt in die Grissinikrümel auf der Tischdecke. Wie wäre es für Amrei, Zeit mit Dirk zu verbringen, wie wäre es, wenn sie ihm die Tür in ihr Leben wieder öffnete? Nein, sie würde nie wieder mit ihm zusammen sein – aber sie war es Amrei schuldig, dass sie ihren Vater kennenlernte, das war Elli klar geworden. »Danke, Sandro. Du hast mir eben sehr die Augen geöffnet.«

»Pizza Rucola?« Ein Kellner, der eine riesige Pizza hielt, die über den Tellerrand ragte, trat an den Tisch und riss Elli und Sandro aus ihrem Gespräch.

Sandro deutete auf Elli, und die duftende Pizza wurde ihr serviert. »Sieht gut aus, nicht wahr?« Sandro hatte seine Hand aus ihrer gelöst und Elli griff nach Messer und Gabel. Sie nickte. Ein dampfender Teller mit Pasta wurde vor Sandro gestellt. Amrei bekam ihr Pizzabrot, streckte allerdings die Ärmchen in Richtung der Spaghetti aus und kreischte laut. Typisches Kinderchaos. Sandro lachte. Dann portionierte er in der für ihn üblichen entspannten Weise eine Gabel Pasta mitten auf dem Pizzabrot der Kleinen, die sofort begann, Nudeln mit den Fingern zu essen.

Anschließend rollte Sandro eine mundgerechte Portion Pasta auf die Gabel und hielt sie Elli hin, um sie damit zu füttern. Knoblauch, Petersilie, Tomaten: Es schmeckte grandios! Elli verdrehte die Augen vor Genuss, bevor sie ein Stück Pizza abschnitt und es Sandro anbot, der seinerseits nur zu gern von Elli gefüttert wurde.

»Ich hoffe, das hier ist nicht unser letztes gemeinsames Essen. Du bist eine wundervolle Frau, Elli. Ich habe lange niemanden mehr getroffen, der mich so fasziniert wie du.« Sandro hob sein Glas, während Ellis Wangen sich plötzlich ganz warm anfühlten, als sie mit ihm anstieß.

»Das hoffe ich auch. Du bist ein besonderer Mann.« Wieder war es seine Offenheit, die es ihr möglich machte, ungeschminkt ehrlich zu sein.

»Auf einen wundervollen Abend«, sagte Sandro, ohne auf ihr Kompliment einzugehen. Der intensive Blick, der Sandros einfachem Trinkspruch Sekundenbruchteile später folgte, sagte dann aber auch mehr, als tausend Worte es je gekonnt hätten.

* * *

Sandro hatte den Motor ausgeschaltet, und jetzt saßen sie miteinander im stillen Wagen. Amrei war längst eingeschlafen. Elli hatte keine Ahnung, wie lang sie schon hier standen, mitten in der Hofeinfahrt von Antonellas Hotel, redeten und leise lachten. Sie hatten kein Ende gefunden. Sandro hatte sogar aufmerksam zugehört, als Elli über Amreis Geburt gesprochen hatte.

Worüber auch immer sie sprachen, er fand die richtigen Worte an den richtigen Stellen, die dafür sorgten, dass Elli sich verstanden fühlte.

Jetzt ging es um Liebesfilme, für die Elli eine – zugegeben ihr etwas peinliche – Schwäche hatte. Es stellte sich heraus, dass Sandro »e-m@il für Dich« auch gesehen hatte.

»Die Szene mit dem Hund ganz am Ende.« Sandro verdrehte die Augen und fasste sich theatralisch ans Herz.

»Ich liebe die Szene!«, rief Elli aus. Ganz am Ende des Films, wenn die beiden Verliebten sich zu erkennen gaben, war Elli noch jedes Mal geschmolzen.

»Und dass sie gegenseitig hoffen, dass der jeweils andere …« Sandro drückte sich eckig aus, aber Elli verstand ihn sofort.

»Ja, ich finde, heutzutage gibt es gar keine solchen Klassiker mehr.«

»Stimmt. Die Filmszene hat sich da verändert.«

»Ja, oder? Damals, als es ›Dirty Dancing‹ gab und ›Vier Hochzeiten und ein Todesfall‹ – das waren noch Filme, an die man sich erinnert.«

»Finde ich auch!«, gab Sandro Elli recht. »Weißt du was, wir könnten uns doch morgen bei mir einen Film anschauen am Abend, hast du Lust? Vielleicht kann Mary bei Amrei bleiben, damit die Kleine genug Schlaf bekommt, und du kommst zu mir rüber?«

»O ja.« Da brauchte Elli gar nicht zu überlegen. Mit Sandro gemeinsam gemütlich einen Film anzuschauen, das klang nach einem hervorragenden Plan.

»Sehr schön.« Sandro lächelte.

Elli gähnte verstohlen. Plötzlich spürte sie ihre Müdigkeit. Sie hatte den Abend wohl nicht beenden wollen, ohne zu wissen, dass sie Sandro wiedersah.

»Ich glaube, ich sollte jetzt aber wirklich ins Bett. Ich bin sehr müde«, gab sie zu.

Sandro lachte leise. »Das sieht man.« Er hob seine Hand und strich ihr sanft über die Wange. Es war eine so liebevolle Geste, dass Elli gar nicht anders konnte, als seine Hand, die sich gerade wieder zurückziehen wollte, einfach festzuhalten. Sie berührte mit ihren Lippen seinen Handrücken, küsste ihn sanft.

»Danke für den wunderschönen Abend«, flüsterte sie, dann gab sie Sandro frei.

Sie drehte sich zur Seite, griff nach dem Türgriff, wollte aussteigen, aber Sandro berührte sie am Oberschenkel, was dafür sorgte, dass Elli sich wieder zu ihm zurückdrehte.

»Hm?«, fragte sie, aber Sandro sprach nicht. Zärtlich legte er seine Hand an ihren Hals und zog Elli in seine Richtung, bis ihre Gesichter nur noch Zentimeter voneinander entfernt waren. »Wenn ich dich jetzt küssen würde, wäre das ein Schock für dich?« Zum ersten Mal, seit Elli Sandro kannte, klang er nicht selbstsicher, sondern zögernd, vielleicht sogar ein wenig unsicher.

Elli schüttelte den Kopf. Sie war es, die die letzten Zentimeter überwand. Schließlich hatte sie sich schon bei ihrer letzten Begegnung gewünscht, er möge nicht nur ihren Mundwinkel mit seinen Lippen berühren. Jetzt waren es Ellis Lippen, die sich auf den Weg machten, Sandros fanden und sich mit ihm zu einem Kuss vereinten.

Elli hatte länger als ein Jahr niemanden geküsst. Es fühlte sich ganz neu an, und ihr Herz reagierte sofort, indem es wild beschleunigte. In ihrem Kopf hallte der Kuss wider. *Ich küsse Sandro! Ich küsse Sandro!* Der Satz wiederholte sich wie ein Mantra in ihr. Es war ein kräftiger Kuss, getragen von Ellis Zuneigung für Sandro, diesen warmherzigen, ruhigen Mann, der keine Vorsicht kannte. Sie küsste ihn erneut, nachdem sie ihre Lippen nur Sekundenbruchteile von den seinen gelöst hatte, dieses Mal zärtlicher, mit leicht geöffneten Lippen. *Ich küsse Sandro!*

Der erwiderte den Kuss nur zu bereitwillig, streichelte ihren Nacken, während seine Lippen mit den ihren tanzten, zog Elli noch näher an sich. Sie waren beide atemlos, als sie sich schließlich voneinander lösten. Sandro schaute sie prüfend an, lächelte. »Ich bin zu alt für dich«, sagte er schließlich, nach langen Sekunden des Schweigens, Bedauern in der Stimme.

»Nein, höchstens ein kleines bisschen dumm, weil du das sagst.« Elli kicherte. Sie dachte an ihre Eltern, die bis zum Tod ihres Vaters glücklich gewesen waren, und ihr Kichern erstarb. War ihr Vater zu alt für ihre Mutter gewesen? Hätte das Leben ihrer Mutter ganz anders verlaufen können, wenn sie sich nicht für ihren Papa entschieden hätte?

Elli wusste nicht, was sie denken, fühlen, wie handeln sollte. Sie war so glücklich, weil Sandro sie geküsst hatte, ihr

Kopf war zugleich ganz voll und ganz leer, sie musste nachdenken, klarer werden.

»Du bist wunderschön.« Sandro zeichnete mit seinem Zeigefinger ihre Augenbrauen nach, die Linie ihrer Nase, die Wangenknochen, die Stirn, am Ende die Lippen.

Elli bekam eine Gänsehaut, zugleich konnte sie ihren Kopf nicht ausschalten, weil die Gedankenflut, die über sie hereinbrach, wie eine Flutwelle alles mit sich riss.

Sandro wäre nicht Sandro, wenn er ihren Stimmungsumschwung nicht bemerkt hätte. Unvermittelt stoppte sein Finger, als er gerade ihre Kinnpartie erkundete. »Was ist mit dir?« Er schaute ganz ernst. So ernst, dass Elli aus einem Impuls heraus seine plötzliche Sorge einfach weggeküsst hätte.

»Lass uns morgen Abend miteinander reden, ja?«, schlug sie Sandro stattdessen vor. Sie wollte, ja musste fair und ehrlich mit Sandro umgehen, auch wenn es schwerfiel. Er verdiente ihre Aufrichtigkeit – dafür wollte sie mutig genug sein. Dafür musste sie sich zunächst einmal selbst aufräumen.

»Dann bleibt es bei unserem Film? Ich wollte nicht zu forsch sein, aber – ich bin auch nur ein Mann.« Er zuckte mit den Schultern. »Du hast mich ziemlich verzaubert, Ellen.«

Niemand nannte sie so. Aber vorhin hatte Sandro sie nach ihrem ganzen Vornamen gefragt, und sie hatte ihn ihm genannt. So fremd der Name für Elli sonst klang, so richtig hörte er sich aus Sandros Mund an.

Verzaubert, hatte er gesagt.

»Du warst nicht zu forsch. Auf keinen Fall. Ich wollte dich küssen. Ich muss nur über ein paar Sachen nachdenken, ja?«

»Ist gut. Das kann ich gut verstehen.« Sandros ernstes Gesicht verriet sanftmütige Zärtlichkeit.

»Danke, Sandro. Ich hab lang nichts mehr so genossen wie unser Essen heute.«

»Der Rucola war auch wirklich ganz frisch«, stimmte Sandro Elli zu.

Elli musste lachen. »Nein, das hab ich nicht gemeint ...«

Sandro legte seinen Zeigefinger an ihre Lippen. Er grinste über das ganze Gesicht. »Ich hab dich schon richtig verstanden. Alles gut. Ging mir auch so.«

Dann tat er, was er schon einmal getan hatte, und küsste sanft ihren Mundwinkel, bevor er aus dem Wagen stieg, um das Auto herumging und die Beifahrertür öffnete. Er öffnete die Hecktür des Wagens und holte behutsam die Babyschale heraus. Amreis Gesicht verzog sich kurz im Schlaf, um sich gleich darauf wieder zu entspannen.

»Soll ich Amrei reintragen?«, bot er an.

»Danke. Das schaff ich.« Sie umfasste den Tragegriff. »Außerdem schläft Mary sicher schon.«

Sandro beugte sich über die Babyschale. »Danke für den schönen Abend, kleine Amrei«, flüsterte er. Dann ging er zu seinem Auto.

»Sandro?«

Als er seinen Namen hörte, blieb er stehen und wandte sich um. »Ja?«

Elli stellte die Babyschale sanft auf den Boden, lief schnell die paar Schritte zu Sandro und küsste ihn auf den Mund. Er war zu verdutzt, um ihren neuerlichen Kuss zu erwidern. Aber sie hatte diesen Kuss gebraucht, einfach gebraucht. Dann ging sie zu Amrei, hob den Kindersitz hoch und trug ihn ins Haus.

6. Spatz

Elli war früh wach geworden und gleich aufgestanden. So unruhig, wie sie sich fühlte, war an Schlaf nicht mehr zu denken gewesen. Sie sprang aus dem Bett, schlüpfte in ihre Kleidung vom Vorabend und stand auf. *Ich habe Sandro geküsst*, hallte es noch immer in ihrem Kopf wider. Aber da war auch noch immer der Gedanke an ihre Eltern. Daran, dass ihre Mutter den Tod des zwanzig Jahre älteren Vaters nicht verwunden hatte.

Elli wusste, sie hatte nie so für einen Mann gefühlt wie für Sandro – und sich so wohl mit einem Mann gefühlt wie mit ihm. Er saß ihr im Herzen, ohne Frage, und das, obwohl sie Sandro erst so kurz kannte. Die Ruhe, die sie in seiner Gegenwart spürte, die Wertschätzung für sie und auch für Amrei, das war schon etwas Besonderes, das war Elli ganz klar.

Wäre der Altersunterschied nicht gewesen, sie hätte keine Sekunde gezögert und sich ganz in ihr Gefühl gestürzt – sie war verliebt in Sandro, und es war nicht einfach, mit ihrem Verstand gegen die Emotion anzukämpfen.

Als sie an seinem Tor vorbeikam, warf sie einen flüchtigen Blick in Richtung seines Gartens. Ein kleiner, schlanker Mann stand an der Mauer und rauchte eine Zigarette. Als er Elli sah, tippte er sich an die Stirn und grinste sie an. Sie erwiderte sein Lächeln zerstreut und ging weiter, den Geruch des noch warmen Rauches in der Nase. Der Mann schnippte mit einer schnellen Bewegung Asche von der Zigarette.

Selbst um diese Zeit waren schon Menschen in Limone unterwegs. Der Touristenstrom am Gardasee glich einem Fluss, der immer ein wenig zu viel Wasser führte. Aber Elli verstand das durchaus – die Landschaft hier hatte ja auch sie total verzaubert, und sie war wiedergekommen. Die Berge waren heute von Wolken verhangen. Es konnte jeden Moment regnen, und die frische Luft weckte Ellis Lebensgeister, während ihre Gedanken nicht aufhörten, um Sandro zu kreisen. Sie erwog, irgendwo einen Kaffee zu trinken, und trat kurz entschlossen in eine einfache, namenlose Bar. Am Tresen stand ein Pärchen, das händchenhaltend Cappuccino trank. Der Mann, kleiner und dunkelhaarig, wurde von der Frau um einen halben Kopf überragt. Wo er ein wenig füllig war, war sie sehr schlank. Als er etwas sagte, begann sie zu lachen, beugte ihren Kopf leicht zu ihm hinunter und küsste ihn auf die Wange, fest und selbstverständlich. Schüchtern war Elli ebenfalls an den Tresen getreten und hatte, als der Barista auf sie zukam, nur auf die Tassen des Paars gezeigt, woraufhin er ihr Augenblicke später den Kaffee gebracht hatte. Das Pärchen schien die ganze Welt um sich herum vergessen zu haben – wie Elli, als sie mit Sandro unterwegs gewesen war. Jetzt lachte der kleine Italiener, während seine Freundin mit abgespreiztem kleinem Finger ihre Kaffeetasse zum Mund hob. Als sie sie wieder absetzte, wischte ihr der Mann mit zärtlicher Geste ein wenig Milchschaum aus dem Mundwinkel. Die Vertrautheit, die seine Geste zeigte, weckte in Elli zwei Empfindungen gleichzeitig: Sehnsucht nach Sandro und das Gefühl eines Schmelzens aller Kälte in sich, so schön war die Liebe des Paares mit anzusehen. Sie lächelte vor sich hin, während sie ihren Cappuccino in kleinen Schlucken trank. Ach, Sandro …

Wehmut, Sehnsucht und Zweifel ließen sich auch mit dem besten Cappuccino der Welt nicht hinunterspülen. Sie musste dringend mit jemandem reden, um ihre Gefühle zu sortieren. Das laute Wort war oft besser als alle leisen Gedanken.

Mary war bereits auf, als Elli von ihrem Spaziergang zurückkam. Natürlich hatte sie ihr Handy in der Hand und tippte wild.

»Na, schon sehr beschäftigt?«, flüsterte Elli ihr zu. Amrei schlief noch tief und fest, wie sie mit einem einzigen Blick feststellte. Seit zwei Monaten schlief die Kleine durch. Es war eine nicht in Worte zu fassende Erleichterung, nicht mehr bis zu drei Mal pro Nacht aus dem Schlaf gerissen zu werden.

Mary grinste. Sie war es gewohnt, dass Elli sie immer mal wieder wegen ihres Handykonsums aufzog.

»Wie du siehst! Sag mal, kann ich heute Nachmittag noch mal los? Ich würde gern diesen Sopino-Wasserfall erkunden.«

»Wo ist der denn?«

»Ich weiß es selbst noch nicht genau. Aber ich habe gelesen, dass es dort ganz toll sein soll. Die Landschaft, weißt du.«

In München hatte Mary sich nie besonders für Landschaften interessiert, aber das mochte der Stadt geschuldet sein.

»Natürlich! Geh ruhig. Das ist eine super Idee.«

Amrei verzog das Gesicht und begann zu weinen.

»Mama ist da, Amy!«, rief Mary, bevor Elli überhaupt zu Wort kam.

Sie stand auf und ging die zwei Schritte zu dem Gitterbett, das Antonella für sie vorbereitet hatte. »Hallo, Süße.« Sofort verstummte das Weinen und wich Amreis zuckersüßem Lächeln.

»Kommst du zu mir?« Elli streckte die Arme nach ihrer Tochter aus und die erwiderte die Geste. Jedes Mal aufs Neue hatte Elli das Gefühl zu schmelzen, wenn sie ihre Tochter aus dem Bettchen hob und an sich drückte. Amrei war das Beste, was ihr je passiert war. Sie atmete den Duft der Haut ihrer

Tochter ein. Gleich würde die Kleine unruhig werden, weil sie Hunger hatte. Aber für einen kurzen Augenblick reichte es, bei der Mutter zu sein, um Zufriedenheit zu verspüren, bevor Appetit und Entdeckerdrang die Übermacht gewannen.

»Frühstück?«, fragte Mary, die um Amreis Gewohnheiten wusste.

»Sehr gern. Ich mach die Kleine fertig und zieh mir auch schnell was über.«

»Ist ja spät geworden bei euch gestern«, stellte Mary fest, während sie die Beine über die Bettkante schwang. »War es schön?«

Elli lächelte. Wie sollte sie diesen Abend erklären? »Ja, sehr. Ich würde Sandro gern noch mal treffen heute – wir wollen einen Filmabend machen. Würdest du auf Amrei aufpassen? Sonst nehme ich sie mit. Das ist sicher auch kein Problem.«

»O nein, da gehst du mal schön allein. Ich mach es mir hier mit Amrei gemütlich. Bestimmt bin ich nach dem Wandern hundemüde und geh auch früh schlafen.« Das war es, was Elli so an Mary liebte: ihre Unkompliziertheit und Hilfsbereitschaft.

Elli ging zum Schrank, holte eine dünne Stoffhose und eine frische Windel für Amrei heraus und legte alles auf das Bett, das ihr mit einer Unterlage als provisorische Wickelkommode diente.

»Aber es war schön mit dem Märchenprinzen? Wo wart ihr?«, hakte Mary nach.

»Er ist kein Märchenprinz«, widersprach Elli, dabei war sie sich da gar nicht mehr so sicher. »Wir waren am Ledrosee, haben sehr gut gegessen und dann ewig im Auto gequatscht.«

»Im Auto?«, fragte Mary ungläubig. »Das macht man also auch noch, wenn man so richtig erwachsen ist?«

Elli lachte. »Ich glaube, das macht man in jedem Alter, wenn man sich genug zu sagen hat.«

»Stimmt.« Mary lachte auch, während Elli Amrei gegen den nackten Bauch pustete, was zu einem fröhlichen Quietschen bei ihrer Tochter führte.

»Ich freu mich, wenn du jemanden kennenlernst.«

»Danke, Mary, das ist echt lieb. Aber es ist nicht so einfach, weißt du.« All die Bedenken, die Elli am Vortag verspürt hatte, waren noch da.

»Ich dachte, du magst Sandro!«

»Ich mag ihn sehr.«

Mary zuckte mit den Schultern. »Dann ist doch alles gut.« Für sie war wirklich immer alles einfach und unkompliziert.

»Es ist nicht so einfach.« Elli zog Amreis Hose hoch.

»Erklärst du es mir?« Mary war längst in ein hübsches Sommerkleid geschlüpft. Elli fragte sich, ob das schon ihr Wanderoutfit war, behielt ihre Überlegungen aber für sich.

»Ich finde Sandro wunderbar. Ich habe mich lange nicht mehr mit jemandem so wohlgefühlt – wenn überhaupt. Er ist in dieser Hinsicht wirklich wie ein Märchenprinz, weißt du? Er hört zu, und wenn er etwas sagt, hat das Hand und Fuß. Wenn er mich küsst, ist das so vertraut und zugleich auch noch aufregend. Ich kann absolut offen zu ihm sein und muss mich nicht verstecken.« Völlig unsortiert sprach Elli aus, was ihr durch den Kopf ging. Sie wusste es bei Mary trotz deren Jugend gut aufgehoben.

»Ihr habt euch geküsst?«, kreischte Mary. Den Rest von dem, was Elli gesagt hatte, schien sie gar nicht gehört zu haben. Wer in den anliegenden Zimmern noch geschlafen hatte, war jetzt mit Sicherheit wach.

Elli lachte. Sie konnte gar nicht anders. Mary schaute sie indessen mit großen Augen an. »Dann ist doch alles noch einfacher!«

»Nicht wirklich. Nein.« Elli schüttelte den Kopf. »Weißt du, ich hab keine Zeit für Spielereien und auch keine Lust, wenn ich ehrlich bin. Dazu kommt, dass meine Eltern einen so großen Altersabstand hatten und das am Ende echt schwierig war.«

»Warum? War deine Mutter so aktiv und er konnte nicht mehr mithalten?«

»O nein. Es war ganz anders, als du denkst. Mein Vater war der Sportliche.« Elli dachte an ihre Mama, die sich gern gemütlich lesend in ihren Sessel gekuschelt hatte, während ihr Vater auf Radtouren unterwegs gewesen war.

»Trotzdem ist mein Vater überraschend mit Mitte siebzig an einem Herzinfarkt verstorben. Das hat meiner Mutter das Herz gebrochen.«

Elli hatte Amrei vom Bett gehoben und auf den Boden gesetzt. Die Kleine zog sich mittlerweile am Holzgitter in den Stand und stapfte an den Stäben entlang. Noch etwas wackelig, aber bald würde sie frei laufen können.

Mary hörte jetzt aufmerksam zu, als Elli von ihrer Mutter berichtete. »Tut mir sehr leid, dass du deine Mama auf so grausame Weise verloren hast.«

»Danke.« Elli schluckte. Der Tod ihrer Eltern war das Schlimmste gewesen, was sie je erlebt hatte. Aber dass ihre Mutter sich für den Freitod entschieden hatte, war für Elli fast nicht auszuhalten.

»Glaubst du denn, deine Mama hätte sich im Nachhinein gegen die Beziehung mit deinem Vater entschieden?«, wollte Mary wissen.

Elli musste nicht überlegen, ihre Antwort kam wie aus der Pistole geschossen. »Natürlich nicht! Sie hat ihn doch geliebt.«

»Und trotzdem hast du Angst vor dem Altersunterschied bei Sandro und dir?«

Ihre Bedenken von Mary laut ausgesprochen zu hören, nahm ihren Sorgen tatsächlich die Härte.

»Ich meine, er könnte auch jung sein und einen Motorradunfall erleiden, oder du verlässt ihn für jemand anders.« Mary zuckte mit den Schultern.

Elli kam nicht umhin, ihr recht zu geben. Jugend schützte nicht vor dem Tod, das stimmte. Doch was war mit Amrei, wäre es okay, ihr einen fremden Mann ins Leben zu bringen?

»Es lohnt sich, glaube ich, sich auf das Jetzt zu konzentrieren. Wie Amrei! Ich hab da viel von deiner Tochter lernen dürfen.« Mary deutete mit dem Kinn zu der Kleinen, die jetzt an Ellis Nachttisch angekommen war und so interessiert in ihrer Bettlektüre blätterte, als würde sie jedes Wort lesen können. »Amrei lernt gerade laufen und sprechen. Sonst nichts. Sie ist ganz im Moment.«

Mary überraschte Elli immer wieder. Jedes ihrer Argumente war nicht von der Hand zu weisen.

»Außerdem bist du du und nicht deine Mutter«, fügte Mary noch hinzu. »Gönn dir einfach ein kleines Stück Glück, Elli. Besser jetzt als nie!«

Elli war ganz still geworden. Sie spürte in sich hinein. Mary hatte geschafft, dass in ihrem Kopf Ruhe eingekehrt war. Der Gedanke an Sandro war jetzt ganz klar und rein. Sie war verliebt. Sie wollte bei ihm sein – und was dann kam, würde die Zukunft zeigen. Tatsache war, dass Sandro ihr ein Gefühl gab, das sie lange verloren geglaubt hatte.

Am liebsten wäre sie sofort, noch vor dem Frühstück, einfach zu ihm rübergerannt. Plötzlich schien alles ganz leicht, was gerade noch schwer gewirkt hatte. Elli war nicht ihre Mutter. Ihre Zukunft gehörte ihr ganz alleine, und ja, es mochte vorschnell sein, diese Zukunft mit Sandro zu planen, aber ihr Herz war ganz sicher, dass sie sich nichts mehr wünschte, als mit Sandro zusammen zu sein.

* * *

Elli hatte nicht mehr gewartet. Das Frühstück hatte sie auf einen zweiten Cappuccino reduziert – und den hatte sie schon kaum runtergekriegt. Sie hatte zappelig auf ihrem Stuhl gesessen, hatte ungläubig dabei zugesehen, wie Amrei ein großes Stück Taleggio, einen italienischen Weichkäse, mit ihren wenigen bereits vorhandenen Zähnen in sich hineingemümmelt hatte, und Mary beobachtet, die sich mit Genuss drei Cornetti con crema einverleibte, eins mit Schoko- und zwei mit Vanillepuddingfüllung.

»Wäre es sehr schlimm, wenn ich dich mit Amrei sitzen lassen würde? Ich komme auch ganz sicher mittags zurück, damit du pünktlich zu deiner Wasserfallwanderung aufbrechen kannst.« Elli konnte nicht anders – sie wollte zu Sandro. Wenn man seine Zweifel beseitigt hatte und den eigenen Weg klar vor sich sah, konnte man es einfach kaum abwarten, ihn zu beschreiten, jedenfalls ging es Elli so.

Mary grinste nur. »Klar. Amrei wollte eh gerade noch gemütlich ein Ei verspeisen. Gell, Amrei?« Es klang witzig, dass Mary das bayerische »gell« in ihren Sprachschatz aufgenommen hatte – mit britischem Akzent.

»Super! Wartet kurz.« Elli sprang regelrecht vom Stuhl, eilte zum Büfett und holte ein weich gekochtes Ei mit Eierbecher und Löffel. Ihr Bewegungsdrang war immens. Sie stellte es hastig auf den Tisch, küsste Amrei auf den Scheitel und winkte Mary halb im Davonlaufen zu. Aus dem Augenwinkel sah sie, dass Valentina, die hinter der Theke der Kaffeebar stand und gerade zwei Tassen auf ein Tablett hob, ihr überrascht hinterherschaute.

Der Morgen war noch immer frisch und die Luft herbstlich kühl, aber Elli spürte es nicht. Sie hatte gerade keinen Sinn dafür, auch nicht für den Spatzen, der erstaunt aufflatterte, als Elli an ihm vorbeirannte, ihr Ziel so klar vor sich.

Sie hämmerte mit den Fäusten an Sandros Tor, überlegte sogar, einfach darüber hinwegzusteigen. Aber dann tat sie es doch nicht, sondern beschränkte sich auf den Lärm.

»Vaffanculo!« Wut. Pure Wut hörte sie, als sie Sandros Stimme gewahr wurde. Elli hielt mitten in der Bewegung inne und trat einen Schritt zurück. Unverständliche italienische Worte hagelten von innen auf sie hernieder. Sie verstand kein einziges. Instinktiv trat sie noch einen weiteren Schritt zurück, bevor das Tor mit Schwung aufgerissen wurde. Sandros Gesicht war puterrot, sein Oberkörper nackt. Eine Ader seitlich an seinem Hals trat stark hervor. Trotz der Tatsache, dass Sandro so einschüchternd auf Elli wirkte, realisierte sie sofort, wie gut er gebaut war. Seine Muskulatur war deutlich sichtbar, die gut definierten Arme, die runden Schultern, die kräftige Brustmuskulatur und der flache Bauch, der eher ein wenig zu dünn war. Nein, er hatte keinen Sixpack, aber Elli konnte dennoch kaum die Augen von seiner leichten Brustbehaarung lassen, einer Behaarung, die auch unterhalb des Nabels wieder ansetzte und sich bis zum Hosenbund fortsetzte. All das registrierte Elli in Sekundenbruchteilen, als sie Sandro, der schwer atmete, gegenüberstand.

»Elli?«, fragte er und starrte sie ungläubig an. Auf seiner Stirn stand ein Schweißfilm, über den Sandro jetzt mit dem Handrücken fuhr. »Was machst du denn hier?«

»Ich … wollte dich besuchen. Aber ich glaube, ich komm besser später wieder.« Sie sprach ganz leise, als müsste man Sandro wie ein Raubtier besänftigen.

Doch der war schon viel ruhiger als noch Augenblicke zuvor. »Gut, besuchen, ja.« Er fuhr sich erneut über die Stirn, dann trat er beiseite, um Elli reinzulassen.

»Wo ist Amrei?«, fragte er.

»Bei Mary, du weißt schon, meinem Au-pair.« Elli lächelte, noch immer unsicher.

»Gut. Ich muss mich eben beruhigen, tut mir leid. Normalerweise werfe ich nicht mit Schimpfwörtern um mich.« Er versuchte sich an einem schiefen Grinsen, das deutlich misslang, und griff sich an die Nasenwurzel, als ob er Migräne hätte.

»Warum bist du so außer dir?«

Noch immer hob und senkte sich Sandros Brustkorb fast stoßweise im Rhythmus seiner beschleunigten Atmung. Er senkte die Hand. »Ich … ach, komm einfach rein, dann zeig ich es dir.«

Elli betrat den Gartendschungel und schaute sich um. Auf den ersten Blick war alles wie immer.

»Siehst du es? Da drüben! Und dort hinten! Wer auch immer das war, er kann nur über die Mauer eingestiegen sein. Ich muss sofort den ganzen Garten absuchen.« Sandro lief in die Ecke, in die er gezeigt hatte, und zog etwas aus einem Busch. Es sah aus wie ein einfacher Stock.

Erst als Elli hinter Sandro trat, erkannte sie, dass er überall mit einer Art Pech bestrichen war. »Eine Leimrute!«, kombinierte sie betroffen; ohne je so eine Falle gesehen zu haben, war es einfach offensichtlich.

»Ja, du sagst es.« Sandros Kiefer mahlten, als er den Stock in der Mitte zerbrach, auf den Boden warf und in der hoch stehenden Wiese herumrollte, bis die gesamte Klebefläche mit Grashalmen, Samen und Blütenblättern behaftet war und so keinem Vogel mehr etwas zuleide tun konnte.

»Jemand hat meinen ganzen Garten kontaminiert.« Sandro schaute sich um. »Unerträglich ist das. Absolut unerträglich! Und derjenige wusste, was er da tat.«

Elli sah Sandro an, dass er nicht nur wütend, sondern auch verletzt war. Fangvorrichtungen für Vögel in seinem eigenen Garten zu sehen, tat ihm weh.

»Und ich dachte noch, der zerkratzte Lack oben am Parkplatz war Zufall. Ha! Von wegen!« Sandro trat auf die kaputte Leimrute, stampfte regelrecht darauf.

Elli berührte ihn an der Schulter, fühlte seine Haut nur zu bewusst unter ihrer Hand. »Komm, wir bringen das jetzt erst mal in Ordnung, ja? Wir arbeiten, so schnell es geht, jeder übernimmt einen Teil des Gartens, und anschließend kontrollierst du meine Arbeit noch. Schließlich habe ich keine Ahnung, ob ich alle Vorrichtungen auf Anhieb finde.«

»Ja, ist gut. Klingt vernünftig.« Er fasste sich erneut an die Nasenwurzel, vielleicht sollte ihm die Geste helfen, die Fassung zurückzugewinnen. »Fangen wir an.« Kurz legte Sandro seine Hand auf Ellis, die noch immer auf seiner Schulter verharrte. Für einen Augenblick drückte er ihre Finger, wandte den Kopf zur Seite und küsste ihren Handrücken. Es war nur ein flüchtiger, schneller Kuss. Aber er sorgte in Elli für eine ganz neue, nie gekannte Freude an der Berührung. Dann machten sie sich an die Arbeit.

Am Ende hatten sie zehn Leimruten und vier Netze gefunden. Eines der Netze war in den Apfelbaum geknüpft und gar nicht so einfach zu entfernen gewesen. Sandro war zwar recht behände im Klettern, aber so weit oben im Baum hatte selbst er Mühe gehabt, das Netz aus den Zweigen zu schneiden. Es war ein ziemlicher Balanceakt, bei dem Elli ständig fürchtete, dass Sandro vom Baum fallen könnte. Als er endlich wieder unversehrt neben ihr auf dem Boden stand, war sie deshalb umso erleichterter.

»Schau mal!« Sandro deutete auf das Netz, das im Apfelbaum gehangen hatte; in seinen Maschen befand sich ein Spatz. Der leblose Vogelkörper sah so trostlos aus, dass Elli sofort verstand, was Sandro fühlte.

»Es tut mir so leid«, sagte sie deshalb wahrheitsgetreu. Sandros Blick verriet ihr, dass er sie sofort verstanden hatte.

»Mir auch.« Sandro schaute sich um. »Allzu lang kann es nicht her sein, dass der Täter hier war und seine Markierungen hinterlassen hat.«

Elli nickte betroffen.

»Wenn ich nicht zufällig am Stachelbeerbusch gewesen wäre, hätte ich es vielleicht gar nicht bemerkt. Stell dir vor, ich hätte die Fallen nicht sofort entdeckt! Eine Katastrophe – und das in meinem eigenen Garten!«

Elli berührte erneut Sandros Schulter. Man sah seinem Gesicht an, wie sehr ihn die Tat bewegte. Seine sonst vollen Lippen waren zwei schmale Striche, fast unsichtbar, und seine blauen Augen, die sonst so ausdrucksstark waren, wirkten hart und leer.

»Sollte ich den erwischen, den mach ich fertig!« Sandros Stimme war mehr ein Knurren. Er stand da und wusste sichtlich nicht, wohin mit seinen Emotionen. Elli tat das Einzige, von dem sie wusste, dass es half. Sie trat nah an Sandro heran und schloss die Arme um ihn. Erst blieb sein Körper stocksteif, er erwiderte die Geste nicht, er stand nur da, gepeinigt von seinem Ärger. Gerade als Elli sich zurückziehen wollte, hob er die Arme und umschloss ihren Körper. Elli roch ihn, war umgeben von ihm. Er duftete heute noch intensiver nach Lavendel und dieser Herbe, die sie schon beim letzten Mal wahrgenommen hatte. Das musste sein ganz eigener Duft sein. Und nahm sie auch wieder ein leichtes Zitrusaroma wahr? Sie schloss die Augen. Kein Blatt Papier hätte zwischen ihren Körpern Platz gehabt. Ein Vogel flog über ihre Köpfe, aber Sandro verharrte in ihrer innigen Umarmung, ohne nach dem Tier Ausschau zu halten.

Er drückte Elli noch näher an sich, strich ihr mit den Händen über den Rücken. Dann spürte sie seine Lippen an ihrer Halsbeuge, spürte sie langsam ihren Hals entlangwandern. Ihr Herz, oh, ihr Herz!

Sie wollte ihn auf den Mund küssen, wartete jedoch. Seine Lippen wanderten langsam über ihre Haut, streichelten sie. Eine Gänsehaut bildete sich auf ihren Armen, als Sandro ihre Wange erreichte. Gleich, gleich! Plötzlich hatte Elli das Gefühl, es nicht mehr aushalten zu können. Sie wandte ihren Kopf, ganz leicht, und schon trafen ihre Lippen aufeinander. Es wurde kein sanfter Kuss, nein. Er wurde leidenschaftlich, wild, ungezügelt. Ihre Zungen begannen, miteinander zu spielen, Sandro biss in ihre Unterlippe. Seine Hände gingen auf Wanderschaft, umschlangen ihren Po, pressten Elli noch näher an sich. Sie spürte ihn, sie spürte, dass die tröstliche Umarmung sich längst zu einer lustvollen Begegnung gewandelt hatte. Es brauchte keine Erklärung, sie verstanden sich blind. Der Kuss war atemlos, voll wilder Leidenschaft, während Sandros Hände sich erneut auf Wanderschaft begaben und jetzt unter den Saum ihres Shirts tauchten. Elli stöhnte leise auf, als er unter den Bund ihrer Shorts glitt und sie wieder an sich presste. Sie war gierig, wollte mehr, wollte alles, wollte ihn. Also tat sie es ihm nach, glitt mit den Händen nach unten und schob sie hinten in den Bund seiner Hose, um ihm zu zeigen, dass sie seine Lust erwiderte.

Sandro löste sich ganz plötzlich. »Komm mit ins Haus.« Er nahm ihre Hand, zog Elli hinter sich her, zur Terrasse, ins Wohnzimmer. Dort warf er sich aufs Sofa, helles Leder, wie Elli nur am Rande wahrnahm. Es war egal. Alles egal. Ihr Fokus war ganz auf Sandro gerichtet.

»Komm zu mir.« Seine tiefe Stimme sorgte für eine neuerliche Gänsehaut auf Ellis Unterarmen, als er sich aufrichtete und Elli über sich zog.

Sandro stöhnte auf, als sie sich an seiner Hose zu schaffen machte. Es ging ihm nicht schnell genug, er half mit, legte selbst Hand an, während Elli sich ihr Shirt über den Kopf zog. Kein Halten mehr, es gab kein Halten mehr. Haut auf Haut, Hände, die jede Körperstelle des anderen berühren wollten, bis sie sich wieder wild küssten und dabei schließlich vereinten. Elli hätte nicht sagen können, ob es schnell ging oder nicht, dafür war sie so sehr im Rausch ihrer Lust gefangen. Aber sie wusste, dass es sich richtig anfühlte, als sie von ihrer eigenen Leidenschaft mitgerissen wurde, ihre Begierde in seinem Blick gespiegelt.

»Sandro!« Hatte sie tatsächlich seinen Namen gerufen im Moment höchster Erregung, als sie den Gipfel ihrer Lust erreicht hatte? Oder war ihr der Name nur durch den Kopf gehallt? Sie würde es nie mit Sicherheit wissen. Doch als sie auf ihm zusammensank, keuchend, erschöpft, umhüllt von seinem Duft, umschlossen von seinen Armen, seine Schulter an ihrer Wange, da spürte sie nichts als tiefe Ruhe und die Sattheit, die mit der perfekten Befriedigung eines Bedürfnisses einherging. Sie atmeten gemeinsam, sie lagen gemeinsam auf dem Sofa. Es war eigentlich zu heiß, aber keiner von ihnen beiden wollte mehr Platz. Sie wollten genau diese Nähe spüren, waren längst noch nicht bereit, sich voneinander zu lösen. Sandros Hand wanderte an Ellis Wirbelsäule hinunter, ganz langsam, Zentimeter um Zentimeter fanden seine Finger ihren Weg, schienen jedes Fitzelchen Haut ertasten zu wollen, ganz langsam und zärtlich jetzt. Das kleine Grübchen über Ellis Po schien eine besondere Faszination bei Sandro auszulösen. Seine Finger verharrten dort, kreisten, strichen über diesen sensiblen Punkt, und Elli spürte, dass ihre Sattheit ein schmaler Grat war, von dem sie leicht abkommen konnte, denn seine Berührung begann schon wieder eine leichte Hitze in ihr zu entfachen.

Sie hob den Kopf und schaute Sandro an. Dann küsste sie ihn.

»Das war schön.« Sie flüsterte, als könnten zu laut gesprochene Worte der Situation ihre Magie rauben.

»Wunderschön.« Auch Sandro sprach nur leise, küsste sie erneut, jetzt ganz sanft. Seine Augen strahlten. Jetzt nahm Elli die Umgebung wieder wahr, sah die Landschaftsbilder an den Wänden, die hellen Möbel, den offenen Kamin, der jetzt im Spätsommer natürlich nicht beheizt war.

»Gemütlich hast du es hier«, stellte sie fest.

Sandro lachte leise. »Willkommen in meinem Haus.«

Elli stimmte mit ein, als ihr bewusst wurde, dass sie gerade zum ersten Mal Sandros Haus betreten hatte.

»Im Winter ist es sicher wunderbar, wenn der Kamin an ist.«

»O ja! Du wirst sehen, das ist ganz fantastisch. Wir machen uns ein Feuer an und trinken dazu Glühwein, wenn Amrei im Bett ist, und ...« Sandro hielt mitten in seinem Satz inne. »Entschuldige bitte! Ich weiß, das geht zu weit. So weit zu planen, überfordert dich sicher und ich ...« Erneut stockte Sandro. »Es ist nur so, dass ich dich viel zu gern als festen Bestandteil meines Lebens hätte.«

Die Wärme, die Elli bei seinen Worten durchfloss, hatte nichts mit der Außentemperatur zu tun. Sie konnte gar nicht anders, als selig zu lächeln.

Sandro redete weiter. »Ich weiß, ich bin schon älter, aber ich habe mich noch nie so sehr zu einer Frau hingezogen gefühlt wie zu dir. Es ist fast schon beängstigend.«

Statt auf seine Worte einzugehen, erwiderte Elli etwas ganz anderes: »Und dann, im Winter, wenn das Feuer langsam herunterbrennt und Amrei tief schläft, nach dem Gläschen Glühwein, werden wir uns miteinander auf dieses Sofa kuscheln, an heute denken und dann genau da weitermachen, wo wir jetzt gerade aufgehört haben.«

Sie schenkte Sandro einen vielsagenden Blick, woraufhin er seine Hände um die Rundung ihres Gesäßes spannte und sie intensiv küsste.

»Ich bin total verrückt nach dir, weißt du das?«, sagte er leise. Seine Stimme war leicht belegt, und Elli konnte sehr deutlich spüren, wie sein Körper seine Aussage untermauerte.

»Und ich nach dir. Es wäre wundervoll, im Winter hier zu sein.« Elli biss zur Bestätigung sanft in Sandros Schulter, und er begann, sich ganz langsam unter ihr zu bewegen. Ihre Begegnung, die vorhin so wild gewesen war, wurde jetzt von sanfter Zärtlichkeit geprägt. Die Lust wuchs langsamer, war aber nicht weniger intensiv als beim ersten Mal. Wieder konnte Elli sich ganz und gar hingeben. Als Sandro sie auf den Rücken legte und ihren Körper mit dem seinen bedeckte, fühlte es sich ganz natürlich an.

Es war ein wenig wie Fliegen und …

»Überraschung!« Eine laute Stimme ließ Sandros ganzen Körper zusammenzucken, bevor Elli überhaupt reagieren konnte. Sein Blick war zur Terrassentür gewandert, und er machte jetzt den Anschein, als hätte er einen Geist gesehen.

Elli versuchte, ihre Brüste vor Blicken abzuschirmen, der restliche Körper war unter Sandro verborgen, der bewegungslos innehielt.

»Chiara!«, rief er aus. »Was machst du denn hier?«

Elli registrierte nur am Rande, dass die beiden Deutsch miteinander sprachen. Vielleicht, weil Chiara gerade direkt aus Deutschland kam? Sie nahm sich vor, Sandro später danach zu fragen, aber dann vergaß sie es wieder, als sich die Ereignisse überstürzten.

»Oh – mein – Gott!« Da stand eine junge Frau mit perfekt frisierten langen schwarzen Haaren in einem zartrosa Kostüm mit passender Handtasche und nicht minder passenden Sandaletten und starrte auf das Bild, das sich ihr bot. Auf die Frage ihres Vaters – Elli kombinierte blitzschnell, dass es sich bei der Frau um seine Tochter handeln musste, denn sie hatte den Namen Chiara schon einmal gehört – gab sie keine Antwort.

Sandro schaute sich um auf der Suche nach einer Decke, fand keine, verharrte weiter. Seine Hose lag als Knäuel hinter dem Couchtisch, neben Ellis T-Shirt, das seine Flugbahn offenbar in die gleiche Richtung gefunden hatte.

Chiara drehte sich um, wandte ihnen den Rücken zu. »Ich nehme an, ihr wollt euch anziehen.« Sie hatte die Fassung sehr schnell wiedergewonnen.

Sandro stand blitzschnell auf, hechtete zu seiner Hose, warf Elli achtlos das T-Shirt zu, das neben seiner Hose gelegen hatte. Plötzlich fühlte sich Elli wie unsichtbar. Sandro hatte für den Moment seine ganze Aufmerksamkeit in Richtung seiner Tochter gelenkt.

»Chiara, ich kann das alles erklären!«, rief er in Richtung der Frau, die sich ein paar Schritte von der Verandatür entfernt hatte und in Richtung See blickte.

Sie klang vollkommen emotionslos, als sie wieder sprach: »Na, da bin ich aber mal gespannt.«

Elli war plötzlich eiskalt, sie schlüpfte in ihre Kleidung, mit fahrigen Bewegungen. Dann wusste sie nicht weiter, was sie tun sollte, und blieb auf der Sofakante sitzen.

Sandro war bereits draußen auf der Terrasse und hatte den Arm um seine Tochter gelegt. Elli sah, wie er leise auf sie einredete, verstand aber die einzelnen Worte nicht, zumal er jetzt auch Italienisch sprach.

Langsam stand sie auf. Sie hatte das Gefühl, überflüssig, ja, lästig zu sein. Der Zauber des Moments war verflogen, Sandro schien vergessen zu haben, dass sie überhaupt existierte.

Still ging Elli in Richtung Terrasse, machte einen Schritt hinaus auf das hölzerne Deck und ging schweigend, unbemerkt von Chiara und Sandro, in Richtung Tor. Sie wünschte sich, Sandro würde auffallen, dass sie fehlte. Sie wünschte sich, er würde sich umdrehen und sie gehen sehen. Sie wünschte sich, er würde ihr nachrufen, dass sie zurückkommen sollte, aber nichts dergleichen geschah, und Elli trat hinaus auf die Straße und ging den leicht abschüssigen Weg zurück zum Hotel *Casa Felicità*.

In diesem Moment wurde Elli erst bewusst, dass sie nicht einmal Sandros Telefonnummer hatte.

7. Buchfink

Antonella saß auf der Bank vor dem Haus. Auf ihrem Schoß lag ihr Kater Barbarossa und beobachtete träge einen Buchfinken, obgleich dieser geradezu provokant vor ihm auf dem Boden herumhüpfte, während Antonella dem Kater den Kopf kraulte. Ein leises Maunzen entrang sich der Kehle des Fellträgers. Elli musste lächeln, obwohl sie sich so wirr fühlte.

Als Antonella aufschaute und Elli über den knirschenden Kies herankommen sah, lächelte sie ihr entgegen.

»Na, wo kommst du denn her?«, fragte sie.

»Ich habe Sandro besucht.«

»Ach.«

Elli, die vor der Bank stehen geblieben war, überlegte, ob sie noch mehr erzählen sollte. Der Buchfink hatte bei ihrem Herantreten Reißaus genommen – ganz so, als ob sie und nicht der Kater eine Gefahr für Leib und Leben wäre. Da verschätzte sich das kleine Tier aber gewaltig!

»Möchtest du dich nicht setzen? Valentina könnte dir auch einen Kaffee machen, was meinst du?« Antonella rutschte ein Stück zur Seite, was einen empörten Blick Barbarossas zur Folge hatte. Sein Schwanz zuckte kurz, bevor er sich wieder auf dem Schoß seiner Futterlieferantin entspannte und die Augen schloss.

»Ich setz mich gern einen Moment, danke. Aber Kaffee hatte ich schon. Ich krieg sonst noch Herzrasen von dem vielen Koffein.« Elli war schon aufgewühlt genug, aber das sagte sie nicht. Stattdessen setzte sie sich zu Antonella in den Schatten. Die Italienerin hatte nach ihrer hellblauen Kaffeetasse gegriffen und nahm einen Schluck. Der Gesichtsausdruck der Frau nahm sofort die Verzückung an, an die Elli sich noch vom Vorjahr erinnerte.

»Mein Herz würde das Schlagen einstellen, wenn ich ihm nicht die nötige Menge Cappuccino zuführen würde.« Antonella lachte laut und ungezügelt.

Der Kater sprang von ihrem Schoß, machte einen Buckel und stolzierte beleidigt davon.

»Barbarossa, du Mimose!«, rief Antonella ihrem Tiger hinterher, der sie aber mit Missachtung strafte. »Und du? Wie geht es dir? Ich meine, wie geht es dir wirklich? Es ist ja viel Wasser den Po hinuntergeflossen, seit wir uns das letzte Mal gesehen haben.« Antonellas direkte Art überraschte Elli immer wieder. »Ich meine natürlich den Fluss Po, aber das kannst du dir bestimmt denken, nicht wahr?« Antonella zwinkerte Elli zu und trank einen weiteren Schluck Kaffee. Am Tellerrand der Untertasse lag einer der Zitronenkekse, wie sie auch Elli in der Bäckerei gekauft hatte.

»Ja, natürlich.« Jetzt lachte auch Elli, wurde aber gleich wieder ernst. »Weißt du, ich kann gar nicht genau sagen, wie es mir geht. Alles kommt mir irgendwie so dazwischen vor. Und mir ist klar, das ist eine sehr kryptische Antwort.«

Tatsächlich runzelte Antonella die Stirn und stellte ihre Tasse ab.

»Sandro und ich sind uns nähergekommen, wenn man das so sagen will.« Elli fühlte sich plötzlich sehr jung, als sie rot anlief.

»Ich bin ein wenig aufgewühlt.« Das war die Untertreibung des Jahrhunderts, nein, sogar des Jahrtausends.

Antonellas aufmerksamer Blick ruhte auf ihr, und Elli fragte sich, was sie erzählen wollte. Währenddessen flog der Buchfink wieder heran, landete vor ihren Füßen und beäugte nun mit zur Seite geneigtem Köpfchen die beiden Frauen.

»Valentina hat den Piepmatz im April gefunden und zu uns gebracht. Darum ist er noch immer recht zutraulich.« Antonella war sichtlich bemüht, Elli Zeit zu geben, ohne dass die sich schlecht fühlen musste.

»Gefunden?«

»Ja, der kleine Kerl muss aus dem Nest gefallen sein und Valentina hat sich dann die Mühe gemacht, ihn von Hand aufzuziehen. Nachts hab ich ihn versorgt. Das war für Barbarossa wie Kino, der kleine Vogel hüpfte im Schutz seines Käfigs herum, und Barbarossa saß maunzend davor. Der Vogel ist jedenfalls sehr an Menschen gewöhnt, wie man sieht. Zum Glück ist er mittlerweile ein wenig vorsichtiger geworden. Ich meine, ich habe ihn schon unzählige Male vor Barbarossa gewarnt, aber du hast vorhin ja gesehen, was das gebracht hat.« Antonella griff nach ihrem Keks und warf einen kleinen Krümel davon auf den Boden, den der Fink sofort aufpickte.

»Sehr süß.«

»O ja, das ist er. Ich hoffe nur, er überlebt meinen Kater. Bis jetzt hat Barbarossa immer den Kürzeren gezogen, wenn es um Massimo ging.«

Elli lachte schon wieder. Mit Antonella kam man wirklich ganz herrlich auf andere Gedanken. »Der Winzling heißt Massimo?«, fragte sie nach.

Antonella nickte. »Natürlich. Schließlich hat er den Nestfall überlebt und ist im Herzen ein Riese.«

»Dann ist das sicher der richtige Name.« Elli lächelte noch immer.

Die beiden Frauen saßen ein paar Augenblicke schweigend da, bis Antonella wieder das Wort ergriff.

»Mochte Sandro die Cantuccini?«

Elli konnte es nicht übers Herz bringen, die alte Dame zu enttäuschen, also nickte sie. »Er mag Kekse.« Das war jetzt auch nicht unbedingt geschummelt.

»Ja, und Limoncello. Hast du den schon probiert?«, fragte Antonella.

Elli schüttelte den Kopf. »Nein.«

»Nicht? Dann musst du mir heute Abend die Ehre erweisen und kosten.« Sie warf einen weiteren kleinen Brocken zu dem Vögelchen.

»Gern. Sandro hat mir schon erzählt, dass du ihn mit braunem Zucker machst.«

Antonella nickte. »Das stimmt. Das Aroma ist dann anders.«

»Das hat Sandro auch gesagt. Er muss sich gefreut haben, dass du den Vogel pflegst.«

»O ja. Das hat er. Er ist fast täglich rübergekommen, wenn er es geschafft hat. Natürlich war er wie immer viel unterwegs. Sein Training, die Vögel, und dann besucht er auch oft seine Tochter. Aber wenn seine Zeit es zugelassen hat, war er da. Er hat uns alles über die Fütterung und die Pflege sagen können. Das war eine Erleichterung! Massimo hätte es vermutlich sonst nicht geschafft.«

Elli schluckte hart. »Ja.« Sie hätte gern gefragt, welches Training Sandro machte. Dass er sportlich war, sah man. Auch, wie eng er mit seiner Tochter war, war Elli längst klar.

»Seinen Einsatz für den Naturschutz schätze ich sehr.« Antonella bröckelte weitere Keksbrösel auf den Boden.

»Das kann wohl nicht jeder hier von sich sagen.«

»Wie meinst du das?« Antonella legte ihre Stirn fragend in Falten.

»Jemand ist in seinen Garten eingedrungen und hat überall Vogelfallen angebracht. Er hat es heute Morgen entdeckt und war sehr erschüttert.« Elli erzählte, wie sie die Netze und Leimruten entfernt hatten.

»O je.« Antonella steckte sich den letzten Rest ihres Kekses in den Mund und kaute geistesabwesend. »Im letzten Jahr hat jemand sein Gartentor vollgeschmiert. Aber das ist eine Weile her, und ich dachte, damit hätte sich der Vandalismus erledigt. Dass jetzt wieder solche Sachen passieren, ist wirklich furchtbar.«

»Das stimmt. Er hat sich wohl ein paar Feinde gemacht«, bestätigte Elli.

»Ja, das ist ihm auch bewusst. Allerdings glaube ich nicht, dass vielen Leuten bekannt ist, wo er wohnt. Aber man weiß nie, wer bei uns auf seiner Seite und wer auf der Gegenseite steht.« Antonella trommelte mit den Fingerspitzen auf die Bank. »Nein, Massimo, ich hab keinen Keks mehr, tut mir leid.« Der kleine Vogel flatterte auf, um sofort wieder vor den beiden Frauen zu landen und sie erwartungsvoll anzusehen.

»Man müsste einen Täter also auf frischer Tat ertappen, sich auf die Lauer legen oder so. Man könnte Kameras im Garten installieren oder Sandros Wagen überwachen, wenn er irgendwo parkt.« Elli dachte nach. Sein Auto war ja auch beschädigt worden, oben am Berg. Die Tat war keine Einzeltat und schon gar kein billiger Streich, den man einfach so abtun konnte.

Antonella hob eine Augenbraue. »Du magst ihn.«

Elli errötete erneut. »Ja. Ich mag ihn sehr.« Sie wappnete sich innerlich gegen den Gegenwind, der gleich herbeiwehen würde. Antonella war kein Mensch, der mit seinen Emotionen hinter dem Berg hielt, mit Sicherheit würde sie ihre Bedenken genauso direkt äußern, wie Kim es getan hatte. Und auch, wenn Elli gerade unsicher war, wie Sandro zu ihr stand, und sie deshalb Sorgen verspürte, war es für sie in Ordnung, in ihn verliebt zu sein. Dazu stand sie, egal, was die Beziehung bringen würde.

»Das freut mich, meine Liebe. Du hast ein bisschen Glück verdient.« Antonella tätschelte Elli den Oberschenkel, eine kurze, freundschaftliche Geste.

»Danke.« Elli lächelte.

»Und Sandro hat ein Herz aus Gold, das sag ich dir.«

»Das ist mir auch schon aufgefallen, besonders im Umgang mit meiner Tochter.«

Antonella nickte zustimmend. »Ja. Er mag sogar Barbarossa, obwohl der Kater ein großartiger Vogelfänger ist.«

Elli lachte. »Ich glaube, er kann durchaus unterscheiden, ob jemand aus seinem Instinkt heraus Beute macht oder Vögel als überflüssige Delikatesse jagt.«

Antonella fiel in Ellis Lachen ein. »Da hast du sicher recht, wie ich Sandro kenne. Das heißt also, du kommst wieder und besuchst dann Sandro statt mein Hotel?«

Elli wiegelte ab. »Um ehrlich zu sein, kann ich das noch nicht sicher sagen. Gerade hat seine Tochter mich unter – äh – speziellen Umständen kennengelernt, und das verlief nicht so glücklich. Wenn es aber nach mir ginge, könnte ich mir durchaus vorstellen, Sandro noch näher kennenzulernen.«

»Und der wäre dumm, wenn er sich das entgehen lassen würde.«

In diesem Punkt konnte Elli Antonella nicht so einfach zustimmen. Schließlich war sie als Alleinerziehende mit einjähriger Tochter, viel Arbeit und einem laufenden Scheidungsverfahren nun nicht die beste Partie, die ein im Leben stehender Mann in seinen besten Jahren mit eigenen Interessen und totaler Freiheit machen konnte. War es da nicht vielmehr so, dass sie diejenige war, die froh sein konnte, wenn er das, was er ihr nach dem ersten intensiven Beisammensein gesagt hatte, auch wirklich meinte? Ihrem Gefühl nach und dem, was sie bisher von ihm kannte, wohl schon. Allerdings war er ihr so abweisend und ruppig vorgekommen, als seine Tochter aufgetaucht war. Keinen Blick, keinen Gedanken hatte er mehr für Elli übrig gehabt.

Andererseits war die Situation wirklich delikat gewesen. Und was Männer anbetraf, konnte sie sich auf ihr Urteilsvermögen wohl auch nur noch bedingt verlassen. Seit Dirk sie so hintergangen hatte, war sie sich ihrer eigenen Einschätzung nicht mehr sicher.

»Danke, Antonella. Es ist sehr lieb, dass du das sagst«, erwiderte sie deshalb auf das Kompliment der älteren Frau.

»Ich meine es sogar so.« Antonella stand auf. Ihre Kaffeetasse klirrte leise auf dem Unterteller, und Massimo flog in einen nahe gelegenen Busch. »Leider muss ich jetzt zurück in meine Küche. Heute gibt es Ravioli mit Champignonfüllung, eines meiner liebsten Rezepte, obwohl die Zubereitung ein wenig aufwendiger ist.«

»Ja, ich hab es auf der Speisekarte gelesen und freu mich schon darauf.« Elli hatte zwar noch immer keinen Hunger, war sich aber ganz sicher, dass die Ravioli – wie alle von Antonella zubereiteten Gerichte – köstlich schmecken würden.

»Hab einen guten Tag, ja? Und mach dir nicht zu viele Sorgen wegen der Wilderer. Ich halte solche Auswüchse wie das, was Sandro passiert ist, immer für ein Zeichen von Hilflosigkeit – oder Dummheit. Das kannst du dir jetzt aussuchen. Aber es ist in jedem Fall keine ernste Bedrohung.« Antonella lachte schon wieder. Sie war wirklich ein ausgesprochen froher Mensch.

»Danke, Antonella. War nett, mit dir zu plaudern.« Elli blieb sitzen und schaute der Italienerin nach, die ihr Hotel betrat. Dann lehnte sie sich zurück und schloss die Augen.

Ihr Kopf wollte sich Gedanken über Sandro machen, aber Elli zwang sich, sich auf die schönen Dinge zu konzentrieren. Sie hatten miteinander geschlafen, und das war wunderbar leidenschaftlich gewesen. Elli dachte auch kurz darüber nach, wie sie selbst reagiert hätte, in fünfzehn, zwanzig Jahren, wenn Amrei sie beim Sex erwischt hätte, und kam, wenn sie es ganz nüchtern betrachtete, zu dem Schluss, dass ihr Fokus sich vermutlich ebenso sofort auf ihre Tochter verschoben hätte.

Sie zog die Beine an sich heran, legte den Kopf auf ihre Knie und formte sich damit zu einer Art Kugel. Dabei realisierte sie, dass sie noch immer nach Sandro roch, und lächelte unwillkürlich, während sie die Ruhe im Garten genoss. Massimo flatterte in einen Zitronenbaum hinauf und verschwand aus Ellis Blickfeld.

Als plötzlich ihre hintere Hosentasche zu vibrieren begann, erschrak Elli fürchterlich. Dann erst wurde ihr klar, dass sie wegen Amrei ihr Handy mitgenommen hatte. Sie zog das Gerät heraus. Dirk! Ausgerechnet jetzt brach er in ihre Träume ein. Sie wollte schon, wie üblich, auf das rote Knöpfchen drücken, erinnerte sich jedoch an ihr Gespräch mit Sandro und daran, wie er von seiner Tochter gesprochen hatte, diese Liebe. Nicht zuletzt kam auch die Erinnerung an den Teil des Gesprächs hoch, als er ihr erzählt hatte, wie sehr seine Tochter darunter gelitten hatte, auf die Mutter weitestgehend verzichten zu müssen.

Deshalb tat sie etwas, was sie seit einem Jahr nicht mehr getan hatte: Sie drückte auf den grünen Button und hielt sich das Handy ans Ohr.

* * *

»Hallo?« Sie wartete.

»Elli? Du bist es wirklich?«

Ihr Magen zog sich schmerzhaft zusammen, als sie Dirks Stimme hörte. Es war, als hätte jemand alle Verletzungen, die er ihr je zugefügt hatte, gleichzeitig vor ihr auf den Boden geworfen. Sie bekam für einen Moment keine Luft.

»Hallo, Elli?« Dirk sprach lauter. Er klang sehr eifrig.

»Ja.« Sie konnte nicht mehr sagen.

»Wie geht es dir? Und wie geht es Amrei?«

»Gut«, presste Elli hervor.

»Ich bin so froh, dass du endlich drangegangen bist. Ich meine es nicht als Vorwurf, ich … ach, ich bin einfach nur froh.« Er klang geradezu enthusiastisch. »Bitte leg nicht gleich wieder auf, ja?«

Elli holte tief Luft. Endlich konnte sie wieder richtig einatmen. »Ich lege nicht auf«, versprach sie, während sie sich bemühte, sich ganz auf Amrei zu konzentrieren und darauf, dass Dirk ihr Vater war.

»Ich hab schon ganz oft angerufen.«

»Ich weiß.« Was hätte sie mehr dazu sagen sollen?

»Ich meine, wie *geht* es Amrei?« Dirk betonte seine Frage so, dass Elli wusste, dass sein Interesse ehrlich war.

»Es geht ihr gut, denke ich. Sie ist mit dem Au-pair losgezogen. Vermutlich genießen sie irgendwo das größte Eis, das man in ganz Limone findet.«

Dirk schwieg kurz. »Ihr seid weggefahren? Etwa in Antonellas Hotel?«

»Äh – ja.« Elli verspürte ein schlechtes Gewissen. »Ich hab Kim besuchen wollen und dachte, hier kenn ich mich schon aus.«

»Das stimmt natürlich.« Dirk klang verständnisvoller, als Elli es erwartet hätte. Er räusperte sich.

Sie beide schwiegen.

»Weißt du, ich würde Amrei wirklich gern kennenlernen. Schöner Name übrigens. Den hätte glatt ich aussuchen können.« Er lachte. »Bitte versteh es nicht als Spitze, ich bin einfach frustriert und auch ein wenig traurig. Ich hab schon so viel verpasst und kann das nie mehr aufholen.« Dirks Stimme zitterte verräterisch.

Sie war es gewesen, die ihm nicht Bescheid gegeben hatte bei der Geburt ihrer Tochter, dachte Elli reumütig. Jetzt erst wurde ihr das Ausmaß ihres egoistischen Handelns in seinem vollen Umfang bewusst.

»Das tut mir sehr leid.« Elli meinte es so. »Es muss sich dringend ändern. Für dich und für Amrei.« Sie schluckte den dicken Kloß in ihrem Hals hinunter, der aus Angst und Traurigkeit gleichermaßen bestand. Dirk im Leben ihrer Tochter zuzulassen, bedeutete auch für sie selbst, die Situation zu akzeptieren, ihn zu sehen, ihn als Vater der Kleinen in ihr Leben zu integrieren. Dass Dirk das wollte, stand außer Frage. Er hatte über ein Jahr lang jede Woche angerufen, manchmal mehrfach.

»Ist das dein Ernst?« Dirks Stimme verriet seine Fassungslosigkeit.

»Ja. Das mein ich so.« Elli nickte zur Bestätigung ihrer Aussage, obwohl Dirk ihre Geste gar nicht sehen konnte. »Wenn wir zurück aus Italien sind, ja?«

»Ich könnte kommen!« Dirk fiel ihr ins Wort. »Nicht, dass du es dir anders überlegst. Entschuldige, aber ich kann das noch nicht ganz glauben.«

»Das versteh ich. Aber ich weiß nicht, ob es eine gute Idee ist, wenn du herkommst. Kim lebt auch hier mittlerweile und – ach, das ist alles ein bisschen viel gerade.« Elli wischte sich den Schweiß von der Stirn, der sich dort unmerklich gebildet hatte.

»Ich könnte woanders wohnen. Sicher finde ich eine Pension oder Ferienwohnung. Ich arbeite jetzt auf Honorarbasis, da ist es wirklich egal, wo ich bin, und ich kann es kaum abwarten, meine Tochter kennenzulernen.«

Elli schwieg.

»Es war ein ganzes Jahr, Elli«, argumentierte Dirk. »Stell dir vor, du siehst Amrei ein ganzes Jahr nicht. Ich fahre gern die dreihundert Kilometer, das kannst du mir glauben.«

Sie gab sich einen Ruck. Sie verstand ihn ja. Schließlich konnte sie sich noch nicht einmal vorstellen, Amrei eine Woche nicht zu sehen. Die Vorstellung allein drehte ihr den Magen um.

»Ist gut. Dann komm her, wenn du woanders eine Unterkunft findest«, lenkte sie ein. Ein Schweißtropfen bahnte sich seinen Weg von ihrer Schläfe am Ohr entlang hinunter bis zu ihrer Kieferlinie. Sie spürte es gar nicht.

»Und du gehst noch mal ans Telefon, wenn ich wieder anrufe?«, vergewisserte sich Dirk. »Ich muss nicht in Antonellas Hotel die Zimmer durchsuchen und mich wie ein Idiot aufführen, um euch zu finden?«

»Es ist Zimmer elf«, antwortete Elli nur.

»Danke! Oh, danke!«, rief Dirk aus und legte auf, bevor Elli noch etwas sagen konnte.

Die starrte auf das dunkel gewordene Display ihres Telefons. Das Gespräch hatte vielleicht fünf Minuten gedauert, aber es waren sehr lange fünf Minuten gewesen, die ein Gefühl totaler Verlorenheit hinterlassen hatten. Automatisch schlich sich Sandro in ihre Gedanken, und sie wünschte sich nichts mehr, als dass er genau jetzt da sein und sie in seine Arme schließen möge. Aber da war kein Sandro, da war keine Mary, da war keine Kim. Elli war ganz allein. Sie schlang ihre eigenen Arme um ihren Körper und holte tief Luft.

Warum nur hatte sie diese irrationale Angst, ihre Tochter an Dirk zu verlieren? Vorsichtig atmete sie aus, ließ die Luft langsam aus ihrer Lunge entweichen, bevor sie erneut einatmete. Es war irgendwie beruhigend, ihrem eigenen Atem zu lauschen.

Massimo flatterte wieder heran und landete neben Elli auf der Bank. Wieder senkte er sein Köpfchen und schaute Elli aufmerksam an. Da konnte sie gar nicht anders: Sie lächelte.

8. Blesshuhn

Kims Hand, die den Pinsel hielt, wanderte wie von selbst über die riesige Leinwand. Elli verfolgte gespannt, wie ihre Freundin ein Gemälde entstehen ließ. Kim hatte noch nicht bemerkt, dass Elli sie beobachtete, und summte leise vor sich hin. Auf dem Bild war ein sehr alter Mann mit klaren Augen zu sehen, der einen direkt anzuschauen schien. Sein klarer Blick stand im Widerspruch zu seinem faltigen Gesicht, das einer zerknitterten Papiertüte glich, die jemand versucht hatte wieder glatt zu ziehen. Dennoch lag seine Stirn in tiefen Falten. Er schien den Betrachter des Gemäldes hellwach zu fixieren, obwohl er mindestens achtzig Jahre alt sein musste. Eine Strähne schütteren weißen Haares fiel dem Mann in die Stirn. Er kam Elli irgendwie bekannt vor, auch wenn sie nicht hätte sagen können, warum. Sie konnte es nicht recht greifen. Aber sie hätte schwören können, dass der Kerl ihr schon einmal begegnet war.

Immer wieder trat Kim einen Schritt zurück, betrachtete das Gemälde als Ganzes, bevor sie den Pinsel wieder mit feinen Strichen über die Leinwand führte. Aus Lucas Hütte, in der sich Kims Atelier befand, wehte der Geruch nach Ölfarbe und wurde von der frischen Brise davongetragen, die den See heute zu unruhigen Wellen aufbauschte. Die Wolken, die am

Morgen den Himmel dominiert hatten, zogen jetzt in Fetzen dahin, immer wieder durchbrochen von der Herbstsonne, die, sobald sie hervorkam, alles mit ihren hellen Strahlen wärmte, als stünde der Winter nicht schon beinahe vor der Tür.

Elli bewunderte, wie Kim dem Bild immer noch mehr Leben einhauchte. Sie war wirklich begnadet als Künstlerin. Dass sie ihr Talent in der Werbeagentur verschwendet hatte, nur wegen Dirk, war schwer zu verstehen. Andererseits hatte ja auch sie selbst Dirk geliebt, da war kein großer Unterschied.

Der Gedanke an den Vater ihrer Tochter ließ Elli endlich in das Atelier eintreten. Sie hatte Kim angerufen und um ein Gespräch gebeten, und die hatte sie eingeladen, sie am Strand zu besuchen.

»Hallo, Kim!«

Die Freundin drehte sich zu ihr um. »Ciao, Elli!«

Auf ihrer Wange war ein Klecks schwarze Farbe, den sie offenbar nicht bemerkt hatte. Ihre ohnehin kurzen, dunklen Haare wurden von einem Band noch zusätzlich zurückgehalten. Sie sah frisch und fast schon unverschämt glücklich aus in ihrer Lebendigkeit.

»Schön, dass du da bist!«, fügte Kim noch hinzu. Sie legte die Farbpalette, die sie in der Hand gehabt hatte, zur Seite und stellte den Pinsel in ein Glas mit einer trüben Flüssigkeit. »Ich hab leider keinen Kaffee hier, aber Luca hat Cola und ein paar Dosen Mojito Soda im Kühlschrank. Willst du was trinken?«

Bei Letzteren handelte es sich um eine Art Pfefferminzlimonade, die Elli noch nie außerhalb Italiens getrunken hatte und die ihr so gut schmeckte, dass sie beim letzten Aufenthalt hier verflucht hatte, keinen ganzen Karton davon mit nach München genommen zu haben. Über das vergangene Jahr war das Getränk bei ihr allerdings völlig in Vergessenheit geraten – jetzt freute sie sich dafür umso mehr, die kühle Dose in der Hand zu haben und den ersten köstlich erfrischenden Schluck zu genießen. Elli liebte das Gefühl, wenn die kalte Flüssigkeit den Magen erreichte.

»Das tut gut«, sagte sie laut und stellte die Dose neben sich in den Kies. Sie und Kim saßen auf dem Boden, direkt am See. Kim hatte eine Handvoll Steinchen aufgehoben und warf sie jetzt nacheinander ins Wasser.

»Mein restlicher Morgen war eher durchwachsen.« In dem Moment, wo sie es laut sagte, wurde ihr klar, dass längst Mittag sein musste.

»Was ist passiert? War dein Abend mit Sandro nicht gut? Ich hab dir doch gesagt, dass er …«

Elli unterbrach ihre Freundin. »O doch. Er war perfekt, fast schon zu perfekt. So perfekt, dass ich heute gleich noch mal zu ihm gegangen bin, gleich am Morgen.«

»Ich will alles wissen!« Kim grinste und trank einen Schluck Cola aus ihrer Dose.

»Es war nicht sehr aufregend. Wir waren am Ledrosee, sind zum Essen gegangen und haben dann, als Amrei geschlafen hat, noch ewig im Auto gesessen und geredet. Er mag Liebesfilme, wie ich.«

»Sandro? Ich dachte, der mag nur Wellensittiche.«

»Kim!«, mahnte Elli in gespielter Entrüstung.

»Ist ja gut. Erzähl weiter.«

»Also. Am Ende hat Sandro mich geküsst, und das war sehr besonders. Ich war ein wenig verwirrt danach, aber Mary hat natürlich recht, wenn sie sagt, dass man das Leben immer im Moment genießen muss, nicht im Irgendwann. Deshalb hab ich alle Skepsis beiseitegeschoben und bin am nächsten Morgen noch mal zu ihm rüber.« Elli erwähnte die Fallen im Garten nur kurz, in dieser Geschichte ging es um sie und Sandro.

»Dann bist du verliebt? So richtig mit Schmetterlingen im Bauch?«, fragte Kim nach, obwohl das nach Ellis Erzählung ja wohl selbstverständlich war.

»Sehr. Aber ich würde nicht sagen, mit Schmetterlingen im Bauch. Es ist eher so, dass er mir Ruhe gibt. Ach, ich weiß auch nicht.« Es fiel Elli schwer, es zu erklären.

»Ich glaube, ich weiß, was du meinst. Kennst du dieses Gedicht von Mascha Kaléko?«

Elli schüttelte den Kopf.

»Sie schreibt da, dass alle anderen Menschen nur Wellenspiel sind, dieser eine aber ist der Hafen. Das finde ich eine sehr schöne Beschreibung. Am Anfang mit Luca hatte ich das Gefühl, wir sind so wie der See heute.« Kim schaute aufs Wasser, und Elli folgte ihrem Blick. Unruhig tanzten die Wellen, aufgebauscht vom Wind, der auch Ellis Haare mit Sicherheit schon wieder zu dem Vogelnest gemacht hatte, zu dem er sie immer machte. Es sah wunderschön aus, das tiefe Blau des Wassers mit den weißen Schaumkronen, aber zugleich unruhig und für einen See doch recht wild. So wild, dass ein Blesshuhn, das im Uferbereich nach Nahrung suchte, nur mit Mühe über der Wasseroberfläche blieb und immer wieder eilig den Kopf ins Wasser steckte.

»Jetzt ist es eher wie heimkommen, wenn ich Luca sehe. Er ist meine Heimat, mein Hafen, der Ort, wo es keine Wellen gibt.«

»Genauso ist es mit Sandro. Er inspiriert mich.«

»Der Wind in deinen Segeln … Das kommt in dem Gedicht auch vor, dass alle vor Mister Right die Segel leer gelassen haben.«

»Ich glaube, ich sollte bei Gelegenheit das Gedicht mal lesen.« Elli interessierte Lyrik nicht besonders, aber diese Symbolik klang interessant.

»Du kannst es auch hören, eine Sängerin hat gerade diverse Gedichte von Mascha Kaléko vertont«, erzählte Kim. Sie hatte die Cola längst neben sich gestellt und warf jetzt wieder einen Stein nach dem anderen.

Elli sah Kim an, dass sie mit ihrer Ausführung noch nicht ganz fertig war, und wartete. »Aber meinst du wirklich, ein so alter Mann kann dir genug sein, ich meine, langfristig? Ihr könnt nicht miteinander alt werden, weißt du?«

»Ja, ich weiß.« Obwohl Elli die Altersthematik für sich abgeschlossen geglaubt hatte, dachte sie wieder an ihre Mutter und daran, wie raumfüllend ihr Schmerz beim Tod des Vaters gewesen sein musste: so raumfüllend nämlich, dass für sie kein Platz zum Leben geblieben war.

»Gut, ich will ja nur, dass du dir Gedanken machst«, sagte Kim. Ihre Stimme klang besorgt.

»Ich weiß«, sagte Elli erneut, und für sich fügte sie hinzu, dass sie nur wollte, dass Kim sich für sie freute, weil sie einen so tollen Mann kennengelernt hatte nach ihrer Enttäuschung mit Dirk. Aber vermutlich war für Kim gar nicht nachvollziehbar, warum sie Sandro so sehr mochte, zumal sie nur die gängige Meinung über ihn kannte, nicht aber ihn als Person.

»Zum Thema Wind in den Segeln: Deshalb bin ich eigentlich gekommen«, griff Elli den Faden in ihrem Gespräch wieder auf. Denn eigentlich war sie wegen Dirk zu Kim gekommen.

»Wie bitte?«

Elli wusste selbst, wie kryptisch ihre Aussage klang. »Dirk hat angerufen.«

Kim hob eine Augenbraue.

Sie und Kim hatten das Thema schon häufiger besprochen. Dirk hatte sie beide verletzt, und miteinander über die Wunden zu sprechen, die er ihnen zugefügt hatte, tat gut.

Aber nicht nur Dirk, auch Amrei war oft Thema in ihren Unterhaltungen gewesen. Kim hatte oft vorsichtig angedeutet, dass sie es schwierig fand, wie Elli in dieser Hinsicht mit Dirk umging, aber das hatte in der Vergangenheit zu ihrem einzigen Streit geführt, und Kim hatte das Thema dann auf sich beruhen lassen. Sie war einfach nicht zu Elli durchgedrungen, wenn Elli ehrlich war.

»Und?«

»Ich hab mit ihm geredet. Er möchte seine Tochter endlich kennenlernen und kommt her«, fasste Elli alle notwendigen Informationen kurz zusammen.

»Wow.« Kim hätte nicht überraschter sein können; das sah Elli daran, dass sie mitten in der Bewegung innehielt und ihr der Stein entglitt, den sie bereits in der Hand hatte, um ihn ins Wasser zu werfen.

»Ja, wow.« Eine Gänsehaut bildete sich auf Ellis Armen. Sie stand auf, plötzlich unruhig. »Können wir vielleicht ein paar Meter gehen? Ich kann jetzt irgendwie nicht mehr still sitzen.«

»Klar.« Auch Kim erhob sich und gab Elli ihre Limonade, die sie in ihrer Aufregung stehen gelassen hatte.

»Finde ich übrigens toll, dass du ihm eine Chance gibst mit der Kleinen.«

Elli holte tief Luft, wie sie es vorhin auf der Bank bei Antonella schon getan hatte. »Ich auch.« Sie dachte an Sandro, wie er sofort seine Tochter vor alles gestellt hatte, als die sie in flagranti erwischte, wie seine Augen gestrahlt hatten, als er von ihrer Kindheit erzählte, und wie sichtlich stolz er auf sein Kind war. Das beruhigte sie etwas.

»Wie geht es dir denn damit?« Kim kannte sie gut!

»Ich hab Angst, wenn ich ehrlich bin.«

»Angst?«

»Ja. Schau, alle Kinder, die ich kenne, lieben ihre Väter über alles. Was, wenn Amrei mich dann nicht mehr will?« Es laut zu sagen, war noch mal eine Dimension schlimmer.

»Wie kommst du denn auf die Idee?« Kim ging neben Elli her, ein paar Meter am Strand entlang. Sie würden nicht weit kommen, denn der kleine Strandabschnitt endete schon ein paar Meter weiter. Aber nicht mehr still zu sitzen, war immerhin schon etwas.

»Ich weiß nicht genau. Du warst doch auch so eng mit deinem Vater, ich selbst war ein Papakind, dann Sandro – er hat seine Tochter allein großgezogen. Wo ich hinschaue, spielen die Väter so eine wichtige Rolle.«

Kim kickte gegen einen Stein. »Oh, das sollten sie auch.«

Elli schwieg. Das Blesshuhn schwamm neben ihnen her und beobachtete sie gespannt.

»Weißt du, mein Vater hat mich allein großgezogen. Da ist es doch klar, dass er und ich eng waren. Keine Ahnung, wie es gewesen wäre, hätte ich eine Mutter gehabt. Außerdem bist du eine tolle Mama, und Amrei spürt das.«

Kims Kompliment freute Elli sehr. Sie führte den Gedanken ihrer Freundin weiter und dachte an Sandros Ex-Frau, die abgehauen war. Das war ähnlich, oder? Sandro hatte seine Tochter nicht allein gelassen, während die Mutter das auf ihre Art sehr wohl getan hatte – und dem Kind damit Schmerzen zufügte, die kaum zu reparieren waren, bis heute. Sie selbst dagegen würde sich eher den Arm abhacken, als Amrei im Stich zu lassen.

»Danke, Kim.«

»Sehr gerne. Und dass du ein Papakind warst, heißt übrigens noch lange nicht, dass du deine Mutter nicht mochtest, oder?«

Elli schüttelte den Kopf. Sie und Kim waren umgekehrt und liefen zurück in Richtung Surfhütte. Beide Frauen waren so in ihr Gespräch vertieft, dass es sie nicht weiter störte, auf dem kleinen Strandabschnitt hin und her zu tigern. Elli dachte an ihre Mutter. Sie war Hausfrau gewesen, hatte ihr Leben der Familie gewidmet und ihrem Mann den Rücken freigehalten. Sie war es gewesen, die so alltäglich und selbstverständlich für Elli da gewesen war, dass sie es niemals als etwas Besonderes wahrgenommen hatte. Ihr Vater dagegen, der schillernde, kreative Kopf, war aufgefallen. Vielleicht war ihre Liebe zu ihrem Vater deshalb auch die präsentere Zuneigung gewesen, während sie ihre Mutter eben still geliebt hatte. Ihr Tod war dennoch die gleiche Katastrophe gewesen, wegen all der Selbstverständlichkeiten, die wegbrachen: der Anruf jeden Montagabend, das Kuchenessen an Sonntagen, das nie Zwang, sondern schönes Zusammenkommen gewesen war, die offene Tür ihres Elternhauses, die Sicherheit, immer einen Zufluchtsort zu haben – das von ihrer Mutter gepflegte Heim. Die Trauer war anders gewesen, schleichender, leiser, aber nicht weniger hart.

»Du hast völlig recht«, sagte Elli laut und verblüfft von ihrer Erkenntnis. »Ich habe meine Eltern eben beide auf unterschiedliche Weise geliebt.«

»Siehst du! Ich werde mir übrigens diesen raren Moment im Kalender notieren. 12. September: Elli hat mir recht gegeben«, witzelte Kim.

Elli lachte. »Vielleicht sollte ich mir ganz generell angewöhnen, wieder mehr auf die Menschen um mich herum zu hören. Ich habe mich eine ganze Weile so gefühlt und auch verhalten, als wäre ich selbst mein einziger verlässlicher Freund im Leben.«

Kim nickte. Sie wusste, dass das kein Angriff gegen ihre Person war. Sie war nun mal am Gardasee und Elli lebte in München. Im Alltag konnte sie der Freundin nur aus der Ferne eine Stütze sein – und umgekehrt galt das genauso. Auch darüber hatten sie schon miteinander gesprochen.

Als sie bei der Hütte ankamen, blieben die Frauen stehen. Elli hatte nebenbei ihre Dose Mojito Soda geleert, ohne es recht zu merken. Sie schaute sich nach dem Blesshuhn um, das vorhin noch neben ihnen hergeschwommen war, aber das possierliche Tier war verschwunden.

»Aufgeregt bin ich noch immer«, gab sie zu. »Aber ich glaube, ich komme klar.«

Kim nickte. »Wie kam es denn dazu, dass du deine Meinung so plötzlich geändert hast?«

»Das war Sandro. Er hat von seiner Vaterschaft erzählt, wie wichtig ihm das ist und welch großes Glück seine Tochter für ihn bedeutet.« Eine besonders starke Windböe riss an Ellis Haaren und sie schob sich eine dicke Strähne hinters Ohr. »Da ist mir erst aufgefallen, dass ich am Ende des Tages nicht Dirk bestrafe, sondern in erster Linie auch Amrei.« Elli spürte Tränen in sich aufsteigen und schluckte hart.

»Am Ende tut Sandro dir doch mehr gut als schlecht«, gab Kim jetzt zu. »Jedenfalls hat er etwas Gutes bewirkt, wo ich bisher auf Granit gebissen habe.«

»Zugegeben.« Leicht beschämt schaute Elli auf ihre Füße hinunter. Der Nagellack an ihrem großen Zeh war abgeblättert. Sie nahm sich vor, sich später des Problems anzunehmen. Dann fiel ihr etwas ein.

»Wer ist das eigentlich auf dem Bild? Ich hab irgendwie das Gefühl, den Kerl zu kennen.« Der alte Mann auf dem Gemälde schaute in die Richtung der beiden Frauen.

»Das ist mein Vater. Also – ist er nicht, aber so hätte er aussehen können, wenn er nicht viel zu jung gestorben wäre. So stelle ich ihn mir vor, weißt du? Gütig, klug und alt, aber nicht *richtig* alt. Keine Ahnung, ob man das verstehen kann, aber das ist mein Idealbild von ihm.« Jetzt war es Kim, die ergriffen war. »Weißt du, er war sehr anspruchsvoll, wenn es um mich und auch um meine Leistungen ging. Er wollte immer, dass ich erfolgreich bin. Keine Ahnung, was er heute sagen würde, wo ich in einer Hütte am Strand arbeite und in einem winzigen Apartment wohne. Aber eins weiß ich: Mein Vater hätte mich so oder so genauso geliebt.«

»Da bin ich mir sicher«, stimmte Elli ihr zu, an Amrei denkend, die für immer und ewig das Wichtigste in ihrem Leben sein würde, komme, was da wolle.

»Ich fühlte mich lange einsam, nachdem er gestorben war. Du hast immerhin die Chance, Amrei zwei Elternteile zu schenken.«

Elli nickte. Sie kannte die Einsamkeit, die Kim beschrieb. Und sie wünschte sie ihrem Kind nicht.

Ohne nachzudenken, holte sie ihr Handy aus der hinteren Hosentasche, plötzlich wild entschlossen und von dem Gefühl geleitet, dieser Sache keinen Aufschub mehr geben zu wollen. Sie öffnete ein Chatfenster.

Hallo Dirk! Ich wollte dir nur noch schreiben, dass du herzlich willkommen bist. Ich bin mir sicher, Amrei wird sich freuen, dich kennenzulernen. Wir werden es schon schaffen!

Schnell drückte sie auf »Senden«, ohne sich den Text noch einmal durchzulesen, und steckte das Mobiltelefon wieder weg.

»Noch ein Soda?«, fragte Kim.

Das ließ Elli sich nicht zweimal fragen. Nirgends war es so schön wie am Strand des Gardasees mit der besten Freundin, die man haben konnte.

9. Pfau

Antonellas Ravioli waren eine Wucht. Die Gäste verstummten ehrfürchtig, man hörte nur noch leises Besteckklappern und natürlich Amrei, die sich von keiner Mahlzeit so sehr beeindrucken ließ, dass sie nicht fröhlich kreischte. Sie hatte gerade zum ersten Mal Mozzarella vom Büfett probiert und war begeistert. Mary war gerade aufgestanden, um eine weitere Portion zu holen.

Elli beobachtete die anderen Gäste. Eine Frau, die ein extravagantes Kleid trug, fiel ihr besonders auf. Es war mit einem Pfau aus Pailletten, der ein Rad schlug, aufwendig bestickt und glitzerte im Kerzenlicht. Sie hatte sich dezent geschminkt, die Haare zu einem Dutt frisiert, der bei ihr nicht streng, sondern sehr gepflegt wirkte, und sah aus wie eine alternde Ballerina. Als sie in den Raum gekommen war, hatten sich einige Köpfe nach der Frau umgewandt und verstohlen beobachtet, wie sie mit einer fließenden Bewegung auf ihren Stuhl glitt.

Auch wie sie die Gabel hielt, den kleinen Finger elegant abgespreizt, war auffallend. Die Serviette hatte sie auf dem Schoß ausgebreitet, als säße sie bei einem besonders vornehmen Dinner, und nach jedem Bissen tupfte sie sich die Lippen ab, ohne dass ihr Lippenstift in Mitleidenschaft gezogen wurde.

Ein paar Meter weiter drüben saß ein Herr in einem Kurzarmhemd, der das glatte Gegenteil der Dame war. Auch er war allein reisend, auch er genoss sein Essen auf besondere Art, vor allem die große Portion, die Antonella ihm aufgetischt hatte, schien er zu mögen. Er nahm riesige Bissen und verdrehte genüsslich die Augen. Als Valentina an seinen Tisch kam und ihn fragte, ob es ihm schmecke, nickte er mit Nachdruck. Er war einer dieser Menschen, die man sofort mochte, weil er so herrlich unkompliziert wirkte. Wenn er sich, bevor er sein Bierglas zum Mund führte, den Mund mit der Serviette abwischte, tat er es mit einer robusten Bewegung.

Elli nahm selbst eine Gabel ihrer Pasta. Das feine Aroma der Pilzfülle, das sich in ihrem Mund entfaltete, war dank des Rosmarins und der Parmesannote einzigartig köstlich. Kein Wunder, dass der eher dickliche Mann mit der Vollglatze das Essen so genoss. Kinnbart, beige Hose, kariertes Hemd: Elli hätte schwören können, einen Landsmann aus Deutschland vor sich zu haben, und grinste.

Als der Gast ihren Blick bemerkte, zwinkerte er Elli zu und formte mit Daumen und Zeigefinger einen Kreis. Sie nickte und erwiderte die Geste.

Woher wohl die Ballerina kam? Gerade schaute sie ebenfalls zu dem Karohemdträger hinüber und hielt sich dabei die Serviette vor den Mund. Die Pailletten auf ihrem Kleid glitzerten. Man sah nicht, was die Frau sich dachte.

»Hier, Amy, dein Mozzarella!« Mary war zurück an den Tisch gekommen und riss Elli damit aus ihren Gedanken. »Hattest du einen guten Tag, Elli?«, fragte sie jetzt, während sie ganz automatisch begann, den Mozzarella in kleine Stücke zu zerschneiden, die Amrei gut essen konnte.

»Sehr. Und selbst?« Am Nachmittag hatte die Zeit nur zu einer schnellen Übergabe Amreis gereicht, und schon Augenblicke später war Mary, mit einem kleinen Rucksack ausgestattet, wieder losgezogen in Richtung des Wasserfalls, den sie sich anschauen wollte. Elli hatte den Nachmittag mit ihrer Tochter am Pool genossen und sich sogar einen Aperol Spritz gegönnt, der mit den verschiedenen Tellerchen mit Snacks, die Valentina ihr dazu gereicht hatte, noch köstlicher geschmeckt hatte. Oliven, ein stark gereifter Käse, Cracker – die perfekte Kombination.

Amrei war mit den Crackern allein schon sehr zufrieden gewesen. Sie war heute mit ihren Schwimmflügeln sogar das erste Mal quer durch den Pool gepaddelt. Es waren sonst keine Gäste da gewesen, und die Ruhe hatte ihr und Amrei gutgetan.

»Dieser Wasserfall ist herrlich, sag ich dir. Man sieht die Berge, während man hinwandert, so schön und kann sich oben dann erfrischen. Es ist ein sehr romantischer Ort.« Mary geriet ins Schwärmen, erzählte von Eidechsen und einem schillernden Käfer. Ihre Begeisterung bestätigte Elli erneut darin, Mary mit hierhergenommen zu haben. »Und dann hab ich auf dem Rückweg eine Zitrone gefunden, einfach so am Straßenrand, kannst du dir das vorstellen?«

Elli grinste. »Ja, das kann ich mir durchaus vorstellen. Ist dir noch nicht aufgefallen, dass hier überall Zitronenbäume wachsen? Ich hab sogar Kiwipflanzen gesehen.«

Marys Augen wurden groß. »Echt jetzt? Das muss ich meiner Mutter nachher noch schreiben, die liebt Kiwis.«

»Sehr gut, mach das.« Elli grinste nur, als Amrei ein Stück Mozzarella mitten auf den Tisch warf. Dann spießte sie es mit der Gabel auf und gab es ihrer Tochter zurück, die begeistert den Mund aufsperrte.

Elli genoss es, Amrei zu füttern, die mittlerweile immer mehr Lebensmittel mit ihren immerhin acht Zähnen zu genießen wusste. Sie schnitt eine der Ravioli ganz klein und legte die Stücke auf den Teller mit dem Mozzarella. Es war einen Versuch wert.

»Richte deiner Mutter auch einen Gruß von mir aus, ja?« Elli hatte ein paarmal mit Marys Mama telefoniert, einer sehr netten Frau in Reading, die dort auch eine Ferienwohnung vermietete. Marys Vater arbeitete an der Universität, und Mary hatte drei Geschwister, was dafür gesorgt hatte, dass die sechsköpfige Familie Urlaub im Seebad Brighton machte, jedoch nie so weite Reisen wie nach Italien unternommen hatte. Kein Wunder, dass Mary sich jetzt so sehr für die mediterrane Umgebung begeistern konnte.

Mary nickte und nahm sich ein kleines Stück Ciabatta, mit dem sie noch den letzten Rest der herrlichen Parmesansoße von ihrem Teller wischte.

»Darf ich?«

Ellis Blick fuhr ruckartig in Richtung der Stimme, die gesprochen hatte. Nein, sie hatte sich nicht geirrt. Er war tatsächlich hier. Jetzt schon. Damit hätte sie niemals gerechnet, nicht heute.

Aber er stand tatsächlich vor ihr! Er war älter geworden, sichtlich älter. Seine sonst immer so perfekt gepflegten Haare waren einen Tick zu lang. Das passte nicht zu dem Dirk, den Elli kannte – beziehungsweise gekannt hatte, korrigierte sie sich. In einem Jahr konnte viel passieren.

Elli hatte plötzlich ein Rauschen in den Ohren. Sie hielt sich an der Tischkante fest, als könnte sie sonst einfach vom Stuhl purzeln und verschwinden.

»Hallo.« Er lächelte sie an.

»Hallo?« Mary formulierte den Gruß als Frage. Sichtlich überrascht, dass der Fremde trotz freier Tische bei ihnen Platz nehmen wollte.

Elli stand auf. »Das ist Amreis Vater, Mary.« Sie klang nicht wie sie selbst.

Marys Blick wanderte voller Erstaunen von einem zum anderen, bevor sie in ihrer unkomplizierten Art sagte: »Dann haben wir noch was frei.« Mit einem Lächeln wies sie auf den freien Stuhl. Ihr war natürlich nicht klar, dass sie gerade die Situation rettete.

Denn auch Dirk wirkte verunsichert. Sein Blick allerdings wurde einzig und allein von Amrei angezogen, die gerade versuchte, ein Stück Ravioli auf ihren Löffel zu kriegen, und die immer wieder scheiterte, was sie nicht davon abbrachte, es Augenblicke später erneut zu probieren. Er starrte sie an, als ob sie ein Wunder wäre, während er sich vollkommen abwesend auf den Stuhl sinken ließ.

»Wie schön sie ist.« Seine Stimme brach, Tränen standen ihm in den Augen. Als Elli seine Reaktion auf Amrei sah, verspürte auch sie einen dicken Kloß im Hals. Zum ersten Mal saßen sich Vater und Tochter gegenüber, und Amrei hatte keine Ahnung, was ein Papa bedeutete, geschweige denn, dass die Person, die ihr gegenübersaß und sie weiterhin anstarrte, ihr Vater war. Ellis Angst war Rührung gewichen, gepaart mit einer dicken Portion schlechten Gewissens, jetzt, wo ihr das Ausmaß ihres Egoismus klar geworden war.

Dirk gehörte zur Familie, sie würde Amreis wegen immer mit ihm verbunden sein, das fiel ihr jetzt wie Schuppen von den Augen. Es gab Amrei, so wie sie war, auch nur wegen Dirk. Als die beiden jetzt miteinander am Tisch saßen, fiel Elli erst auf, dass die Kleine genau seine Nase hatte. Warum war ihr das vorher nie aufgefallen? Und wenn sie gähnte, zog sie ihre Unterlippe nach rechts unten, wie Dirk es tat.

»Danke, Elli. Sie ist einfach das Schönste, was ich je gesehen habe.« Er griff über den Tisch und drückte Ellis Hand. Sie war so überrascht von seiner Geste, dass sie gar nicht anders konnte, als sie zu erwidern.

»Es ist gut, dass du hier bist und ihr euch kennenlernen könnt«, antwortete sie und meinte es genau so.

Elli schaute zu Amrei, die es geschafft hatte, das Stück gefüllte Nudel auf ihren Löffel zu bugsieren und zum Mund zu führen. Triumphierend schaute das Kind in die Runde und kaute genüsslich.

»Das hast du sehr fein gemacht.« Dirk strahlte. Der Ausdruck auf seinem Gesicht verriet reinen Vaterstolz. So glücklich wie jetzt in diesem Moment hatte Elli ihn noch nie gesehen.

Valentina trat an ihren Tisch. »Kann ich Ihnen etwas zu trinken bringen? Bleiben Sie zum Essen?«

Sie schien Dirk nicht zu erkennen. Die etwas andere Frisur und das einfache T-Shirt, das er trug, ließen ihn aber tatsächlich ganz anders wirken als noch vor einem Jahr.

»Ich nehme ein Glas Wasser, bitte. Und ich würde auch eine Kleinigkeit essen, wenn es in Ordnung für dich ist, Elli? Ich sterbe vor Hunger. Seit unserem Telefonat hab ich vor Aufregung keinen Bissen runtergebracht. Jetzt, wo ich hier bin, ist es ein wenig leichter.«

»Natürlich. Das ist doch selbstverständlich.« Elli lächelte Dirk aufmunternd zu. Sie spürte, dass sie gerade die Starke war, diejenige, die das Gespräch leitete.

»Gut, dann bringe ich Ihnen auch eine Portion Ravioli. Sie haben Glück, dass noch etwas da ist.« Valentina zwinkerte Dirk zu. »Die kleine Maus hier hat nämlich fast alles aufgegessen.«

Der gute Geist der Pension beugte sich zu Amrei hinunter und kitzelte ihren Bauch.

»Das hat sie vom Papa!« Dirks stolz geschwellte Brust sprach Bände, während Amrei sich kichernd unter der kitzelnden Hand Valentinas wand.

Valentina richtete sich auf, nachdem sie Amrei noch einen zärtlichen kleinen Nasenstüber gegeben hatte, und schaute Dirk ins Gesicht. »Sie sind Amreis Vater! Oh, entschuldigen Sie, ich hab Sie auf den ersten Blick nicht erkannt.«

»Nicht der Rede wert. Ich habe mich ja auch ein wenig verändert seit unserem letzten Aufenthalt hier.« Er strich sich die etwas zu langen Haare zurück und lächelte. »Außerdem bin ich keine besonders wichtige Persönlichkeit. Als ich das letzte Mal da war, habe ich mich wenig mit Ruhm bekleckert, und ich muss zugeben, dass es mich auch ganz schön Mut gekostet hat, noch mal hierherzukommen.«

So viel Ehrlichkeit kannte Elli nicht von Dirk. Offen zu seinen Fehlern zu stehen und aufrichtig seine Gefühle mitzuteilen – das war neu.

Valentina lächelte Dirk an. »Dann umso besser, dass Sie jetzt hier sind. Ich geh mal das Wasser holen – und vielleicht ein Glas Weißwein, zum Anstoßen?«

Dirk nickte. »Sehr gern. Wenn ihr mittrinkt?« Sein Blick wanderte von Elli zu Mary. Beide Frauen nickten zustimmend. »Wir nehmen eine Flasche Hauswein, auf meine Rechnung.«

Ich bin gespannt, wer dieser Mann ist, dachte Elli. Sie hatte das Gefühl, vor ihr säße ein ganz neuer Mensch, den sie erst einmal kennenlernen musste. Und dieser Mensch war deutlich interessanter als der Dirk, den sie gekannt hatte.

* * *

Nie hätte Elli gedacht, dass sie jemals gemeinsam mit Dirk auf einem Spielplatz sitzen würde. Und doch war es so. Es war eigentlich schon zu spät für Amrei, aber Elli hatte, dem Anlass geschuldet, eine Ausnahme gemacht.

Dirk und Elli waren nebeneinander mit dem Kinderwagen zum Spielplatz in die *Via IV Novembre* spaziert. Es waren nur zehn Minuten Fußweg, bis man das lang gezogene Gelände erreichte. Als sie an Sandros Hofeinfahrt vorbeigegangen waren, stand da noch immer der Golf. Am Morgen war Elli einfach an dem Auto vorbeigerannt. Es musste sich um Chiaras Auto handeln, so viel war ihr klar. Ihr Magen zog sich schmerzhaft zusammen. Sandro war nicht gekommen, um nach ihr zu sehen, und hatte auch nicht versucht, sie im Hotel telefonisch zu erreichen. Noch nicht, versuchte sie sich zu beruhigen. Schließlich konnte sie sich all das, was sie zwischen ihnen beiden gespürt hatte, nicht eingebildet haben, bestärkte Elli sich selbst.

Am Spielplatz gab es gleich mehrere Rutschen und ein Holzhäuschen, das ein spitzes Dreieck bildete, außerdem eine Schaukel. Elli wusste, dass Amrei besonders die rote Rutsche gefallen würde. Sie kannte ihre Tochter, und rot war gerade ihre absolute Lieblingsfarbe. Weiter vorne stand auch noch ein kleiner Holzzug, in dem ein Junge gerade Fahrgeräusche imitierte. Für die Tageszeit war der Spielplatz noch gut besucht. In Italien gingen die Kinder später ins Bett, schliefen länger und machten einen Mittagsschlaf, um während der größten Hitze zu ruhen. Amrei fing an, sich unruhig in ihrem Kinderwagen zu winden, als sie Kinder und Spielgeräte erblickte.

»Warte, Mäuschen, ich hol dich gleich raus.«

»Darf ich?« Dirk war sehr still gewesen. Erst jetzt fragte er vorsichtig und zeigte auf den Kinderwagen.

Für Elli war es so selbstverständlich, dass sie allein zuständig war, wenn sie mit ihrer Tochter unterwegs war, dass sie gar nicht daran gedacht hatte, Dirk einzubeziehen.

»Äh – klar.« Sie trat einen Schritt zurück. »Nimm sie ruhig raus.«

Dirk ging vor dem Wagen in die Knie. »Hallo, Amrei. Darf ich dir aus dem Kinderwagen helfen?« Seine Stimme klang ganz weich, als er mit seiner Tochter sprach. Seine Hände näherten sich ihr mit langsamen Bewegungen, als wäre sie ein wildes Tier, das er nicht verschrecken wollte. Amrei beobachtete ganz genau, wie der für sie fremde Mann die Schnalle ihres Gurts öffnete. Sie wollte raus aus dem Wagen, beugte sich nach vorn und wäre mit dem Gesicht voraus auf den Boden gefallen, hätte Dirk nicht schnell reagiert und seine Tochter kurzerhand aus dem Wagen gehoben und auf ihre Füße gestellt. O je, sie würde umfallen. Schließlich konnte sie noch nicht laufen – was Dirk natürlich nicht wissen konnte.

Elli wollte nach vorn hechten, aber es kam anders. Amrei strauchelte, wackelte, versuchte, die Balance zu finden, und machte einen tapsigen Schritt nach vorne. In diesem Moment wurde wohl auch Dirk klar, dass die Kleine noch nicht selbstständig auf ihren zwei Beinen unterwegs war, und er streckte ihr seine Hand hin. Allerdings ignorierte Amrei Dirks Hand zunächst und machte einen weiteren ungeschickten Schritt, der sie ins Taumeln brachte. Sie sah ein wenig aus wie ein betrunkener Erwachsener, so sehr torkelte sie. Aber das hielt sie nicht von einem dritten Schritt ab. Erst dann griff sie nach Dirks Zeigefinger und umklammerte ihn.

»Sie ist gelaufen! O Gott, hast du das gesehen?« Elli konnte ihre Begeisterung nicht verbergen. Das waren sie gewesen! Die ersten freien Schritte! »Ich kann es nicht fassen, sie ist gelaufen. Komm, du gehst da rüber, und ich geh zur Rutsche. Vielleicht versucht sie es noch mal.«

Elli war so glücklich, so wahnsinnig glücklich. Ihre Tochter lief! Es war ein absoluter Meilenstein, einer der Momente als Mutter, die man nie vergessen würde.

»Und wenn es funktioniert, machen wir einen Film für Kim und Mary, ja?« Sie war so überwältigt, dass sie ganz vergaß, dass sie mit Dirk hier war, dass es seltsam war, mit Dirk hier zu sein, und sie keine Ahnung hatte, wie sie mit ihm umgehen sollte. Es gab nur Amrei und die Tatsache, dass sie drei Schritte gelaufen war. Ihr Mutterstolz überlagerte einfach alles.

»Amrei? Schau mal, da ist die schöne rote Rutsche. Kommst du zur Mama?«

Amrei schaute zu Elli, die ungefähr drei Meter von ihr entfernt an der Rutsche kniete und die Arme weit ausgebreitet hatte. »Na, was meinst du?«, lockte Elli. »Möchtest du rutschen?«

»Komm, Süße, lauf zur Mama.« Dirk hatte wieder mit seiner leisen, vorsichtigen Stimme gesprochen, die anscheinend für Amrei exklusiv reserviert war. Amrei wechselte einen Blick mit ihm, und er nickte aufmunternd und zeigte in Ellis Richtung. »Los!«

Und sie versuchte es wirklich. Erneut torkelte Amrei los, über das ganze Gesicht strahlend. Ihr war sehr klar, dass sie gerade etwas Besonderes leistete. Fast wäre sie einfach umgefallen, aber Elli fing sie gerade noch auf.

»Super! Amrei, das war ganz toll!« Elli standen Freudentränen in den Augen, während Amrei begeistert über ihre eigene Leistung in die Hände klatschte.

»Willst du zurück zum Papa laufen?« Der Satz kam Elli wie automatisch über die Lippen. Sie zeigte auf Dirk. »Da ist der Papa. Na, was meinst du?«

Dirk standen nicht nur Tränen in den Augen, nein, sie liefen ihm einfach unbeachtet über die Wangen, als er die Arme ausbreitete. »Kommst du her?« Er war skeptisch. Das hörte man. Skeptisch, ob Amrei zu ihm, dem Fremden, kommen würde. Aber sie kam! Sie lief wieder los, direkt auf Dirk zu, ohne Vorbehalte. Elli dachte sich, dass so kleine Kinder wohl noch spürten, wer es gut mit ihnen meinte. Und dass Dirk es gut mit ihr meinte, war klar. Doch dieses Mal schaffte Amrei den Weg nicht, sie torkelte und fiel auf die Knie. Elli erwartete, dass sie weinen würde, doch stattdessen stand sie in Kleinkindmanier auf: Die Hände noch am Boden, stemmte sie sich auf die Füße und richtete dann den Oberkörper auf. Ein kleines bisschen weniger wackelig setzte sie sich wieder in Bewegung und fiel Dirk in die Arme, der sie ganz, ganz zart an sich drückte.

Immer wieder lief Amrei den Weg zwischen ihren Eltern hin und her. Weder Schaukel noch Rutsche waren so interessant, dass sie sie daran hindern konnten, ihre neue Fähigkeit auszuprobieren und zu vertiefen. Amrei lief.

Nach einer Stunde gab die Kleine dann auf. Müde setzte sie sich mitten zwischen ihre Eltern ins Gras und zupfte an den einzelnen Halmen. Als Elli zu Dirk schaute, sah sie in seinen Augen ihren eigenen Stolz gespiegelt. In diesem Moment fühlte sie sich so verbunden mit ihm wie schon lange nicht mehr. Sie erkannte, dass niemand auf der Welt Amrei so liebte wie sie selbst – außer ihrem Vater. Er konnte ein Verbündeter werden. Wenn sie schon als Paar gescheitert waren, musste das nicht heißen, dass sie das auch als Eltern taten.

»Toll hat sie das gemacht, oder?« Dirk strich ihr über den Kopf. Ein Haarspängchen löste sich und fiel auf den Boden. Ganz selbstverständlich bückte Dirk sich, hob es auf und klippte es wieder in Amreis Haaren fest. Es sah lustig aus, weil der Kleinen die Haare mit der von Dirk befestigten Spange noch wilder vom Kopf abstanden als zuvor – aber der gute Wille war es, der zählte.

»Das hat sie. Und ich bin froh, dass du auch da warst, um es zu sehen.«

Das Geschehen hatte sie so vereinnahmt, dass sie sogar vergessen hatten, ein Video zu drehen, fiel Elli jetzt auf.

»Ich hätte auch dran denken sollen.« Dirk lächelte. Er hatte seine Hände zu einer Schale geformt, in die Amrei jetzt Grashalm um Grashalm legte, die sie vorher ausgerupft hatte.

»Danke, Amrei«, sagte Dirk zu seiner Tochter.

Die Kleine strahlte ihn an. Es war wirklich, als ob sie ihn schon ewig kennen würde. Dass sie ihm sofort so vertraute – damit hatte Elli nicht gerechnet. Aber ihre Freude zu sehen, war schön und kein bisschen bedrohlich.

Elli kam ein Gedanke. »Warum bist du eigentlich nicht zum Jugendamt gegangen, um dein Recht auf Kontakt mit unserer Tochter einzuklagen?« Elli wusste, dass er diesen Kampf gewonnen hätte. Sie hatte sich selbst bei einem Anwalt entsprechend erkundigt.

Dirk zuckte mit den Schultern. »Ich wollte Frieden. Außerdem hab ich deine Wut verstanden. Schließlich war ich nicht Partner des Jahres, oder?« Verschämt kratzte Dirk sich am Kopf, bevor er weitersprach. »Also hab ich mir gedacht, wenn ich es schaffe, dir zu beweisen, wie wichtig mir Amrei ist, dann wirst du mir irgendwann den Kontakt ermöglichen. Und so ist es ja jetzt auch gekommen.«

»Ja, das stimmt. Obwohl ich nicht damit gerechnet hätte, dass du sofort wirklich alle Hebel in Bewegung setzt und bis hierher kommst. Aber auch das beweist ja, wie wichtig dir der Kontakt mit der Kleinen ist.«

Die Schüssel aus Dirks Händen war jetzt randvoll mit Gras, das er hoch in die Luft warf, sodass es über Amrei und ihm zu Boden fiel und sie beide beregnete. Das brachte die Kleine so sehr zum Lachen, dass sie nach hinten in die Wiese fiel und sich wieder aufsetzen musste.

Dirk nickte. »Es bedeutet mir alles, mit ihr zusammen sein zu dürfen. Nach deinen Regeln, versteht sich. Mir ist schon klar, dass ich einiges aufzuholen habe, sie erst Vertrauen fassen und mich kennenlernen muss, aber langfristig wünsche ich mir, ein vollwertiger Elternteil mit allen Rechten und Pflichten zu werden.« Die Aufrichtigkeit und auch die Wortwahl gefielen Elli. Sie spürte instinktiv, dass Dirk meinte, was er sagte.

»Ja. Wir bemühen uns beide, in Ordnung?«, erwiderte sie und streckte ihre Hand aus.

Dirk griff danach. »Abgemacht.«

Es mag seltsam ausgesehen haben, wie Dirk und Elli auf dem Spielplatz saßen, einander fest in die Augen sahen und ihre

Vereinbarung mit einem festen Händedruck besiegelten. Aber sie wussten beide, dass dies ein neuer Anfang war, ein neuer Lebensabschnitt mit ihrer gemeinsamen Tochter – und dieses Wissen machte sowohl Elli als auch Dirk glücklich. Als Amrei ihn mit einem großen Grasbüschel bewarf, brach er in schallendes Gelächter aus.

10. Fledermaus

Amrei lag über Ellis Schulter wie ein nasser Sack. Sie war auf dem Rückweg widerwillig in ihren Buggy gestiegen, hatte lautstark gegen das Einschlafen gekämpft und dann, müde und erschöpft von einem Tag voller Ereignisse, verloren. Immer wieder hatte sie die Augen weit aufgerissen, aber am Ende siegte der Schlaf dann doch. Und wenn Amrei abends eingeschlafen war, das wusste Elli aus Erfahrung, schlief sie die ersten Stunden so tief, dass nichts und niemand sie wecken konnte. Tief entspannt wog sie gefühlt eine Tonne. Wann war ihre kleine Tochter so schwer geworden, fragte sie sich, als sie die Kleine aus ihrem Buggy hob und sich über die Schulter legte. Jetzt, auf der Treppe, fühlte es sich nach anstrengendem Sport an, das Kind hinauf ins Zimmer zu tragen.

Im Vorbeigehen hatte Elli gesehen, dass Sandros Einfahrtstor noch immer offen stand. Aber der Golf war weg gewesen. Dafür hatte sie ein großes Banner gesehen, das fast einen ganzen Flügel des Tors einnahm. Natürlich verstand sie nicht, was darauf stand, aber sie konnte es sich vorstellen. Sicher war das wieder eine Nachricht dieser blöden Vogeljäger.

Wütend stampfte sie auf der nächsten Treppenstufe mit dem Fuß auf und dank der gehörigen Portion Ärger kam ihr Amrei gar nicht mehr so schwer vor.

Ob Sandro das Pamphlet schon gelesen hatte? Bestimmt war es gespickt mit italienischen Beleidigungen. Plötzlich tat ihr leid, dass sie das Banner nicht einfach heruntergerissen hatte. Warum sollte Sandro es sehen? Es würde ihn nur ärgern und ihm Sorgen bereiten. Besser, jemand nahm es ab. Das konnte sie übernehmen, wenn Amrei im Bett war, nicht wahr?

Elli kam vor ihrem Zimmer an. Sie wollte gerade die Tür öffnen, als sie drinnen ein leises Kichern hörte. Sie stoppte kurz in ihrer Bewegung, aber Amreis Gewicht ließ sie dann doch die Klinke hinunterdrücken. Mary saß mit ihrem Handy auf dem Bett und lachte. Vermutlich irgendein witziger Film, sie stand auf diese neue App mit den Kurzfilmchen, für die Elli sich eindeutig zu alt fühlte. Als sie jetzt eintrat, schaute Mary mit großen Augen auf und legte ihr Handy weg.

»Hi!« Elli winkte nur mit den Fingern, weil sie beide Arme für ihre Tochter benötigte. »Ich leg sie einfach in ihr Bettchen.«

Sie sprach ruhig und leise, auch wenn das vermutlich gar nicht erforderlich war. Mary nickte.

»Stell dir vor, sie ist allein gelaufen.«

»Was? Wirklich?« Mary klang überrascht. »Ausgerechnet heute, wo ich nicht dabei war.« Die junge Frau zog tatsächlich einen Flunsch.

Elli verstand sie. Schließlich kannte sie Amrei schon seit ihrer Geburt. »Ich war auch überrascht. Vielleicht wollte sie ihrem Vater eine Freude machen, so eine Art Kennenlerngeschenk.« Elli wusste, dass das esoterisch klang, aber wer ahnte schon, was in so einem kleinen Kopf vor sich ging.

Mary kicherte hinter vorgehaltener Hand. »Vielleicht, ja. Ich seh sie bestimmt morgen ein paar Schritte laufen. Hast du ein Video gemacht?«

Elli schüttelte bedauernd den Kopf. »Das hab ich total vergessen in all der Aufregung.«

»Dann holen wir das auch morgen nach.«

Mary hatte es sich zur Angewohnheit gemacht, alle Videos, die sie oder Elli filmten, zu katalogisieren und in einer Datei auf dem PC abzuspeichern.

Elli fand die Idee großartig. Sie würde ihrem Au-pair später, in ein paar Jahren, mit Sicherheit sehr dankbar für dieses Engagement sein. »Ja, das tun wir«, stimmte sie ihr deshalb auch zu. »Du, ich muss noch mal raus. Jemand hat die nächste Attacke auf Sandro gestartet, und ich möchte versuchen, Schadensbegrenzung zu betreiben.«

Mary, die bequem auf dem Bett herumgelümmelt hatte, richtete sich auf. »Schadensbegrenzung?«

Da erst wurde Elli bewusst, dass sie Mary die Geschichte noch gar nicht erzählt hatte. Kurz umriss sie den Teil, als sie Sandros Garten wieder in Ordnung gebracht hatten – der Rest der Geschichte musste bis morgen warten.

»Und du willst jetzt in der Nacht dort herumklettern und Netze aus den Bäumen fischen?«, fragte Mary schließlich, als Elli zum Ende gekommen war.

»Nein, natürlich nicht. Aber irgendein Idiot hat so ein Banner bei ihm ans Tor gehängt. Ich nehme es ab, bevor er die Beleidigungen lesen muss, die jemand darauf geschmiert hat.«

»Ach so.« Mary gähnte herzhaft. »Das finde ich sehr romantisch.«

Elli rollte mit den Augen. »Was findest du eigentlich nicht romantisch?«

Mary hatte einen verschmitzten Ausdruck im Gesicht. »Keine Ahnung. Vielleicht bin ich einfach eine hoffnungslose Romantikerin.«

»Offensichtlich.« Elli versuchte, trocken zu klingen. Aber man hörte ihrer Stimme sehr deutlich an, wie viel Zuneigung sie Mary gegenüber empfand. Amrei seufzte im Schlaf, und Elli legte den Zeigefinger auf ihre Lippen, beugte sich über das Babybett und strich ihrer Tochter mit einer liebevollen, aber routinierten Geste, die sie schon gefühlte tausend Mal vollzogen hatte, über den Rücken. »Schlaf, meine Süße«, flüsterte sie dazu leise. »Alles ist gut.«

Und Amrei, deren Hände sich zu kleinen Fäustchen geschlossen hatten, entspannte sich wieder, und die Finger öffneten sich leicht.

»Bis später«, formte Elli mit den Lippen, winkte erneut und war schon aus der Zimmertür. Jetzt lief sie die Treppe ganz leichtfüßig hinunter. Für einen Augenblick spürte sie sehr intensiv die Freiheit, die es bedeutete, allein unterwegs zu sein. Es fühlte sich ein wenig wie Schwerelosigkeit an.

Draußen war es dunkel geworden. Eine Straßenlaterne leuchtete vage von der Straße herein und tauchte den Hof zusammen mit einer Lampe über der Tür ins Zwielicht. Als Elli ins Freie trat, sah sie eine Fledermaus vorbeifliegen und wieder in der Dunkelheit verschwinden. Jetzt, am Abend, klang das Knirschen des Kieses lauter unter ihren Füßen. Alle Parkplätze in Antonellas Hof waren besetzt, was darauf schließen ließ, wie gut besucht das Hotel war.

Dirk war zu seiner Unterkunft gegangen. Nach Amreis Laufversuchen war er nicht müde geworden, die Kleine immer wieder auf die rote Schaukel zu setzen oder sie vorsichtig rutschen zu lassen. Er behandelte seine Tochter wie eine Porzellanpuppe, als könnte sie zerbrechen. Aber mit der

Zeit würde sich das sicher ändern. Jedenfalls zeigte jede seiner Gesten, welchen Wert dieses Kind für ihn hatte. Amrei war, das sah und spürte man, gut bei Dirk aufgehoben.

Elli trat hinaus auf die Straße und ging zu Sandros offenem Tor hinüber.

Entrate pure e mettete la vostre trappole. Mi piace lo sport mattutino.

Elli verstand kein Wort – außer Sport. Eine Frechheit, seine Bemühungen als Sport abzutun. Entschlossen griff sie nach dem Banner und riss es herunter. Es gab ein lautes, ratschendes Geräusch, als sie, ihre Kraft unterschätzend, die Kartonage in zwei Teile riss. Doch kein Banner, durchfuhr es kurz ihren Verstand. Sie hatte das wohl im Halbdunkel nicht richtig gesehen, wo alles weiß gewesen war. Noch immer in Rage, versuchte sie, die harten Kartonagen zusammenzuknüllen, um dann die vier Reißzwecken, die sie gehalten hatten, mit den Fingernägeln aus dem Holz des Tors zu ziehen. Die Fledermaus schwirrte wieder über ihren Kopf hinweg, ganz nah dieses Mal, aber völlig lautlos.

»Hey!« Sandros tiefe Stimme vibrierte vor Erregung. Sie sah ihn nicht. Sie hörte ihn nur. Ein Schwall italienischer Worte ergoss sich über Elli. Plötzlich stand er direkt vor ihr. Er war wohl aus einer dunklen Ecke des Gartens gekommen.

»Elli, du?«

»Ich«, bestätigte sie. »Ich wollte nicht, dass du diesen Mist lesen musst. Die Typen waren schon wieder da.« Sie deutete auf die beiden Kartonteile zu ihren Füßen. »Tut mir leid, dass du es jetzt doch mitkriegen musstest. Mein Ziel war eigentlich, dir das zu ersparen.«

Sandro schaute zu der Kartonage und – grinste. Elli verstand nicht.

»Das hab ich selber aufgehängt. So, wie ich das Tor offen gelassen habe.«

»Warum das denn?«

»Flucht nach vorn. Auf dem Karton stand: ›Kommt ruhig rein und stellt eure Fallen auf. Ich mag Frühsport.‹«

Elli bückte sich und hob den Karton hoch. »Oh.«

»Ich dachte, ich provoziere den Täter ein wenig. Vielleicht reagiert er. Drum hab ich auch das Tor offen gelassen. Oft, das ist jedenfalls meine Erfahrung, hilft so etwas mehr als Widerstand.«

Kurz dachte Elli über Sandros Worte nach. »Kann sein.«

Sie schaute auf die zwei Teile seiner provokanten Nachricht. »Hast du durchsichtiges Klebeband? Wenn ich es hier und da ein wenig glatt streiche, können wir dein Werk zurückhängen. Tut mir leid, ich kann nur wirklich überhaupt kein Italienisch.«

Sandro lachte. »Kein Problem. Jetzt sieht das Plakat doch noch viel authentischer aus.«

Elli fiel in sein Lachen ein. »So, als hätte es schon einen Kampf überlebt, meinst du?«

»Genau«, stimmte Sandro ihr zu. »Übrigens finde ich es extrem lieb von dir, dass du dir vor meiner Tür die Nacht um die Ohren schlägst, um mir den Anblick eines Plakats zu ersparen.«

»Na, so richtig Nacht ist es ja noch nicht.« Gut, dass es so dunkel war, dass Sandro nicht sah, wie sie errötete.

Die Fledermaus flog erneut über ihre Köpfe hinweg. »Oh, die Fledermaus!« Elli zeigte auf das Tier.

»Du weißt aber schon, dass Fledermäuse keine Vögel sind?«

Um ehrlich zu sein, hatte Elli sich noch nie sehr mit Fledermäusen auseinandergesetzt. Jetzt, wo sie kurz überlegte, erinnerte sie sich, einmal gehört zu haben, dass diese Flattermänner Säugetiere waren. »Ich glaube«, sagte sie deshalb auch wahrheitsgemäß.

»Niedlich sind sie natürlich trotzdem.«

»Ja.«

Sandro und Elli standen einander für einen Moment schweigend gegenüber. »Wenn du möchtest, kannst du ja noch reinkommen, und ich erzähl dir etwas über Fledermäuse.«

Elli schaute Sandro an, der ihren Blick erwiderte. Dann platzte es aus ihm heraus: »Das war der schlimmste Versuch, eine Frau in mein Haus zu bitten, den ich je gestartet habe.«

»Dann sollten wir lieber schnell reingehen, damit du dich nicht noch mal blamierst.« Wie erleichtert Elli war, dass die unangenehme Begegnung mit seiner Tochter ihr Verhältnis nicht getrübt zu haben schien. Sie würde mit ihm über Chiara sprechen, das ja. Doch als Sandro ihr jetzt seine Hand entgegenstreckte, griff sie nur zu gern danach und ließ sich von ihm in Richtung seines Hauses ziehen.

* * *

Als Elli neben Sandro auf dem Sofa saß, erinnerte sie sich sofort daran, was am Morgen hier, an genau dieser Stelle, zwischen ihnen passiert war. Sandro hatte Wein und Grissini auf den Tisch gestellt, aber beides blieb unbeachtet stehen. Sie waren beide keine Menschen, die um den heißen Brei herumredeten. So war das Gespräch auch sofort auf Chiara gekommen.

»Was für eine peinliche Situation, oder? Bist du vorher schon mal erwischt worden? Ich hab mich gefühlt, als wäre ich vierzehn«, hatte Elli das Gespräch eingeleitet.

»Das hat meine Tochter mich auch gefragt, ob wir vierzehn sind, weil wir uns so aufführen«, erzählte Sandro. Er klang müde.

»O je.«

»Meine Tochter hat mich gefragt, ob das jetzt meine Midlife-Krise ist statt eines teuren Autos. Daraufhin habe ich ihr gesagt, dass man es meinem Auto vielleicht nicht ansieht, aber dass es eindeutig genug Geld gekostet hat, und so ging es eine ganze Weile weiter.«

Elli wusste nicht recht, was sie antworten sollte.

»Sie wollte dann wissen, wie alt du bist. Ich habe gesagt, dass ich das nicht so genau weiß. Das war eine Ausrede. Dass du nicht in meinem Alter bist, ist mir natürlich klar.« Er lächelte Elli an und strich ihr sanft über die Wange. Sie erwiderte die Zärtlichkeit, indem sie ihren Kopf seinem Handrücken entgegenneigte.

»Chiara ist es auch klar, übrigens«, ergänzte Sandro noch. Jetzt griff er doch nach seinem Weinglas und nahm einen großen Schluck. »Sie meinte, dass das keine adäquate Beziehung sei, dass sie sich nicht wirklich zieme. Genau das waren ihre Worte. Kannst du dir das vorstellen? Mir ist es vorgekommen, als wäre Chiara älter als du und ich zusammen.«

Das Gespräch mit seiner Tochter hatte Sandro emotional berührt. Das konnte Elli spüren. Sie legte ihre Hand auf seinen Oberschenkel.

Das Licht der Kerzen, die Sandro entzündet hatte, spiegelte sich in seinen blauen Augen wider. Er legte seine Hand auf ihre. Es war verrückt: Ihre Gesten schienen alle nicht neu, sondern wie seit Jahren aufeinander abgestimmt zu sein. Vertraute Zärtlichkeiten, die Geborgenheit versprachen. Trotzdem: Elli wusste, dass es im Zweifel seine Tochter wäre, für die er sich entscheiden würde.

»Ich möchte nicht, dass ihr euch meinetwegen streitet.« Es tat ihr weh, das laut zu sagen. »Ich werde mich auf keinen Fall zwischen euch stellen.« Schließlich wollte auch sie nicht, dass sich irgendwer zwischen sie und Amrei stellte; deshalb war sie Dirk ja auch so dankbar dafür, wie vorsichtig und respektvoll er mit ihrer gemeinsamen Tochter agierte. Ihre Hoffnung, dass das so blieb, trug viel dazu bei, Dirk den Zugang zu ihrer Tochter zu gewähren.

Sandro stellte sein Glas etwas zu fest zurück auf den Tisch. »Das weiß ich doch.« Er drückte Ellis Hand, die noch immer auf seinem Oberschenkel lag.

»Was war denn das Ergebnis eures Gesprächs?«

Jetzt wurden Sandros Gesichtszüge hart, ähnlich hart wie beim Herausschneiden eines Netzes aus seinem Apfelbaum. »Ich würde sagen, es gab kein richtiges Ergebnis.«

»Was willst du mir damit sagen?«

»Nichts. Sie wird sich schon beruhigen. Ich möchte nicht, dass du dich damit belastest.« Er klang sehr nüchtern, sehr sachlich. Elli spürte, dass mehr hinter seinen Worten war, als er ihr sagte.

»Rede mit mir, Sandro«, bat Elli ihn sanft.

»Ich mag, wie du meinen Namen sagst.« Sandro beugte sich vor und versuchte Elli zu küssen.

»Sandro!«

»Genau so.«

Elli wich ihm aus und lachte. »Lenk nicht ab.«

Er seufzte. »Na gut. Sie hält dich für einen Golddigger.«

»Einen was?«

»Jemanden, der hinter meinem Geld her ist.«

Fassungslos starrte Elli Sandro an. Sie zog ihre Hand zurück und verschränkte die Arme vor ihrer Brust. »Das ist nicht dein Ernst!«

»Leider doch.«

Elli schwieg. Sie dachte daran, wie sie die Agentur in den letzten Monaten, trotz Baby, umstrukturiert hatte. Die Agentur war zwar nicht *die* erfolgreichste Agentur in ganz München, gehörte aber zu den führenden. Dass sie einen Goldesel suchte, war einfach absurd!

»Und sie denkt, du suchst einen Vater für dein Kind.«

Elli schwieg. Chiaras Aussagen ließen sie sprachlos zurück.

Schließlich sagte sie doch etwas: »Ich war gerade mit Dirk auf dem Spielplatz. Dirk ist Amreis Vater. Ich habe deinen Rat beherzigt, einen seiner Anrufe angenommen, und er ist sofort hergekommen, weil ich ihm endlich die Chance gegeben habe, seine Tochter kennenzulernen, und er diese Möglichkeit nicht verstreichen lassen wollte.«

»Du musst dich nicht rechtfertigen, Ellen.« Wieder hatte er sie Ellen genannt, fiel Elli auf.

»Nein, muss ich nicht. Ich möchte trotzdem betonen, dass ich keinen Vater für meine Tochter brauche. Sie hat schon einen.« Würde er eifersüchtig reagieren?

Sandro nickte. »Ich weiß. Aber es wäre schön, wenn ich ihr Freund werden dürfte.«

Elli ging das Herz auf bei seinen Worten. Natürlich war er nicht eifersüchtig, dafür wusste Sandro viel zu genau, wer er war. Wie hatte sie das auch nur eine Sekunde annehmen können? Jetzt war es Elli, die sich zu ihm hinüberbeugte und ihn zärtlich küsste.

»Erzählst du mir bei Gelegenheit mehr über Dirk?«, fragte Sandro, als sie sich voneinander lösten.

»Natürlich. Aber jetzt möchte ich noch ein bisschen über Chiara erfahren.«

»Gut.« Sandro reichte Ellis Zusicherung, ihm bei Gelegenheit von Dirk zu erzählen, völlig aus, um das Thema vorerst ruhen zu lassen. Dann sprach er über Chiara. »Sie ist ein gutes Kind, fleißig und zielorientiert. Ich habe den Eindruck, das ist eine Eigenschaft, die jungen Leuten heutzutage oft fehlt.«

Dem konnte Elli zustimmen. Die letzten drei Praktikanten, die ihre Firma gehabt hatte, waren ein reines Fiasko gewesen.

Erst Julian, der seit nunmehr zwei Monaten die Agentur bereicherte und seine Semesterferien dazu nutzte, um, wie er sagte, ein wenig mit der Praxis vertraut zu werden, entsprach Ellis Vorstellung von einem wertvollen Mitarbeiter. Er war aber auch ein wenig älter, hatte vor dem Studium eine Ausbildung zum Bauzeichner gemacht und wusste, worauf es in einem funktionierenden Betrieb ankam. Bei den drei vorangegangenen Praktikanten hatte Elli den Eindruck gehabt, dass sie versucht hatten, das Zeitlupentempo weiterzuentwickeln – mit Erfolg. Sie erinnerte sich besonders ungern an eine junge Frau namens Madita, deren größte Sorge der Sitz ihrer Frisur gewesen war. Elli hatte sich irgendwann die spitzfindige Bemerkung erlaubt, dass sie doch besser ins Friseurhandwerk wechseln sollte, eine Anspielung, die Madita entweder nicht verstanden hatte – oder nicht hatte verstehen wollen.

»Chiara ist eine, die anpackt. Sie hat sehr klare Vorstellungen vom Leben und davon, was richtig und falsch ist. Als Leiterin eines Unternehmens braucht sie das wohl auch – besonders in ihrem jungen Alter«, fügte Sandro hinzu.

Er schaute direkt ins Licht der Kerzen. Seine Augen funkelten, eine winzige Strähne seiner perfekt geschnittenen Haare fiel Sandro in die Stirn und warf ebenfalls einen kleinen Schatten. Elli wollte sich wirklich auf das Gespräch konzentrieren, trotzdem nahm sie wahr, wie anziehend dieser Mann auf sie wirkte.

»Ja, das muss sie sicher«, bestätigte sie Sandro. »Und sie hat nur dich.«

Sandro wandte seinen Blick wieder Elli zu. »Ja, das stimmt. Für eine Beziehung hat sie sich noch nie Zeit genommen, fürchte ich. Sie hat ja auch nicht viel Zeit neben der Firma.«

Bei sich überlegte Elli, ob vielleicht auch einfach kein Mann Chiaras Vater das Wasser reichen konnte und die Messlatte seiner Tochter deshalb einfach zu hoch lag. Sie konnte sich das nämlich durchaus vorstellen.

Elli nahm ihre Hand von Sandros Schenkel und langte nach ihrem Weinglas, um den Wein endlich zu kosten. Dann griff sie eines der Grissini und knabberte darauf herum.

»Ich fürchte manchmal, dass sie auch zu so einem Arbeitstier wird, wie ich lange eines war«, räumte Sandro ein. »Sie ist so nüchtern, weißt du? So sachlich.«

Elli nickte zur Bestätigung. Langsam entstand ein Bild von Chiara vor ihrem inneren Auge. »Deshalb kann sie sich auch gar nicht vorstellen, dass ich mich einfach in dich verliebt habe.«

Sandro wollte gerade ebenfalls nach einem der Grissini greifen, als Elli gesprochen hatte. Jetzt verharrte er in der Bewegung. Sein Gesicht war plötzlich das eines glücklichen, verschmitzt grinsenden Jungen. »Verliebt, hm?«

Elli war selbst überrascht, mit welcher Selbstverständlichkeit sie Sandro mal wieder in ihre Tiefen hatte blicken lassen. Sie reckte ihr Kinn. »Ja. Na und?«

Sandro beugte sich zu Elli. Sie roch ihn und ganz leicht den Wein und etwas Zitroniges. Schnell schloss sie die Augen, als seine Lippen die ihren berührten und Sandro ihr Gesicht mit seinen Händen umschloss. Dann wich er zurück, nur wenige Zentimeter. »Ich bin auch in dich verliebt, Ellen.« Die Ruhe seiner Worte! Er lächelte, glitt mit seinen Augen über ihr Gesicht, als wollte er jeden Zentimeter mit seinen Blicken streicheln. Und Elli blieb, hielt den Blicken stand und fühlte sich so schön wie nie zuvor in ihrem Leben. In Sandros Nähe zu sein war pures Glück, war wie ein Bad in Kakao, war zuckersüß und warm. Dann küsste Sandro sie erneut. Plötzlich sah er traurig aus.

»Aber Chiara wird das nie verstehen, wir haben ewig miteinander geredet.«

Elli wusste nichts auf Sandros Satz zu antworten.

»Ich habe ihr gesagt, wie wichtig du mir bist, wie sehr die paar Tage mit dir mein Leben zum Schöneren verändert haben – aber sie möchte das nicht hören. Sie meinte, dass ich mich entscheiden müsse, für sie oder dich.«

Plötzlich war da, wo gerade noch warmes Glück gewesen war, ängstliche Kälte. Elli stand auf, einem Impuls folgend. Keine Sekunde länger konnte sie sitzen. »Gut. Ich versteh das.« Heiser presste sie die Worte aus ihrer Kehle. »Dann wünsch ich dir alles Gute, ja?«

Tränen füllten ihre Augen. Sie wollte wirklich nicht weinen. Sie wollte nicht so emotional sein. Sie wollte fort, nur fort von Sandro, seinen schönen Augen, seinen weichen, aber kräftigen Händen und dem perfekten Grübchen an seinem Kinn. Es tat weh, ihn anzusehen, es tat weh, mit ihm in einem Raum zu sein, wo es gerade noch das Schönste auf der Welt gewesen war. Elli war völlig überwältigt von der Plötzlichkeit, mit der sie von ihren eigenen Emotionen überrannt wurde. Sie machte ein paar Schritte, brachte Distanz zwischen sich und Sandro, nur ein paar Meter. Ihre Füße fühlten sich an, als ob sie aus Blei wären, so schwer fiel es ihr zurückzutreten.

»Ellen, komm her.« Diese Sanftheit in seiner Stimme machte es nicht besser. Energisch schüttelte Elli den Kopf. Sie wollte weiter weg, noch weiter weg, aber Sandros Stimme schien sie zu hypnotisieren. Er stand auf.

»Ellen.« Nur ihr Name aus seinem Mund, aber das reichte, damit ihre Füße ihr den Dienst versagten und sie einfach nicht mehr weiter weg zu bewegen waren.

Sandro erreichte Elli mit zwei Schritten und schloss sie in die Arme. Es war eine feste Umarmung, pure Geborgenheit, die sie spürte. Er hielt sie, als hinge sein Leben davon ab. Ihr Gesicht ruhte an seiner Brust, umgeben von seinem Duft. Die ganze Welt war ausgesperrt, so sehr wurde Elli von Sandro gehalten. Die Tränen liefen ihr jetzt hemmungslos die Wangen hinunter. Es war eine Erleichterung, ihren Gefühlen freien Lauf zu lassen. Selbst als sie laut aufschluchzte, schämte sie sich nicht. Und Sandro reagierte, indem er Elli noch fester an sich drückte. »Ich würde dich nie gehen lassen. Niemals, hörst du? Ich weiß, wir kennen uns noch nicht gut – aber es fühlt sich so an, als ob. Ich habe dir doch schon gesagt, dass ich mir das nicht nehmen lassen möchte, wenn du dir vorstellen kannst, bei einem grauen Wolf wie mir zu sein.« Sie hörte seine Worte durch seine Brust, spürte das Vibrieren seiner Stimme an ihrer Wange. Wie in einer Höhle fühlte sie sich vor der ganzen Welt in seinen Armen geborgen. Elli nickte und umschlang Sandro nun ihrerseits. Sie waren zwei, aber in diesem Moment doch auch eine Einheit.

Eine ganze Weile standen sie so beieinander, bis Ellis Tränen versiegten. Allein die Vorstellung, Sandro wieder zu verlieren, hatte sie sehr erschüttert. Als er seine Umarmung lockerte, schaute sie ihm ins Gesicht: markante Gesichtszüge, ein intensiver Blick und dieses Lächeln. Da war es, das Grübchen! Elli presste sich erneut an Sandro. »Von wegen grauer Wolf!« Dieses Mal war die Umarmung anders. Sie konnte gar nicht anders: Ihre Hände wanderten wie automatisch unter den Saum seines T-Shirts und berührten seine Haut. Sie strich ihm mit den Fingerspitzen beider Hände über den Rücken, hinauf zu den Schulterblättern. Es war nur ein ganz feines Kratzen ihrer Fingernägel. Dann strich sie die Wirbelsäule wieder hinunter. Spürte sie ein leises Zittern seiner Schulterblätter, fast unmerklich? Auf jeden Fall spürte sie, dass er auf sie reagierte, sich noch näher an sie drückte, und es blieb Elli nicht verborgen, dass auch ihn die Begierde gepackt hatte.

Zwischen Elli und Sandro passierte einfach das, was millionenfach auf der Welt passiert, und trotzdem waren ihre

Küsse, ihre Leidenschaft, ihre Berührungen einzigartig in ihrem Miteinander. Und als es fast vorbei war, flüsterte Sandro ihren Namen in ihr Ohr, wie einen Hauch nur: Ellen. Sie spürte es als kleines Kitzeln an ihrem Ohr, das einen wohligen Schauer über ihren Rücken tanzen ließ, unmittelbar bevor sie den Höhepunkt ihrer Lust erreichte.

Es war anders gewesen als beim letzten Mal, sie hatten sich Zeit genommen, einander auszuziehen, einander zu betrachten und miteinander den Tanz der Liebe zu tanzen.

Danach lagen sie erschöpft nebeneinander, und man hörte nichts als ihrer beider Atem. Im Kerzenlicht erschien Sandro noch dunkler, als sein Hautton wirklich war. Ellis Hand auf seinem Bauch sah sehr weiß aus. Sie fand den Kontrast faszinierend. Wieder hatte Sandro die Arme um Elli gelegt, ganz locker dieses Mal, und streichelte ihre Schulter. Ihr Kopf lag auf seiner Brust.

Als Elli zur Ruhe kam, kehrten auch ihre Gedanken zurück und damit ihre Sorge. »Ich habe Angst, dass du mir vielleicht die Schuld gibst, wenn du dein Verhältnis zu Chiara gefährdest.«

Sandro küsste Elli auf ihren Scheitel. »Nein, das ist meine Entscheidung, und ich weiß es auch. Außerdem bin ich der Meinung, dass eine glückliche Partnerschaft mindestens genauso wichtig im Leben ist wie die Beziehung zu einem Kind. Chiara ist längst flügge.«

Das konnte Elli nachempfinden. Sie schwiegen beide, von der Ausweglosigkeit der Situation überfordert. »Ist es nicht verrückt? Wäre ich vierzig, dann wäre es ganz selbstverständlich, dass ich mich für dich interessiere, wie die Hälfte der Frauen in diesem Dorf«, sagte Elli, einen leichten Stachel der Eifersucht spürend, der sie pikte.

»Wie bitte?«

»Du hast mich schon gehört.«

»Die Hälfte der Frauen? Mindestens drei Viertel!«

Elli haute leicht mit ihrer flachen Hand auf seinen Bauch. »Sandro!«, tadelte sie ihn mit gespielter Entrüstung.

Er lachte leise, und ihr Kopf hob und senkte sich im Rhythmus seines Gelächters. »So ein Blödsinn. Ich hatte seit Jahren keine Freundin. Wer hat dir denn so was erzählt?«

»Meine Freundin Kim, die übrigens auch findet, dass du zu alt für mich bist, auch wenn sie etwas wohlwollender als deine Tochter zu sein scheint.« Elli schwieg kurz. »Kim ist mir sehr wichtig, ich hätte nie gedacht, dass sie Vorbehalte gegen uns hat«, fügte Elli dann noch hinzu.

Sandro schob sich die freie Hand hinter den Kopf, während er Elli mit der anderen noch immer umarmte. Er schien nachzudenken. »Du hast schon recht. Ich finde es ziemlich seltsam, dass man uns so negativ gegenübersteht als Paar – ohne uns miteinander erlebt zu haben oder auch nur zu ahnen, wie wir fühlen. Das ist einfach nicht fair und hat mit nichts als Vorurteilen zu tun.«

Elli hob den Kopf und küsste Sandro sanft auf den Mund. »Dann sollten wir schleunigst dafür sorgen, diese Vorurteile ein für alle Mal auszuräumen.«

»Du sagst es!« Sandro lächelte Elli an. »Fangen wir bei deiner Freundin an. Mit Sicherheit ist das im Vergleich zu Chiara die kleinere Herausforderung.« Ein Schatten wanderte über Sandros Gesicht. Oder hatte Elli sich geirrt? Sie schob den Gedanken weit, weit weg und legte ihren Kopf zurück auf Sandros Brust. Tief atmete sie seinen Duft ein, der sich mit ihrem vermischt hatte.

»Weißt du was, ich frag Kim, ob sie morgen Zeit hat, ja? Und dann werden wir sehen!«, beschloss Elli. Sie war kein Freund des Hinauszögerns, sie wollte die Sache anpacken und die paar Tage, die ihr noch blieben, nutzen, sowohl mit Sandro als auch mit ihrer Freundin Kim. Was lag da näher, als beides miteinander zu verbinden?

Elli schloss die Augen und spürte, dass sie mit einem Mal sehr, sehr müde war. Sie ließ innerlich los und sich von der sicheren Gewissheit, genau am richtigen Ort zu sein, vom Schlaf davontragen.

11. Steinadler

Der Tag war vergangen wie im Flug.

Elli war mitten in der Nacht zurück ins Hotel gekommen. Sie hatte sich gefühlt wie ein Teenager, der heimlich nach Hause schleicht und versucht, lautlos in sein Zimmer zu gelangen. Es war ihr schwergefallen, sich von Sandro zu trennen. Der Kuss an seiner Haustür war lang und ausgiebig gewesen. Einzig die Tatsache, dass sie sich am nächsten Abend ohnehin schon wiedersehen würden, machte es leichter.

Tagsüber wollte Sandro einem Gerücht nachgehen, das besagte, dass ein Steinadler sich aus den Bergen nach Limone verirrt hatte, und den Vogel aufspüren. Außerdem stand, so drückte er das aus, ein Kontrollgang an, um ein paar abgelegene Gärten auf Netze zu überprüfen. Chiara wollte ihn begleiten, was, wie Sandro sagte, ungewöhnlich war.

Elli hatte Mary den Tag freigegeben und mit Amrei eine Bootsfahrt gemacht. Der Wind war traumhaft gewesen, genauso der Ort Malcesine, den Kim ihr ans Herz gelegt hatte – besonders der Turm mit der tollen Aussicht sei die Reise wert. Elli hatte sich Amrei in die Babytrage geschnallt und war mit der Kleinen hinmarschiert. Der Blick auf den See war wundervoll gewesen. Allerdings hatte Elli auch heute wieder festgestellt, dass es gerade rechtzeitig kam, dass Amrei laufen lernte – weil sie einfach zu schwer wurde. Die Krönung des Mutter-Tochter-Ausflugs war, wie sollte es anders sein, ein großes Eis gewesen. Auf der Rückfahrt war Amrei auf dem Schiff eingeschlafen.

Am Nachmittag traf Elli sich erneut mit Dirk. Der Strand neben dem Campingplatz, beim Mamba Beach Club, war nicht überfüllt. Das Wasser war hier herrlich türkisfarben, es gab die kleine Bar, an der Elli sich einen Cappuccino holte, während Dirk seine Tochter dabei unterstützte, Stein um Stein ins Wasser zu werfen. Ein großer Greifvogel flog über sie hinweg, und Elli schaute ihm nach, in Gedanken bei Sandro. Ob das der Steinadler war, von dem er gesprochen hatte? Sie versuchte, sich Details des Vogels einzuprägen, aber sie war schon froh, den Greifvogel von einer Möwe unterscheiden zu können.

Amrei und Dirk wurden des Steinewerfens nicht müde. Bei jedem Aufklatschen eines Steins auf der Wasseroberfläche kreischte Amrei glücklich auf. Und als Dirk ein wahres Monstrum von Stein warf, das einen sehr lauten Platscher machte, dass es nur so spritzte, hätte Elli nicht sagen können, wer zufriedener wirkte, Vater oder Tochter. Die zwei verstanden sich, als würden sie einander schon ewig kennen.

Sosehr sie wusste, dass sie und Dirk nie mehr ein Paar sein würden, so sehr war sie davon überzeugt, dass er ein guter Vater war. Man konnte sehen, dass die Chemie zwischen Vater und Tochter stimmte.

Als sie sich verabschiedeten, nahm sie Dirk kurz in die Arme. »Danke, dass du gewartet hast, bis ich zur Vernunft komme«, sagte sie.

»Oh, nein. Ich glaube, es wäre besser gewesen, ich wäre von Anfang an vernünftig gewesen. Weißt du, Kim ist eine tolle Frau, ohne Frage. Aber wenn ich ehrlich bin, war sie nicht mehr als eine Affäre. Es war spannend, aber am Ende eben nicht mehr. Dafür meine Familie zu opfern …« Seine Stimme brach, er sprach nicht weiter und schüttelte nur den Kopf. »Wenn ich könnte, ich würde die Zeit zurückdrehen und alles anders machen, aber was geschehen ist, ist wohl geschehen, nehme ich an.«

Elli hörte die versteckte Frage in seinem Satz sehr wohl. »Ja, was geschehen ist, ist geschehen.« Sie dachte an Sandro und ihr Gefühl, dass kein Mann dieser Welt ihm das Wasser reichen konnte – heute nicht und auch an keinem anderen Tag.

Dirk nickte. Er hatte ihre Antwort offensichtlich erwartet. »Auf jeden Fall freue ich mich darüber, Zeit mit meiner Tochter zu verbringen.«

Sie waren mit der Vereinbarung auseinandergegangen, sich am nächsten Tag vormittags noch mal zu treffen und auch zu Hause den Kontakt aufrechtzuerhalten. Elli fiel es erstaunlich leicht, ihm das zuzusichern. Vielleicht, weil es Sandro gab und somit die letzten kleinen Wunden nicht mehr schmerzten, die Dirk ihr zugefügt hatte.

Jetzt stand das Abendessen bevor, und das ganze Hotel duftete nach Knoblauch und Rosmarin. Was auch immer Antonella da wieder zauberte, schon der Geruch, den dieses Mahl verbreitete, war unübertrefflich. Normalerweise sollte man sich morgens für ein Essen entscheiden, aber Elli hatte an diesem Morgen zu Valentina gesagt, dass sie sich überraschen lassen möchte. Jetzt freute sie sich umso mehr. Vielleicht gab es Rosmarinkartoffeln als Beilage oder ein Ofengemüse mit Rosmarin? Ellis Magen knurrte. Außer der Kugel Eis am Mittag hatte sie den ganzen Tag über nichts gegessen. Sie nahm sich vor, an diesem Abend auch endlich den köstlichen Limoncello zu versuchen. Das hatte sie jetzt schon seit Tagen vorgehabt. Das war wie Vorglühen, dachte sie, denn im Anschluss an das Mahl wollte sie sich mit Sandro in einem Lokal am Wasser treffen. Kim und Luca waren auch eingeladen und hatten sofort zugesagt. Wie Elli Kim kannte, trieb sie die Neugier. Aber das war völlig in Ordnung.

Mary war mit Amrei schon in den Speisesaal vorausgegangen. Elli zog sich noch um. Ein lindgrünes Sommerkleid aus zartem Stoff, das wunderbar mit ihren Haaren harmonierte, dazu einfache Ballerinas in Weiß. Ihre Haare band sie zu einem lockeren Pferdeschwanz, aus dem sich sofort wieder einzelne Strähnen lösten, aber das machte Elli nichts aus. Das sorgte genau für den richtigen Touch, der ihr Outfit nicht zu sorgfältig gewählt wirken ließ. Schnell lief Elli noch ins Bad, trug etwas Lidschatten und Mascara auf. Das helle Grün ihres Kleids betonte ihre Augen, und die Frisur ließ sie selbstbewusst wirken. Ja, sie mochte, was sie sah.

Leichtfüßig lief Elli die Treppe hinunter. Sie achtete gar nicht darauf, wer in den tiefen, dunklen Sofas saß, die die Eingangshalle schmückten. Aber offenbar fiel sie den beiden Männern sofort auf.

»Überraschung!«, tönte es laut, als die beiden aufsprangen. Es handelte sich um einen Mann mit Glatze und Pferdeschwänzchen im Kinnbart und einen groß gewachsenen Mann mit wallender Haarpracht.

»Ich fass es nicht.« Elli konnte wirklich nicht glauben, wen sie da sah. »Was macht ihr denn hier?« Voller Freude lief sie auf die zwei Männer zu und umarmte beide gleichzeitig. »Clement und Ernesto, seid ihr das wirklich?« Sie musste lachen. Ihre beiden Freunde aus München!

»Also bitte, das sieht man ja wohl sehr eindeutig!« Clement warf sich sofort in eine Art Modelpose, die seinen Bauch, der im letzten Jahr an Umfang zugenommen hatte, aufs Herrlichste betonte. Ernesto lachte. »Aber wirklich.« Er legte seinen Ellbogen auf Clements Schulter ab, sodass es aussah, als würden die beiden Männer für ein Modemagazin posieren.

Beide Herren trugen bunte Hemden mit Papageienaufdruck – im Partnerlook. Elli lachte mit den beiden mit. »Ist ja gut. Ich war nur so überrascht – aber positiv, natürlich.« Ein weiteres Mal drückte sie die Männer an sich und gab jedem von ihnen einen schmatzenden Kuss auf die Wange. »Wie wunderbar, dass ihr da seid!«

»Das finden wir allerdings auch. Wir wollten mal sehen, wie Kim vorankommt – jedenfalls ist das unsere offizielle Ausrede dafür, dass wir uns einen spontanen Urlaub gönnen.« Clement lachte. »In Wahrheit hab ich einfach nur den Gardasee vermisst. Wir waren das letzte Mal im Frühjahr hier, und es kam mir wie eine Ewigkeit vor. Ich freu mich schon so darauf, den Weg hinauf zum Monte Preals zu laufen und endlich wieder die gute Gardasee-Bergluft zu schnuppern.«

»Und ich geh gemütlich ein Eis essen und lass mir von der lieben Valentina mindestens vier Cappuccini machen.« Ernesto lachte. »Deinen Bewegungsdrang bewundere ich zwar, aber ich brauch ein wenig Entspannung.« Er griff sich mit einer theatralischen Geste an die Stirn, dann fiel ihm etwas ein: »Wo ist denn die kleine Zuckerschnecke?«

»Amrei und Mary sind schon im Speisesaal. Da sollten wir jetzt auch hingehen, oder? Es ist höchste Zeit, noch rasch die Tische umzustellen.« Damals, nach der Trennung von Dirk, hatte Elli ganz allein an einem Tisch gesessen und sich sehr blöd gefühlt. Kim war es gewesen, die sie dann zu sich und den beiden Männern eingeladen hatte, was der Beginn ihrer aller Freundschaft gewesen war.

Aber jetzt schüttelte Clement den Kopf. »O nein, meine Liebe. Das ist nämlich schon geschehen. Aber jetzt möchte ich dringend die Focaccia mit Rosmarin probieren.« Er war und blieb ein leidenschaftlicher Esser.

»Das also ist der Duft«, bemerkte Elli. Das köstliche Brot war mit Knoblauch und dem Gewürz verfeinert worden.

»Und übrigens freu ich mich, dass ihr hier seid. Das ist einfach wundervoll.«

Ernesto lachte. »Finden wir auch.«

Gemeinsam betraten sie den Speiseraum und gingen zu ihrem Tisch, wo Mary Amrei gerade mit Spaghetti fütterte. Amrei hatte gleich drei der langen Nudeln in der Hand, die, wie es aussah, nur mit Parmesan und Butter verfeinert waren. Die Pasta schien sie sichtlich herauszufordern. Hochkonzentriert versuchte sie, der Nudeln Herrin zu werden.

»Zuckerschneckchen!« Ernesto lief auf Amrei zu und gab ihr einen schmatzenden Kuss. Sie schaute erschrocken auf, erkannte Ernesto und wandte sich sofort wieder ihren Spaghetti zu.

»Das war ja eine fürchterliche Begrüßung!« Ernesto zog einen Flunsch. »Da kann ich gleich weiter ans Salatbüfett gehen, die Oliven reagieren vermutlich ähnlich emotional. Wobei ich zugeben muss, dass wir Mary und Amrei vorhin schon begrüßt haben.« Er zwinkerte Elli zu, winkte grazil und ging in den hinteren Teil des Raums, wo ein imposantes Büfett mit kalten Vorspeisen und Salaten seinen Platz hatte.

»Ihr entschuldigt mich auch kurz?« Clement wartete die Antwort nicht ab, sondern lief einfach seinem Partner hinterher.

Die Dame, die gestern das Paillettenkleid getragen hatte, war heute in eine rote Hose aus fließendem dünnem Stoff und ein passendes Trägershirt gekleidet. Jetzt starrte sie Clement unverwandt hinterher. Elli konnte ihren Gesichtsausdruck nicht deuten – war sie einfach neugierig oder sprach aus ihrem ebenmäßigen Gesicht Missbilligung? Neugierig beobachtete sie die Frau, kam aber bald zu dem Schluss, dass es Zeitverschwendung war. Was kümmerte sie, was jemand ganz Fremdes von ihren Freunden dachte?

Kurze Zeit später saßen endlich alle miteinander am Tisch. Spaghetti aglio e olio – das war ein so pures, einfaches Rezept, dass man es perfekt beherrschen musste, damit es so gut schmeckte. Antonella hatte die Nudeln selbst gemacht. Der Knoblauch war frisch geerntet, wie Valentina beim Servieren gesagt hatte, und selbstredend war das Olivenöl von bester Qualität, was man deutlich schmeckte, vom Parmesan, der in Raspeln darüber gestreut war, gar nicht zu reden. Elli drehte sich mit der Gabel geschickt einen ordentlichen Bissen auf, sie genoss es, den ganzen Mund voll damit zu haben. Sie beobachtete Clement, der es ihr nachtat.

»Köstlich, einfach köstlich!«, rief er laut aus und zwinkerte der älteren Dame zu, die sehr aufrecht an ihrem Tisch saß und herüberschaute. Ertappt senkte sie ihren Blick auf ihre eigene Portion und tastete nach ihren perfekt zu einem Dutt frisierten Haaren, sicher eine Verlegenheitsgeste.

Der dickliche Mann vom Vorabend betrat den Speisesaal erst jetzt. Er war spät dran. Auch heute hatte er ein kariertes Hemd an, dazu einfache Jeans. Der Mann blieb in der Tür stehen, schaute an sich herunter, steckte sein Hemd ordentlich in die Hose. Dann ging er los, sein Blick fixierte den Tisch der Frau in Rot. Gespannt verfolgte Elli ihn mit den Augen. Am Tisch der Dame blieb er stehen und deutete eine Verbeugung an. Sie hörte nicht, was er sagte, aber die Frau schien sich zu freuen. Sie lächelte, ihre Wangen waren leicht gerötet und ihre perfekt geschminkten Lippen öffneten sich schließlich sogar zu einem lauten Lachen.

Der Mann deutete auf den Sitzplatz der Frau gegenüber, und sie nickte – energisch, so, als hätte sie auf seine Frage gewartet. Er schob den Stuhl zurück und nahm Platz. Sein Gesicht war knallrot angelaufen, sah Elli. Sie fragte sich, ob es Eifer, Scham oder einfach nur die Aufregung war, die bei ihm für solche Anspannung sorgte. Aber sie freute sich für die beiden, weil sie sich zu einem gemeinsamen Essen entschieden hatten.

Als Valentina dem Mann unaufgefordert ein Glas Bier brachte und er es zu einem Prost hob, trafen Sektflöte und Bierglas aufeinander.

Ernesto war noch gar nicht über das Vorspeisenbüfett hinausgekommen. Er sah sehr glücklich aus. Wie ein so dünner, unsportlicher Mensch so viel essen konnte, blieb Elli ein Rätsel – und eine Frechheit war es auch, da sie selbst das Gefühl hatte, langsam in ein Alter zu kommen, wo sie ihre Figur nicht mehr mühelos hielt.

»Zuckerschneckchen, möchtest du eine Tomate?« Ernesto legte Amrei eine rote Cocktailtomate auf den Teller, dazu ein kleines Stück Mozzarella und ein leuchtend grünes Blättchen Basilikum. Er kreierte damit ein winziges kulinarisches Kunstwerk.

»Mozzarella liebt sie«, informierte Mary. »Mal sehen, wie es mit Tomaten aussieht.«

Sie beugte sich ungefragt zu Amrei und schnitt die rote Frucht in zwei Teile. Das kleine Mädchen gähnte und rieb sich das rechte Auge. Kein Wunder, dass sie müde war nach diesem ereignisreichen Tag.

»Elli, du siehst übrigens wunderschön aus in diesem Kleid – und überhaupt.« Clement tupfte sich mit der Serviette den Mund ab. Valentina kam an den Tisch und schenkte dezent Wein nach. »Ich finde, du bist total aufgeblüht. Italien steht dir!«

»Vor allem Italiener.« Mary kicherte, wie es nur neunzehnjährige Mädchen können, und Elli verdrehte die Augen.

»Waaas?« Ernestos und Clements Ausruf kam unisono aus beiden Mündern, als hätten sie sich miteinander abgesprochen. Vielleicht wurde man so, wenn man sich schon so lange kannte wie die beiden Männer.

Elli lachte laut. »Meine Güte, Mary! Musste das sein?«

»Mary, genau, vielleicht setzt du uns mal ins Bild. Was ist denn hier los, hm?« Clement zwinkerte Mary zu, die erneut zu kichern begann, bevor sie bereitwillig Auskunft gab.

»Elli ist von einem Ritter gerettet worden. Erst hat sie es nicht zugegeben, aber sie ist verliebt, würde ich sagen. Gestern Nacht hat sie sich ins Zimmer geschlichen, als sie dachte, wir schlafen schon.«

Elli, die Mary gegenübersaß, stupste sie unterm Tisch gegen das Schienbein.

»Aua! Aber es stimmt doch!«

»Deshalb musst du mich noch lang nicht verpetzen!« Da war es wieder, das Gefühl von heute Nacht. Sie fühlte sich kein Stück älter als siebzehn.

Die erwartungsvollen Blicke von Clement und Ernesto ruhten auf ihr.

Sie verdrehte die Augen ein weiteres Mal. Dann aber dachte sie an Sandro und lächelte ganz automatisch. »Na gut, ich gebe es zu. Ich habe hier einen wunderbaren Mann kennengelernt.« Es laut zu sagen war, als würde sie sich selbst ein weiteres Mal der Tatsache versichern.

»Ein Urlaubsflirt?«, fragte Ernesto.

»Nein, das würde ich nicht sagen. Ich weiß nicht, ob unsere Beziehung am Ende des Tages eine Chance hat, aber Tatsache ist schon, dass wir es gern miteinander probieren wollen, auch wenn es Hürden gibt.« Elli nahm einen weiteren Bissen der Pasta in den Mund.

»Nun ja. Also so weit ist der Gardasee nun auch nicht weg. Bei Kim hat es doch geklappt, nicht wahr?« Clement, der neben Elli saß, tätschelte ihr liebevoll den Handrücken und nickte aufmunternd. Er war einfach eine Seele von einem Menschen.

Elli schüttelte den Kopf. »Da war auch keine Tochter mit im Spiel, die etwas gegen eine Beziehung einzuwenden hat, oder eine Freundin, die der Sache zumindest skeptisch gegenübersteht und Sandro – so heißt er – für einen alternden Lüstling hält.«

»Was hat Amrei denn gegen Sandro?« Ernestos Miene zeigte Unverständnis. Erst verstand Elli nicht ganz, aber dann wurde ihr das Missverständnis klar.

»Nein, ich rede nicht von Amrei. Ich spreche von Sandros Tochter Chiara. Sie ist schon erwachsen, und bevor ihr jetzt fragt: ja, Sandro ist schon älter. Er geht auf die fünfzig zu.«

Elli erwartete regelrecht, dass die beiden Männer aufgebracht reagieren würden, aber nichts dergleichen geschah.

»Wenn seine Tochter dich nicht mag, hat sie aber keine gute Menschenkenntnis, nicht wahr, Zuckerschneckchen? Deine Mama ist die Beste!« Ernesto reichte Amrei eine weitere Cocktailtomate, nachdem Amrei still und leise beide Tomatenhälften verputzt hatte. Das kleine Mädchen wurde in diesem Urlaub noch zu einer richtigen Feinschmeckerin! Jetzt strahlte sie Ernesto an und biss in die Tomate, dass der Saft nur so spritzte und sich über ihr Kinn und das babyblaue Oberteil verteilte. Elli beglückwünschte sich dazu, ihrer Tochter für die zehn Tage Urlaub zwanzig Garnituren Kleidung eingepackt zu haben, sodass sie ganz entspannt die Flecken begutachten konnte.

»Wie alt ist denn seine Tochter?«, wollte Mary wissen, die in der Zwischenzeit ihre ganze Aufmerksamkeit den Spaghetti gewidmet hatte. Ihr Teller war als einziger schon leer.

»Sie ist Mitte zwanzig und laut Sandro ein Arbeitstier. Er hat ihr seine Firma überlassen. Unterhosen und Krawatten, passende Socken, so was wird dort designt und hergestellt. Er sagt, es sind extravagante Sachen.« Elli musste an Sandros rote Boxershorts mit dem grünen Gummiband denken, die sie ihm ausgezogen hatte, ohne dem Kleidungsstück weitere Beachtung zu schenken – mit Sicherheit war das ein Stück aus einer der Kollektionen seiner Firma gewesen.

»Weißt du, wie die Firma heißt? Das ist ja spannend! Sexy Unterwäsche, Ernesto, das wäre doch was?« Clement warf seinem Partner eine Kusshand zu.

»Jetzt bleib doch mal bei der Sache«, wurde er von Ernesto gerügt. »Was hat denn die Tochter gegen dich? Und warum ist Kim so skeptisch?«

»Sie hält mich für einen Golddigger. Also nicht Kim natürlich. Die hat Angst wegen des Altersunterschieds. Bei meinen Eltern war das ja ähnlich, und ich glaube, sie macht sich einfach nur Sorgen, dass ich dann mit fünfzig allein bin. Darüber hab ich mir auch erst Sorgen gemacht. Aber wenn ich jetzt wegen irgendwelcher potenzieller Ereignisse in der Zukunft, die ich nicht berechnen kann, in der Gegenwart auf mein Glück verzichte, bringt mir das auch nichts.« Sie dachte an den Selbstmord ihrer Mutter, aber in dem sicheren Wissen, dass sie das Amrei unter keinen Umständen antun würde.

Ernesto hob sein Glas und prostete Elli zu. »Sehr wahr. Darauf trink ich. Auf die Liebe!«

»Auf die Liebe«, bestätigte Elli. Es war schön, dass Clement und Ernesto sich so offensichtlich mit ihr freuten, wie bis dato nur Mary es getan hatte.

»Lernen wir den Mann denn mal kennen?«, fragte Clement. »Ich würde ihm zu gern zum Thema Unterwäsche ein paar Fragen stellen.«

»Nun – wenn du möchtest, gleich heute Abend. Wir wollten später noch in eine Bar. Kim und Luca kommen auch und werden sicher Augen machen, wenn ich euch im Schlepptau habe.«

Ernesto rieb freudig seine Handflächen gegeneinander. »Das machen wir. Ach, das wird ein Fest! Schon wieder eine Überraschung. Ich liebe Überraschungen!«

Als Valentina abräumte und den Hauptgang servierte, freute sich Elli beinahe auf den Abend, obwohl sie noch immer in Sorge wegen Kims Reaktion auf Sandro war. Sie wollte nicht, dass ihre Liebe einen Schatten auf ihre Freundschaft mit Kim warf.

Außerdem realisierte sie, dass das Thema Chiara nur am Rande gestreift und dann zwischen Unterwäsche und dem bevorstehenden Abend in den Hintergrund getreten war. Vielleicht, dachte sie bei sich, hatten aber auch ihre beiden Freunde genauso wenig Ahnung wie sie selbst, wenn es darum ging, wie man Chiara davon überzeugen könnte, dass Elli und Sandro einfach nur glücklich miteinander waren, über alle Altersgrenzen hinweg.

12. Star

Kim hatte ein kleines Ristorante vorgeschlagen, das *Star* hieß. Es befand sich mitten im Altstadtkern von Limone in einem kleinen Innenhof. Elli war sicher, dass Touristen einfach daran vorbeiliefen, wenn sie nicht darauf hingewiesen wurden.

Die Leckermäuler Clement und Ernesto wussten natürlich, wo sich das Restaurant befand. Sie wollten noch einen kleinen Verdauungsspaziergang machen – schließlich hatten sie ihren Tag mehr oder weniger im Auto zugebracht. Außerdem, Ernesto rieb sich ein weiteres Mal die Hände bei dem Gedanken, würde die Überraschung bei ihrem Erscheinen dann umso größer sein.

Mary war mit Amrei daheim geblieben, und Elli hatte es kaum erwarten können, zu Sandro hinüberzugehen. Der Limoncello, den zu kosten Elli sich vorgenommen hatte, war angesichts ihrer wachsenden Vorfreude auf das Wiedersehen mit Sandro ein weiteres Mal ausgefallen.

Als sie vor das Hotel trat, saß Sandro auf der Bank neben dem Eingang. Er stand sofort auf, als er Elli sah.

»Ciao!« Er trat einen Schritt auf sie zu.

»Was machst du denn hier?« Elli erwiderte seinen Kuss nur zu gern.

»Ich konnte nicht mehr warten. Aber ich wollte dir auch nicht auf den Geist gehen. Deshalb dachte ich, ich warte hier auf dich.«

Elli küsste Sandro erneut. »Also ehrlich! Ich glaube kaum, dass du mir je auf den Geist gehen könntest.«

Das Lächeln, das sie einander zuwarfen, verriet ihre gegenseitige Zuneigung. Aber Sandro sah gleichzeitig müde aus.

»Bist du weit gelaufen heute Nachmittag?«, fragte Elli deshalb besorgt.

»Nein, nicht wirklich.« Er nahm Ellis Hand. »Wollen wir zu Fuß zum *Star*? Es ist nicht weit weg.«

»Ja, natürlich, gern.« Gegen einen Spaziergang in der lauen Abendstimmung hatte Elli nichts einzuwenden.

»Du siehst irgendwie kaputt aus, deshalb dachte ich, du wärst lang unterwegs gewesen«, erklärte Elli ihre Frage von vorhin.

Sandro schüttelte den Kopf. »Es ist alles gut, mach dir keine Gedanken.« Er beugte sich zu ihr hinunter und küsste ihre Stirn. »Erzähl du mir lieber, wie dein Tag war.« Mit dieser Aufforderung machte Sandro klar, dass das Thema Erschöpfung für ihn erledigt war – und dass es etwas gab, über das sie sich keine Gedanken machen sollte, was Elli ganz und gar nicht gefiel. Schließlich konnte es nur mit Chiara zu tun haben. Aber sie wollte auch nicht zu hartnäckig nachfragen, schließlich war es Sandros Angelegenheit, über was er wann mit ihr sprechen wollte, vor allem wenn es um seine Tochter ging.

»Mein Tag war sehr schön. Besonders jetzt am Abend! Meine Freunde Clement und Ernesto sind aus München angereist und haben uns überrascht. Die zwei betreiben eine Galerie in München und wollen Kims Werke begutachten, weil demnächst eine weitere Ausstellung von ihr bei ihnen stattfindet. Das verbinden sie mit einem Aufenthalt bei Antonella. Wir hatten ein sehr vergnügliches Abendessen. Sie werden nachher auch ins *Star* kommen, und sie können es kaum erwarten, dich kennenzulernen. Du wirst die zwei mögen.«

»Wenn du sie magst, hab ich daran überhaupt keinen Zweifel.«

Sandro und Elli spazierten in Richtung Wasser. Er führte sie durch kleine Gassen, schlenderte mit Elli hinunter, wo man durch einen Durchgang nahezu bis zum Wasser ging. Ein verirrter Radfahrer passierte sie langsam. Je weiter sie zum Zentrum vordrangen, umso mehr Menschen tummelten sich rund um die Geschäfte und Restaurants. An der Promenade waren alle paar Meter Skulpturen, die wie Fingerhüte aussahen, mit roten Geranien bepflanzt. Das war Elli bei ihrem letzten Besuch vor ein paar Tagen gar nicht aufgefallen.

»Komm, hier geht es rein.« Sandro zeigte in eine unauffällige Gasse, und Elli folgte ihm. Die ganze Zeit über hatte er ihre Hand kein einziges Mal losgelassen, obwohl er offensichtlich viele Leute hier kannte. Er winkte in einige der Läden, grüßte oder warf ein paar Worte einem alten Mann zu, der direkt an der Promenade ein kleines Ruderboot festmachte, woraufhin dieser winkte und sich an den Strohhut tippte. Der Stadtkern von Limone war nicht sehr groß.

In der Gasse war es deutlich kühler und düsterer als auf der Promenade, und sie freute sich, als Sandro seinen Arm um ihre Schulter legte und sie für einen Moment an sich zog. Er schien wirklich immer zu spüren, was ihr gerade guttat.

Gemeinsam traten sie in den kleinen Innenhof des *Star*, der mit Kerzen ausgeleuchtet und – wie Elli überrascht feststellte – bis zum letzten Sitzplatz belegt war. Also war das Lokal doch gut bekannt.

»Die Einheimischen kommen hierher«, erklärte Sandro. »Aber ich war lange nicht da. Dabei sind die Thunfischnudeln wirklich gut. Ciao, Martha!« Er hob die Hand, und eine Frau seines Alters fasste sich an die Frisur, bevor sie ebenfalls die

Hand mit den rot lackierten Fingernägeln zum Gruß hob. Kein Wunder, dass Sandro einen gewissen Ruf genoss. Er lächelte freundlich zurück. Elli konnte gar nicht anders: Sie griff nach seiner Hand. Sollte nur jeder sehen, zu wem er gehörte! Er schaute überrascht zu ihr, drückte dann fest zu und schenkte Elli einen Blick, der unmissverständlich war.

»Elli!« Kim und Luca saßen ein Stück weiter vorne, verdeckt von einer Efeuranke, sodass Elli sie beim Reinkommen noch gar nicht gesehen hatte. Jetzt machte Kim durch ihr energisches Winken auf sich aufmerksam.

»Hallo, Kim!« Elli löste ihre Hand aus Sandros und lief auf ihre Freundin zu. Nachdem sich die beiden Frauen umarmt hatten, wandte sie sich zu Luca und drückte ihn zur Begrüßung ebenfalls an sich. »Hi, Luca, schön, dich endlich wiederzusehen!«

Sie mochte den sympathischen Österreicher mit der wilden Haarmähne, diesen Individualisten, sehr. Weil er so viel arbeitete, waren sie sich noch nicht allzu oft begegnet. Die meiste Zeit verbrachte er auf dem Wasser – oder beim Yoga. Er hielt jeden Morgen in verschiedenen Hotels Yogastunden ab, auch bei Antonella. Allerdings war Yoga nicht ihr Sport, das musste Elli zugeben. Sie wanderte gern, war überhaupt gern draußen unterwegs – sich dabei den Körper zu verrenken oder zu meditieren, war einfach nicht ihr Ding.

»Wie geht es euch? Darf ich euch Sandro vorstellen?« Sandro stand neben ihr, einen Arm ganz leicht um Ellis Hüfte gelegt, während er den anderen ausstreckte.

»Ciao, Kim! Ich glaube, ich hab dich schon ein paarmal in Limone laufen gesehen. Und du bist der Surflehrer drüben am Beach auf der Südseite, oder? Die romantische Hütte am Strand?« Sandros offenes Wesen machte es ihm sichtlich leicht, Kontakte zu knüpfen. Sowohl Luca, der Sandro mit einem festen Händedruck begrüßte, als auch Kim schienen angenehm überrascht.

Im nächsten Moment rückte er Elli den Stuhl zurecht. »Möchtest du hier sitzen, Ellen?«, fragte er dazu leise in ihre Richtung. Irgendwie schaffte er es, dass seine linke Hand noch immer an ihrem unteren Rücken ruhte.

Seine Aufmerksamkeit tat ihr gut. Sie nickte. »Ganz egal.«

Dann setzten sie sich nebeneinander an den Tisch. Elli schaute von einem zum anderen.

Sandro fragte nach den heutigen Windbedingungen auf dem See – weil seine Tochter heute beim Surfen gewesen war, wie Elli wusste. Aber er hielt seine Frage neutral an Luca gerichtet, der sie begeistert aufgriff. Heute war viel los gewesen auf dem Wasser, das hatte Elli vom Fährschiff aus auch gesehen. Sandro erzählte Luca, dass er heute in gefiederter Mission unterwegs gewesen war. »Jemand hat behauptet, er hätte einen Steinadler gesehen. Allerdings ist er mir nicht begegnet.«

»Ich könnte ihn gesehen haben. Ich hab jedenfalls einen Greifvogel gesehen, der über Limone seine Kreise gezogen hat«, ließ Elli die Gruppe wissen. Als Sandro das Tier dann beschrieb, war sie sich allerdings ihrer Sache nicht mehr sicher. Kurz kam das Thema Vogelschutz auf, allerdings trat gleich darauf eine junge Frau an ihren Tisch, um die Bestellung aufzunehmen. Elli wählte eine Weißweinschorle, sie wollte etwas Erfrischendes trinken.

Nachdem die junge Frau dem Tisch den Rücken zugekehrt hatte, entstand ein kurzes Schweigen.

»Elli sagte, dass du bald eine Ausstellung in München hast?« Sandro bemühte sich, das Gespräch sofort in Gang zu bringen.

»Ja, bald, eine Galerie stellt dort Bilder über meinen Vater aus. Ich wollte schon lange eine Ausstellung zu dem Thema machen – aber dann hat es doch eine Weile gedauert, bis ich wirklich so weit war.«

Elli sah, wie aufmerksam Sandro zuhörte, an den richtigen Stellen nickte und nachfragte. Kim erzählte, dass ihr Vater verstorben war, als sie selbst noch ziemlich jung war, von dessen Perfektionismus, aber auch dessen Liebe. Offenbar hatte Sandro auch auf sie den Effekt, sich zu öffnen. Sie erzählte, wie sie das letzte große Gemälde, das Kernstück der neuen Ausstellung, vor ein paar Tagen endlich vollendet hatte. Damit, so empfand Kim, konnte sie auch dem letzten bisschen Trauer in sich Frieden geben.

Die Kellnerin kam an den Tisch und stellte die Getränke ab. Sandro und Luca hatten sich Pasta bestellt, Kim eine Lasagne. Nur Elli war eindeutig viel zu satt, um auch nur einen einzigen weiteren Bissen runterzukriegen.

»Aber ich werde ihn wohl immer vermissen«, griff Kim das Thema Vater wieder auf. »Er hat mich zu dem perfektionistischen, individuellen Menschen gemacht, der ich heute bin.«

»Und du bist genau richtig«, ergänzte Luca und küsste Kim auf die Wange.

»Es ist nicht leicht mit den Töchtern. Ich habe meine Chiara auch allein großgezogen«, antwortete Sandro auf Kims letzten Satz.

»Chiara?«, fragte Luca nach, der die ganze Zeit still zugehört hatte. Seine Haltung schien sich zu verändern, sein Rücken streckte sich.

»Genau«, stimmte Sandro zu.

Luca wollte etwas sagen, aber verstummte plötzlich mit einem leicht entgeisterten, schmerzverzerrten Blick in Kims Richtung.

»Äh – schöner Name«, sagte Kim schnell mit einem kurzen Seitenblick zu Luca.

»Das finde ich auch.« Sandro lächelte. Dann wandte er sich Elli zu. »Hast du alles, bist du sicher, dass du das Tiramisu nicht probieren möchtest? Es ist hier köstlich!«

»Danke, aber ich kann, glaube ich, morgen nicht mal frühstücken. Das Essen von Antonella war grandios.« Sie fasste sich an den Bauch, während sie beobachtete, dass Kim Luca einen weiteren warnenden Blick zuwarf. Was war denn da im Busch?

Sandro nickte zustimmend. »Ich versteh das nur zu gut. Die Tage war Antonella bei mir und hat mir ihren Limoncello vorbeigebracht. Er schmeckt so einzigartig! Aber den hast du sicher schon probiert.«

Elli versuchte, Blickkontakt mit Kim aufzunehmen, aber die war mit irgendwelchen imaginären Krümeln auf der Tischdecke beschäftigt, während Luca einen großen Schluck seines Biers trank.

»Kim, kannst du mir die Toiletten zeigen?«, fragte Elli und stand auf.

Die Freundin blickte von ihrem nicht vorhandenen Brösel auf. »Ja, äh, klar.« Sie schob ebenfalls ihren Stuhl zurück.

»Einfach hier beim Eingang rein.« Kim ging voraus und Elli folgte ihr.

Das Lokal war innen recht einfach, aber wie draußen geschmackvoll dekoriert. Kerzen, einfache Holztische, alles blitzsauber. Neben dem Tresen befand sich eine Tür mit einer Doppelnull. Elli und Kim gingen zusammen in die Damentoilette. Ein kurzer Blick verriet Elli, dass sie Glück hatte: Die Toilette war leer. Sie blieb gleich bei den Waschbecken stehen.

»Was soll das?« Kim warf einen kontrollierenden Blick in den Spiegel, zupfte ihre Haare zurecht. »Hm?« »Verkauf mich nicht für dumm, ich hab gesehen, wie du Luca angeschaut hast!«

Kim wandte sich vom Spiegel ab und seufzte.

»Magst du Sandro nicht? Ist es das?« Elli verschränkte ihre Hände vor der Brust, bereit, Sandro zu verteidigen.

Aber Kim schüttelte den Kopf. »Nein. Im Gegenteil. Um ehrlich zu sein, er wird mir immer sympathischer. Ich meine, ich gebe ja zu, dass mir der Altersunterschied Sorgen gemacht hat. Das habe ich dir ja auch gesagt. Aber dann – na ja, ich hab dich noch nie so strahlen gesehen, und Luca meinte, dass mich das alles gar nichts angeht und jeder in seiner eigenen Version glücklich werden soll, womit er nun mal recht hat.« Kim lachte, wurde aber schnell wieder ernst. »Und wie Sandro mit dir umgeht, finde ich auch wirklich schön. Ihm liegt viel an dir.«

»Was ist es dann?« Elli war nicht so schnell bereit, locker zu lassen.

Kim wand sich sichtlich. »Luca war heute beim Surfen draußen.«

»Ja, und?«

»Die Kundin war eine gewisse Chiara.« Kims Stimme hallte leicht von den Wänden des nüchternen Sanitärraums wider.

»Oh.« Da brauchte man nur eins und eins zusammenzuzählen.

»Sie und Luca kennen sich seit Jahren, weil sie immer wieder Stunden bei ihm nimmt. Heute kam sie und … na ja. Ich war auch im Atelier, als sie sich unterhalten haben.«

»Okay.«

»Sie meinte, ihr Vater habe eine Art zweiten Frühling und sei völlig abgedreht. Sie würde sich nicht mit ansehen, wie so ein dahergelaufenes junges Ding ihn um sein Geld brächte, sie würde sich das nicht antun und so weiter. Es war eine ziemliche Tirade. Und sie wirkte wild entschlossen, den Kontakt zu ihrem Vater abzubrechen, wenn er nicht zur Vernunft kommt.«

»O je.« Kims Worte trafen Elli sehr. »Dabei will ich rein gar nichts von Sandro, also nicht in finanzieller Richtung.«

»Ja, ich weiß das. Aber Chiara hält eure Beziehung wohl für ein lächerliches, wenn auch lichterloh brennendes Strohfeuer. Sie denkt außerdem, dass du einen Vater für dein Kind suchst. Insgesamt lässt sie kein gutes Haar an dir. Luca hat vorsichtig gefragt, ob sie Interesse daran hat, die Frau kennenzulernen. Das hat Chiara sehr vehement verneint. Da hat sie italienisches Temperament, glaub ich. Und ist noch dazu stur. Luca wurde wohl vorhin klar, von welcher Beziehung da die Rede war, und er war kurz davor, sich zu verplappern.«

Elli hätte sich am liebsten kaltes Wasser ins Gesicht geschüttet. Sie fühlte sich plötzlich überhaupt nicht mehr wohl. Bis jetzt hatte sie gehofft, Chiara würde ihr wenigstens eine Chance geben, sie kennenzulernen. Aber gerade sah es wirklich so aus, als müsste Sandro eine Entscheidung treffen. Und man konnte sich doch gar nicht gegen sein Kind entscheiden, oder?

Ihre Gedanken wanderten weiter. War Sandro vorhin zum Hotel gekommen, um Elli abzuholen, oder war er ihr entgegengelaufen, um zu vermeiden, dass sie und Chiara, die natürlich übers Wochenende bei ihm wohnte, sich begegneten?

Es schmerzte Elli, auch nur darüber nachzudenken. Sie liebte Sandro und wollte sein Bestes.

»Danke, dass du es mir gesagt hast.« Sie versuchte ein Lächeln.

»Das ist doch selbstverständlich.« Kim sah traurig aus, war der Spiegel von dem, was Elli fühlte.

Die beiden Frauen standen einander ratlos gegenüber.

Schließlich ergriff Elli das Wort. »Gehen wir zurück und tun so, als wäre nichts passiert, ja? Die Männer werden sich schon fragen, wo wir bleiben. Über Sandros Tochter muss ich eh erst mal nachdenken.«

Clement und Ernesto standen mit dem Rücken zu ihnen, als Elli und Kim zurück in den Innenhof kamen. Sie mussten gerade an den Tisch herangetreten sein, und das schallende Gelächter der beiden Männer schien bis in jede Ritze des Hofs zu dringen, als sie Luca umarmten und Sandro die Hand gaben.

»Sie müssen der Ritter sein«, tönte Clement laut, und Elli hätte sich am liebsten unsichtbar gemacht. Alle Blicke ruhten auf den Männern, die das nicht im Geringsten störte.

Kim packte Elli am Arm. »Oh – mein – Gott! Hast du gewusst, dass die beiden kommen?«

Elli lachte und nickte. »Ja, wir – also Amrei, Mary und ich – haben mit den beiden gegessen. Aber sie wollten dich überraschen.«

»Wie schön!« Kim lief vor Freude knallrot an. Sie legte einen Finger auf die Lippen. »Ich dreh den Spieß um, wirst sehen.«

Am Tisch ging indessen das Gespräch auch weiter. »Na ja. Ich bin kein Ritter, eher ein grauer Wolf.« Sandro schüttelte Ernesto die Hand.

»Na, solange Sie unsere Elli so zum Strahlen bringen, wie Sie das tun, können Sie für mich auch Rotkäppchen oder die Großmutter sein, es ist mir völlig egal.« Ernesto lachte laut.

Kim hatte die beiden Männer fast erreicht.

»Danke. Ich hoffe, ich kann sie glücklich machen. Das habe ich jedenfalls fest vor.«

Clement klopfte Sandro auf die Schulter. »Das wollten wir hören! Jetzt wollen wir mal sehen, wo Kim steckt.«

In diesem Moment legte Kim ihre Hände von hinten über Clements Augen. Der hielt erschrocken den Atem an, bevor er sich sofort wieder fasste, sich umdrehte und Kim in die Arme schloss. »Meine Kimi! Wie schön!«

»Clement, ich krieg keine Luft«, beschwerte sich Kim, aber sie lachte dabei.

Dann war Ernesto dran und umarmte Kim. »Hallo, meine Schöne! Gut siehst du aus. Italien bekommt dir genauso wunderbar wie Elli – oder ist es Luca?«

Bevor Ernesto sich ganz von Kim löste, gab er ihr noch einen schmatzenden Kuss auf die Wange.

Für Elli fühlte es sich so an, als hätte sie ihre Wahlfamilie komplett auf einem Haufen. Sie wünschte, Amrei wäre hier – und Mary, die auch, dachte Elli. Denn auch das Au-pair gehörte für sie längst zur Familie.

Elli setzte sich neben Sandro, der sofort wieder seinen Arm um sie legte. Clement und Ernesto zogen sich ganz unkompliziert Stühle an den Tisch, ließen sich darauf nieder und orderten laut zwei Gläser Vino rosso. Sandros, Kims und Lucas Pastagerichte standen mittlerweile auch auf dem Tisch. Sie mussten gebracht worden sein, als Elli mit ihrer Freundin auf der Toilette gewesen war.

Elli warf Sandro einen prüfenden Blick zu, studierte seinen Gesichtsausdruck. Wenn er sich Sorgen wegen Chiara machte, ließ er es nicht durchblicken. Er sah vielleicht ein wenig müde aus, das ja, aber … als er Ellis Blick auf seinem Gesicht spürte, schaute er sie an. Dann beugte er sich zu ihr herüber.

»Alles gut?«, fragte er leise und küsste ihr Ohrläppchen fast unmerklich.

Elli nickte, obwohl sie nicht ganz sicher war, ob das der Wahrheit entsprach. Sie war so versunken in Sandros Berührung, dass sie ihre Umgebung völlig ausblendete.

»Sandro? Sandro! Meine Güte, der Wolf ist völlig in sein Rotkäppchen vertieft.« Clement kicherte selbst über seinen Vergleich.

»Oh, entschuldigt.« Sandro setzte sich wieder aufrecht hin. »Was gibt's?«

Ernesto mischte sich ein. »Meine Güte, so ein süßes Paar. Sind sie nicht ein süßes Paar?«, fragte er in die Runde.

Luca war es, der als Erster antwortete. »O ja, das sind sie wirklich.« Er lächelte.

»Dem kann ich nur zustimmen.« Kim nahm Blickkontakt mit Elli auf. Und in dem Moment wusste Elli, dass sie endgültig den Segen ihrer Freundin hatte.

»Was wolltet ihr denn nun wissen?«, fragte Elli, die die ganze Aufmerksamkeit, die auf ihr und Sandro ruhte, in Verlegenheit brachte.

»Ach ja, genau! Wir wollten uns erkundigen, wie Sandros Unterwäschefirma heißt. Ernesto und ich haben gewettet, dass ich mehrere Stücke aus dem Sortiment besitze. Ich sammle seit Jahren Boxershorts.« Er zwinkerte Elli zu.

»Da kann ich dir sicher ein paar besondere Exemplare zukommen lassen.« Sandro lachte. »Wir haben immer mal wieder Muster, die nicht in den Verkauf kommen, oder Ansichtsexemplare. Meine Firma heißt übrigens *Down Underwear.*«

»Ha! Siehst du! Hab ich es nicht gesagt, Ernesto?« Triumphierend hob Clement die Arme. »Ich dachte es mir schon! Meines Wissens gibt es in München sowieso keine vergleichbare Marke. Das war nicht mal schwer zu erraten. Ihr hattet mal diese apfelgrüne Kollektion mit dem Ei drauf, erinnerst du dich?«

Sandro lehnte sich auf seinem Stuhl nach vorne, plötzlich voll im Gespräch, weil Clement sich so sichtlich gut auskannte. »Ja, natürlich! *Für einen Apfel und ein Ei* hat die Reihe geheißen.«

»Richtig, das war es! Ich fand die Idee einfach großartig!« Clement lachte gackernd. »Ernesto mochte die auch.«

»Clement!« Ernesto zeigte gespielte Entrüstung, dann trank er von seinem Rotwein, den die Kellnerin gerade vor ihm auf den Tisch gestellt hatte.

Das Gespräch spann sich weiter, es ging um diverse Unterwäschedesigns, und schließlich schloss sich der Kreis und man kam erneut auf Kims Kunst zu sprechen. Es fühlte sich nach kürzester Zeit an, als ob alle sich schon lange kannten. Sie aßen, tranken und lachten. Die Stimmung lockerte sich mit jedem Glas Wein, das sie tranken, noch weiter. Elli lehnte sich zurück und beobachtete die anderen, ihre lieb gewonnenen Menschen. Es war schön, sich einfach zu entspannen und dem Gespräch zu lauschen, manchmal einen Kommentar dazu abzugeben, der passte.

Langsam leerten sich die Gläser gleichermaßen wie die umliegenden Tische, längst waren die Teller abserviert, und es wurde immer ruhiger. Elli spürte, dass ihre Glieder schwerer wurden. Ihre Hand lag locker auf Sandros Oberschenkel, ein kleines Verbindungsglied zwischen ihnen beiden. Die Wärme, die von ihm ausging, tat Elli gut.

Sie lachte laut mit, als Ernesto einen Witz machte.

Ein Mann begann, ringsum die schon freien Tische abzuwischen und die Stühle dagegenzulehnen. Er kam Elli irgendwie bekannt vor, aber sie konnte ihn nicht recht einordnen. Sie beobachtete ihn, seine Bewegungen, aber der Groschen wollte nicht fallen. Außerdem: Wenn, dann erinnerte er sie wohl vage an jemanden. Es war eigentlich nicht möglich, dass sie hier in Italien jemanden kannte, der in einem Lokal arbeitete, der Zufall wäre einfach zu groß.

Als der letzte der schon freien Tische sauber war, ließ der Mann den Lappen in den mitgebrachten kleinen Eimer platschen und lehnte sich gegen die Mauer. Er holte ein Päckchen Zigaretten aus seiner hinteren Hosentasche, zündete sich eine an und sog so kräftig daran, dass seine Wangen sich für einen kurzen Moment nach innen stülpten. Dann schnippte er die Asche mit einer hektischen kleinen Geste von der Zigarette – und der Groschen fiel.

Blitzschnell zog Ellis Verstand die richtigen Schlüsse. Ihre Hand, die eben noch locker auf Sandros Oberschenkel gelegen hatte, verkrampfte sich und krallte sich fest. Sandros überraschten Blick realisierte Elli kaum. Der Kerl, der an der Wand lehnte, war derselbe, der bei Sandros Haus an der Mauer gelehnt und geraucht hatte an dem Morgen, an dem sein Haus mit Fallen verseucht gewesen war.

»Das ist er«, sagte sie laut. »Natürlich ist er das.«

»Wer ist was?«

Die anderen am Tisch hatten nichts von ihrem Austausch mitbekommen. Ernesto erzählte von einer Kunstausstellung über Gemüse, dessen Kernstück eine riesige pinke Aubergine gewesen war, Clement machte einen Scherz über eine Gurke, und Luca lachte laut.

»Ich hab diesen Mann schon mal gesehen. Kennst du ihn?«, fragte Elli. Sie wollte nicht sofort ihren Verdacht äußern.

»Ja. Ronaldo besitzt das *Star*. Ist ein Familienbetrieb, wohl schon seit Generationen.«

»Sie kochen alte Rezepte, oder?«, vergewisserte Elli sich. Ihr war jetzt alles klar.

»Ja, natürlich. Die Lasagne hier habe ich beispielsweise noch nie woanders in dieser Weise gegessen. Mit Erbsen, Béchamel und Pinienkernen als Topping. Ich glaube, es ist das Rezept von Ronaldos Nonna, ich hab ihn mal danach gefragt.« Sandro war noch immer ganz entspannt und ahnte nichts.

Elli warf einen weiteren Blick hinüber zu diesem Ronaldo, der noch immer mit seiner Zigarette beschäftigt war. Er war es. Da war sie sich sicher!

»Was hast du denn, Ellen?«

»Dieser Mann hat an deiner Gartenmauer gelehnt, an dem Tag, als überall Netze und Klebefallen waren.«

»Ronaldo?« Sandro runzelte die Stirn, schaute zu dem Mann hinüber. »Ich kenn ihn seit Kindertagen.« Das Gesicht mit dem Grübchen am Kinn, das Elli in so kurzer Zeit lieben gelernt hatte, war plötzlich ganz grau geworden, und sie bereute fast, ihm gesagt zu haben, dass sie Ronaldo hinter allem vermutete.

»Es tut mir leid.«

»*Dir* tut es leid?« Sandros Überraschung blieb Elli nicht verborgen. »Dir muss gar nichts leidtun. Aber Ronaldo sollte sich was schämen! Ich weiß, dass seine Familie irgendwo ein paar Obstgärten besitzt, im Hinterland. Allerdings war mir nicht klar, dass sie dort offenbar Netze hängen haben und Wildvögel fangen. Ihnen dagegen ist sehr wohl klar, dass ich weit und breit der Einzige bin, der die Fallen wieder aus den Bäumen schneidet.«

Elli hatte sich so was schon gedacht.

»Dass er bei mir Netze gehängt hat, ist ein reiner hirnloser Racheakt, Ausdruck ohnmächtiger Wut. Schließlich kann er mir nicht sagen, dass er einen Zuverdienst als Wilderer hat, nicht wahr?« Sandros bitteres Lachen war eiskalt und hatte kein bisschen Fröhlichkeit in sich. Augenblicke später weiteten sich seine Augen. »O Gott. Am Ende hat er eine besondere kleine Speisekarte für Einheimische und kulinarisch besonders Interessierte, und das *Star* heißt nicht so, weil es gern einen Stern hätte, sondern wegen einer ganz besonderen traditionellen Spezialität, die Ronaldo anbietet.«

Verdammt! Daran hatte selbst Elli nicht gedacht, aber es lag natürlich auf der Hand: *Star* – wie der Singvogel. Plötzlich kam ihr das sehr naheliegend vor.

»Was willst du tun?«

»Ich weiß nicht. Ich meine, was *kann* ich tun? Schließlich habe ich keine Beweise. Er könnte auch zufällig an meinem Haus gewesen sein, oder?«

»Du meinst, er und sein großer Rucksack? Er hatte nämlich einen Rucksack dabei.« Elli erinnerte sich ganz deutlich. Er hatte hinter ihm an der Wand gelehnt. Vor ihrem inneren Auge sah Elli ihn ganz deutlich: ein schmutzig rotes Monster, ähnlich dem Rucksack von Sandro, nur kleiner.

»Na ja, ich hab noch keinem verboten, seinen Rucksack an meine Mauer zu lehnen.«

»Irgendwie klingt das anzüglich.« Es war Ernesto, der sich einmischte. Das Gespräch am Tisch war verstummt, ohne dass Elli oder Sandro es gemerkt hätten.

Alle grinsten angesichts von Ernestos Aussage, aber keiner lachte laut. Mit einem Mal waren sie alle zu Verschwörern geworden.

»Beweise für was, Elli?«, wollte Luca wissen.

Sie erklärte kurz, was passiert war, dass Sandro wohl einem rachsüchtigen Wilderer die Netze geraubt hatte und selbst unfreiwillig zum Vogeljäger geworden war.

»Zum Glück war Elli da – da konnten wir den Garten schnell bereinigen.« O ja, man hörte seine Wut auf Ronaldo.

»Dann bist du also doch ein Ritter. Von wegen, Mary hätte übertrieben. Pfff!« Clement winkte ab, um jegliche Einwände bereits im Voraus zu ersticken. Auch Sandro ging auf den Scherz nicht ein. Er war gedanklich noch bei den kürzlich stattgefundenen Ereignissen.

»Mein Auto hatte da weniger Glück als mein Garten. Als ich Elli bei der Bergtour kennengelernt habe, hat jemand ein schickes Muster in die Beifahrertür geritzt«, erklärte er.

»Also doch!«, rief Elli entrüstet aus. »Ich habe die Kratzer auch gesehen und mir meine Gedanken gemacht, aber du hast keinen Ton darüber verlauten lassen.«

Sandro schüttelte den Kopf. »Warum hätte ich dich, eine völlig Fremde, damit belasten sollen?«

»Auch wieder wahr.«

»Aber da kommt mir eine Idee«, sagte Sandro. »Ich kenn den Kellner von der Bar da oben ganz gut.«

»Der, mit dem du ein paar Worte gewechselt hattest?«

»Genau der. Und vielleicht war Ronaldo an dem Tag auch zufällig da oben – das würde unsere Theorie bestätigen.«

Elli nickte. Die Idee fand sie gut.

»Dann mach ich das jetzt sofort.« Sandro stand auf. »Elli, du entschuldigst mich? Und ihr anderen auch?« Er holte einen Schein aus seinem Geldbeutel und klemmte ihn unter sein leeres Weinglas. »Für unsere Rechnung, Ellen. Du verstehst, dass ich das erledigen möchte, oder?«

»Natürlich. Und ich komme mit. Kim kommt bestens mit drei Männern gleichzeitig zurecht, oder, Kim?«

Kim lachte nur. »Natürlich. Ich komme mit ganz anderen Sachen zurecht. Macht ihr mal!«

Als Elli ihre Freundin zum Abschied umarmte, flüsterte die ihr ins Ohr: »Er ist wunderbar, halt ihn fest.«

Trotz aller Aufregung freute Elli sich wie verrückt über die Worte ihrer Freundin, bevor sie auch Clement und Ernesto eine gute Nacht wünschte und am Ende noch Luca drückte.

»Dann mal los«, sagte sie grimmig und war noch vor Sandro draußen auf der Straße. Sie war wild entschlossen, diese Sache mit ihm gemeinsam durchzustehen. Komme, was da wolle!

13. Papagei

Elli war müde, todmüde. Sie konnte kaum noch die Augen offen halten, als Sandro den Wagen zurück nach Limone steuerte.

Sie waren direkt zur Bar *La Milanesa* hinaufgefahren. Sandro war ganz leise gewesen auf der Hinfahrt und schwieg auch jetzt, auf der Rückfahrt, noch immer. Bernardo, der Kellner im *Milanesa*, war sich nicht mehr ganz sicher gewesen, wann Ronaldo da gewesen war. Er kam häufiger hinauf in die Bar, wegen der Aussicht und seines nahe gelegenen Obstgartens. Es war einer der Gärten, in denen Sandro schon mehrfach Netze aus den Bäumen geschnitten hatte, das war sehr schnell klar, nachdem Bernardo genau beschrieben hatte, wo sich der Obstgarten befand.

»Er ist mit mir zur Schule gegangen. Wir waren mal Freunde«, sagte Sandro plötzlich in das Brummen des Motors hinein. Elli legte ihre Hand auf seinen Oberschenkel, wie sie es schon einmal getan hatte, dieses Mal bedeutete die Geste allerdings etwas ganz anderes. Sie sollte Trost spenden, Sandro zeigen, dass er nicht allein war. Er sprach weiter. »Es ist schon verrückt. Man denkt nicht, dass jemand so etwas tut, weißt du? Ich hätte nie damit gerechnet.«

Wieder herrschte Schweigen.

»Andererseits ist Paolo, der Dorfmetzger, auch ein netter Mann, obwohl er in seinem Leben schon alles mögliche Getier um die Ecke gebracht hat.« Sandro seufzte. »Aber weißt du, viele der Vögel stehen unter Naturschutz, verdammt. Sie sind vom Aussterben bedroht. Und dann gibt es am Ende keine Stare mehr, nur weil einem Trottel wie Ronaldo die Tiere als Delikatesse erscheinen. Das ist … ich hab gar keine Worte dafür. Wie kann Ronaldo das nicht erkennen?« Sandro schlug mit der flachen Hand gegen das Lenkrad.

Elli schwieg voller Mitgefühl. Sie wusste ja, wie leidenschaftlich er die Vögel beschützte und wie hart es für ihn war, einen solch großen Rückschlag zu erleiden. Noch dazu, weil es keinen wasserfesten Beweis gab – jeder konnte die Netze in seinem Garten aufgehängt haben, sowohl in Sandros als auch in Ronaldos Garten. Das Gefühl der Machtlosigkeit, das Sandro gerade empfand, konnte Elli sich sehr lebhaft vorstellen.

Es gab keine Beweise gegen Ronaldo. Er konnte genauso gut zufällig an Sandros Mauer gelehnt haben, auch wenn das natürlich abwegig war.

Der Kies in der Einfahrt zu Antonellas Hotel knirschte unter den Autoreifen, bis der Wagen zum Stehen kam. Elli stieg aus, genauso wie Sandro.

»Was machen wir denn jetzt?«, fragte Elli betroffen.

Sandro zuckte mit den Schultern. »Ich hab überhaupt keine Ahnung. So ein Mist!«

Elli sah ihm an, dass er am liebsten wie ein kleiner Junge mit dem Fuß aufgestampft hätte vor Wut. »Ich weiß. Wenn ich etwas ändern könnte, ich würde es tun. Das weißt du.«

Sandro nickte und schaute auf seine Fußspitzen hinunter. Die Hände hatte er zu Fäusten geballt und tief in den Hosentaschen vergraben.

Elli trat nah an ihn heran, hob seine Arme, sodass er die Fäuste löste, legte sie sich um den Hals und nahm Sandro ihrerseits in den Arm. So standen sie auf dem dunklen Parkplatz und hielten einander fest.

»Was möchtest du denn ändern?«

Das Paar fuhr auseinander. Keiner der beiden hatte Antonella bemerkt, die mit Barbarossa auf dem Schoß auf der Bank vor dem Haus saß. Der Kater streckte seinen Kopf und ließ sich kraulen. Antonella hatte eine ihrer hellblauen Kaffeetassen neben sich, sogar noch so spät am Abend. Es musste auf Mitternacht zugehen.

»Ronaldo Rizzo«, informierte Sandro die Italienerin. »Er ist ein Vogelfänger.«

Antonella schnalzte mit der Zunge. »Sieh einer an!«

Sie stand auf und Barbarossa sprang von ihrem Schoß. Der Blick, den er seinem Frauchen zuwarf, war vernichtend. Er wäre sichtlich gern noch liegen geblieben, das zeigte er deutlich.

»Hast du gehört, Barbarossa? Ronaldo Rizzo und du, ihr habt eine Gemeinsamkeit!«, wandte Antonella sich an ihren beleidigten Kater.

»Nur, dass dein Jäger seinem Instinkt folgt, Antonella.« Sandro ging zu Antonella und beugte sich zu Barbarossa hinunter, um ihm das Köpfchen zu kraulen.

»Was passiert denn jetzt? Wo kann man denn so etwas melden? Geht man damit zur Polizei?« Antonella wusste es genauso wenig wie Elli.

Sandro war es, der antwortete. »Ich habe keine Ahnung. Noch dazu, weil ich keine stichhaltigen Beweise habe.« In knappen Worten umriss er seiner Nachbarin, was vorgefallen war. »Ronaldos Obstgärten sind riesig, das war mir gar nicht klar. Und du kannst dir sicher vorstellen, wie viele Fallen ich dort schon eingesammelt habe. Es ist Wahnsinn, welche Menge Vögel er über die Jahre getötet haben muss. Wie kann man verhindern, dass er weitermacht? Ich habe überhaupt keine Idee!«

Antonella hatte aufmerksam zugehört. Sie legte ihre Stirn in tiefe Falten, dann lachte sie laut auf. »Ich schon.«

»Du?«, fragte Sandro ungläubig.

»Ja, ich. Und zwar eine sehr gute Idee, wenn ich das so sagen darf.« Sie strahlte wie ein Honigkuchenpferd. »Wollen wir gleich los?«

»Jetzt?« Die Frage trat unisono über Ellis und Sandros Lippen. Sie schauten einander an und mussten unweigerlich grinsen.

»Jetzt! Morgen früh mach ich das Frühstücksbüfett. Also jetzt. Wir klingeln Ronaldo raus. Außer, er ist ohnehin noch wach, was gut sein kann. Wir sind schließlich auch noch auf den Beinen.« Was für eine Logik! Elli grinste innerlich noch immer, als sie längst wieder auf dem Weg ins Zentrum liefen. Antonella war erstaunlich schnell, wenn man ihr Alter und ihre stattliche Figur bedachte. Sie hatte noch ihre Schürze an, aber als Sandro sie darauf aufmerksam gemacht hatte, hatte sie nur abgewunken.

Barbarossa folgte seinem Frauchen auf den Fersen, während Elli und Sandro ein kleines Stück Abstand hielten.

Die Italienerin klopfte, als wäre sie ein ganzes Polizeikommando und nicht einfach nur eine ältere Dame mit einer Schürze, die leidenschaftlich gern den Kochlöffel schwang. Neben ihr stand Barbarossa, dessen Schwanzspitze, hoch aufgerichtet, ein wenig zitterte, als ob er spürte, dass die Situation sich zunehmend anspannte.

»Ronaldo!« Ein Schwall italienischer Worte ergoss sich auf die Straße vor seinem Haus, von dem Elli kein Wort verstand und der Sandro dazu veranlasste, eine Hand vor den Mund zu nehmen, um sein Lächeln zu verbergen. Elli warf ihm einen fragenden Blick zu.

»Sie weiß, wie man mit Menschen spricht, so viel ist klar.«

Elli wollte erneut nachhaken, doch da ging schon die Tür auf, und Ronaldo stand im Rahmen.

Antonella drängelte ihn ins Haus, redete weiter und weiter und bedeutete allen – inklusive Barbarossa, der zu Ellis Überraschung auch keinerlei Problem damit hatte, ein fremdes Haus zu betreten –, ihr zu folgen.

Ronaldo trug einen Schlafanzug, langärmlig, wie Elli überrascht feststellte. Aus dem Obergeschoss rief eine Frauenstimme etwas, aber Ronaldo brachte sie mit wenigen harschen Worten zum Schweigen. Dann bat er Elli, Sandro und Antonella einen Sitzplatz an. Barbarossa wurde von Antonella auf den Arm genommen – wo er blieb.

Elli schaute sich um: ein dunkles, nichtssagendes Zimmer mit fast schwarzen Möbeln. Die Luft roch modrig. Später würde Sandro ihr sagen, dass es durchaus nicht unüblich war, wenn diese uralten Häuser am Seeufer einen solchen Geruch verströmten, aber in diesem Moment rümpfte sie die Nase. An der Wand hing ein Bild eines alten Mannes, der mit stechendem Blick auf den Esstisch starrte. Elli überlegte, ob sie bei dessen Anblick auch nur einen einzigen Bissen runterbrächte, würde sie hier wohnen. Sie war sich nicht sicher. Dann entdeckte sie, dass ein Graupapagei auf der Schulter des Porträtierten saß. Sie fragte sich, wer grimmiger dreinblickte, der Papagei oder der Mann. Das Tier war erstaunlich detailreich dargestellt. Wenn dieses Gemälde ein Ahnenbildnis war, wovon Elli ausging, reichte die zweifelhafte Vogelliebe in Ronaldos Familie über Generationen zurück. Und trotzdem – oder deswegen? – war Elli sich sicher, dass Ronaldo in der Küche seines Restaurants ein ganz besonderes, fragwürdiges Süppchen für seine Gäste kochte.

Alle sprachen wild auf Italienisch aufeinander ein. Barbarossa sprang auf Ellis Schoß und rollte sich ein, während sie ihm geistesabwesend den Hals kraulte und versuchte, wenigstens ein paar kleine Brocken der Unterhaltung zu verstehen. Antonella gestikulierte wild, runzelte die Stirn, wie schon vorhin im Hof, sprach laut, senkte dann wieder die Stimme und haute schließlich mit der flachen Hand auf den Tisch, was sowohl Sandro als auch Ronaldo zusammenzucken ließ, Barbarossa aber nicht im Geringsten zu beeindrucken schien. Der schmiegte seinen Kopf fest in Ellis Hand und hielt sich ansonsten still.

Schließlich sprach Sandro, wurde aber schnell wieder von Antonella unterbrochen, die die klare Wortführerin der Auseinandersetzung war. Elli beobachtete grinsend das Feuerwerk italienischen Charmes. Was für ein Temperament!

Ronaldo wirkte dagegen sehr still. Er schüttelte zuweilen den Kopf oder warf eine Bemerkung ein, die Elli – wie den Rest der Unterhaltung – nicht verstand. Irgendwann jedoch hob er den Kopf. Ein hoffnungsvoller Ausdruck zeigte sich auf seinem Gesicht und er stand auf. Blitzschnell lief er zu einer Kommode, deren Schublade beim Aufziehen ein müdes Quietschen von sich gab, sich jedoch leise wieder zuschieben ließ. Ronaldo hatte einen Block und einen Stift zum Vorschein gebracht und trug beides zum Tisch. Er hielt den Bleistift erwartungsvoll in der linken Hand – offenbar war er Linkshänder – und wartete. Erneut begann Antonella zu sprechen, aber dieses Mal ganz ruhig und langsam. Ronaldo schien Wort für Wort mitzuschreiben, nickte immer mal wieder. Seine Wangen waren mittlerweile leicht gerötet, und er kritzelte und kritzelte.

»Basta«, sagte Antonella schließlich und stand auf. Sie hielt Ronaldo die Hand hin, der die ihre sofort ergriff und fest schüttelte. Barbarossa sprang von Ellis Schoß und machte einen Satz in Richtung Haustür. Sandro stand ebenfalls auf, und Elli tat es ihm nach. Er griff nach ihrer Hand. Seine Miene umspielte ein Ausdruck der Zufriedenheit, genau wie Ronaldos.

Elli konnte es kaum noch erwarten, aus diesem Haus zu treten und endlich zu erfahren, was am Tisch gesprochen worden war.

Kaum auf der Straße, hielt sie nichts mehr. »Also los, um was ging es? Warum siehst du so zufrieden aus?«, fragte sie, als Ronaldo endlich die Tür hinter ihnen geschlossen hatte. Barbarossa rannte jetzt voraus, als ob er es gar nicht abwarten könnte, wieder zurück nach Hause zu kommen.

Antonella hatte sich an die Hausmauer gelehnt und wirkte jetzt müde.

»Danke.« Sandro ging, ohne auf Ellis Frage einzugehen, zu der Italienerin und schloss sie in die Arme. »Das vergesse ich dir nie! Auch nicht, wenn du mir im Gegenzug für Barbarossas Vogelfangaktionen keinen Limoncello mehr bringen solltest.« Er zwinkerte Antonella zu.

»Du weißt das?«

Sandro grinste. »Natürlich. Aber ich liebe den Limoncello!« Er zuckte mit den Schultern.

»Du Lausejunge!«

Elli prustete los. Dass Antonella einen knapp fünfzigjährigen Mann als Lausejungen bezeichnete, war aber auch zu komisch.

»Wollt ihr zwei mir jetzt endlich mal sagen, was ihr da gerade ausgehandelt habt?«, fragte sie schließlich, als sie sich wieder beruhigt hatte. »War das eine Art Vertrag?«

»Es war ein Rezept.« Antonella war ein wenig weiß um die Nase. »Ich habe ihm mein Rezept für Arancini di riso gegeben. Das will Ronaldo seit Jahren haben. Niemand kennt es – es stammt noch von meiner Großmutter. Jetzt wird es, schätze ich, bald einen Stand mit Arancini unten am Wasser geben, wie ich Ronaldo kenne. Im Gegenzug hat er sich verpflichtet, auf den Vogelfang zu verzichten. Es war eine harte Verhandlung. Wenn in seinen Gärten keine Netze mehr auftauchen, bekommt er nächsten Sommer noch mein Rezept für Caponata.«

Elli starrte Antonella ungläubig an. »Er hat für zwei Rezepte eingewilligt, auf den Vogelfang zu verzichten?«

Antonella nickte. »Er ist wie ich. Die Küche bedeutet ihm alles. Und er hat meine Caponata probiert – sie ist köstlich.«

Elli hatte keine Ahnung, was eine Caponata war. Die Arancini, erinnerte sie sich, hatte sie vergangenes Jahr bei Antonella gegessen. Sie waren grandios gewesen, Reisbällchen mit einer unvergesslich köstlichen Pilzfüllung. Damals hatte sie sich gefragt, welches Aroma sie so einzigartig machte – mit dieser Frage war offenbar auch Ronaldo beschäftigt gewesen, und das nachhaltig.

»Eine Caponata«, klärte Sandro Elli auf, »ist eine Art spezieller kalter Gemüseeintopf. Kann man das so sagen, Antonella?«

Antonella nickte. »Fast. Es ist ein Antipasti-Gericht aus feinsten sonnengereiften Gemüsen mit den passenden Gewürzen, genau genommen. Oliven, Kapern, Tomaten, Sellerie – und am Ende wird alles ganz fein abgeschmeckt. Eine gute Caponata bekommt man selten serviert.«

Elli war sicher, dass auch Antonellas Caponata ihresgleichen suchte und nicht nur Ronaldo zu gern über das Rezept verfügte.

Antonella stieß sich von der Wand ab. »Jedenfalls wird Ronaldo keine Stare mehr fangen – und hoffentlich auch sonst keine Vögel. Man hört, dass diese ganzen alten Gerichte ohnehin immer weniger Fans finden – vermutlich hat sich Ronaldo deshalb auch auf diesen Deal eingelassen.«

»Er hat also zugegeben, dass er Vögel gejagt hat?«

»Ganz so kann man es nicht sagen, nein. Vielmehr hat er zugesichert, dass er künftig seine Gärten genau im Blick haben wird. Er mag ein Vogeljäger sein, aber er ist schlau genug, um kein Geständnis abzulegen.« Sandros Groll war nicht zu überhören. »Trotzdem glaube ich, dass er sich in Zukunft zurückhält. Weißt du, Ronaldo ist auch nur ein Tropfen auf den heißen Stein. Das Problem sind am Ende die Konsumenten. Wenn es niemanden mehr gäbe, der Vögel essen möchte, würde sie zumindest für die Speisekarte keiner mehr fangen.«

Die drei hatten sich langsam in Bewegung gesetzt und gingen den leichten Anstieg zu Antonellas Hotel hinauf, dem Kater hinterher. »Weintrauben«, hörte Elli Antonella murmeln. »Die sind das Geheimnis meiner Caponata. Sie müssen sehr reif sein, dann geben sie dem Gericht genau die richtige Note.«

Sie schien nicht mit jemandem konkret zu sprechen, mehr mit sich selbst.

Nach Antonellas letztem Satz gingen sie schweigend durch die Nacht zurück zum Hotel. Antonella war sichtlich erschöpft. Aus ihren ordentlich zurückgesteckten grauen Haaren hatten sich sogar vereinzelte Strähnen gelöst und hingen ihr ins Gesicht. Elli fragte sich, wie groß für Antonella wohl der Schritt gewesen war, eines ihrer Geheimrezepte zu teilen, und kam zu dem Schluss, dass es sicher eine große Tat für sie war. Schließlich lebte sie für ihre Küche.

Sandro hatte den Arm um Elli gelegt, die jetzt, nach dem nächtlichen Ausflug, kein bisschen müde mehr war.

»Gut, dass du Ronaldo wiedererkannt hast«, sagte er. »Sonst hätte er vielleicht das nächste Mal einen Papagei in die Motorhaube meines Autos gekratzt, der mir gruselige Blicke zuwirft.«

Er hatte es also auch gesehen! Elli grinste. So gingen sie einträchtig miteinander nach Hause, sich dessen sicher, dass zumindest vorerst kein Wilderer mehr bei Sandro eindringen würde, um ihn mit seinem Handeln zu bedrohen, und Antonella, die gute Seele, hatte mit ihrer Hilfe einer Vielzahl Vögeln das Leben gerettet.

* * *

Der letzte Urlaubstag. Das letzte grandiose Frühstück, das letzte Mal durch Limone bummeln, das letzte Mal mit Mary und Amrei zusammen am Wasser sitzen und mit der Kleinen Steine ins Wasser werfen. Dirk hatte wieder Zeit mit Amrei auf dem Spielplatz verbracht, und Elli war derweil einen Kaffee trinken gegangen. Es gab, dachte Elli bei sich, immer auch erste Male, selbst während man Abschied nahm. Kim war auch vorbeigekommen, und Elli hatte sich von ihr verabschiedet. Zum Glück würde die Freundin bald nach München fahren, wegen ihrer Ausstellung. Deshalb fiel der Abschied von Kim dieses Mal nicht ganz so schwer. Noch dazu, weil sie am Vortag sogar noch eine kleine Bergtour auf den Monte Preals gemacht hatten. Elli war bei der Ankunft auf dem herrlichen kleinen Vorgipfel von Limones Bergen völlig fertig gewesen – kein Wunder, schließlich hatte sie Amrei in der Trage auf ihrem Rücken dabeigehabt, die auf halber Strecke eingeschlafen war. Allerdings war die Aussicht so fantastisch gewesen, dass der Blick auf den zu ihren Füßen gelegenen Gardasee und das andere Seeufer mit seinen von kleinen Schäfchenwolken umspielten Bergen sie für die Strapaze mehr als entschädigte.

Clement war auch mitgekommen, trotz seines Bauchs war er weit voraus gewesen und hatte lang vor den quatschenden Freundinnen den Gipfel erreicht. Oben hatten sie lauschig unter den Bäumen im Schatten gesessen. Leider hatte eine dicke Bremse Amrei ins Beinchen gestochen, und die Kleine hatte ganz schön weinen müssen – aber keine Minute später war der Schmerz vergessen, weil Amrei eine Eidechse entdeckte, die über die Steine huschte.

Jetzt wollte Elli den letzten Abend noch mit Sandro verbringen, und obwohl sie fest mit einem Wiedersehen rechnete, tat ihr der Abschied weh. Da waren noch so viele Dinge, die sie mit Sandro tun wollte, so viel, das sie über ihn wissen wollte. Allein die Vorstellung, ihn nicht mehr regelmäßig zu sehen, nicht mehr in seinen Armen einzuschlafen und davon geweckt zu werden, dass er sanft ihren Scheitel küsste …

Sie dachte an seine Hände, die sehnigen Unterarme, die schlanke Gestalt, das Grübchen am Kinn, die weißen Haare, die seine dunklen, perfekt geschnittenen durchzogen. Und am meisten dachte sie an seine Augen, die so unfassbar blau waren.

Der Kies in Antonellas Hofeinfahrt knirschte unter ihren Füßen. Gut, dass sie Schlappen anhatte – da bekam sie wenigstens keinen Stein in den Schuh.

Elli atmete tief und bewusst ein. Pinienduft lag in der Luft und ein Hauch Zitrone. Während man hier war, hörte man auf zu registrieren, wie gut es roch. Man wurde so sehr mit der Umgebung vertraut, dass der Duft in der Luft eine Selbstverständlichkeit wurde. Das war ein wenig wie im Leben: Das, was man für selbstverständlich erachtete, nahm man oft einfach hin, ohne ihm die Wertschätzung zu zollen, die es eigentlich verdiente. Wie viel glücklicher man sein durfte, wenn man es schaffte, sich diese Tatsache bewusst zu machen. Sie schloss die Augen und nahm einen weiteren tiefen Atemzug. Herrlich, wie erholt sie sich fühlte und wie aufregend sich ihr Leben verändert hatte. Dabei kannte sie Sandro noch gar nicht lange, obwohl sie das Gefühl hatte, seit einer Ewigkeit mit ihm verbunden zu sein.

Schließlich hatten sie zwar darüber gesprochen, dass sie sich eine gemeinsame Zukunft wünschten, aber für Elli stand ganz klar fest, dass sie in München bleiben musste – dort waren ihre Arbeit, die Kindertagesstätte, die Amrei im kommenden Jahr besuchen sollte, und – nicht zuletzt – Dirk. Die Option, dass ihr Kind seinen Vater nur alle heiligen Zeiten sehen sollte, gefiel Elli nicht. Und Amreis Bedürfnisse standen bei ihr an erster

Stelle, egal wie verliebt sie war. Außerdem musste sie ja auch Geld für ihren Lebensunterhalt verdienen.

Es blieb also gar nichts anderes übrig, als es mit einer Beziehung auf Distanz zu versuchen.

Da Elli wollte, dass auch Amrei sich von Sandro verabschiedete, hatte sie ihre Tochter mitgenommen. Außerdem war ihr Plan, sich und natürlich auch die Kleine bei Sandro zum Abendessen einzuladen – sie konnten Pizza bei irgendeiner Pizzeria holen oder mit Sandro ausgehen, Hauptsache, sie wären zusammen.

Amrei war schon müde heute. Sie saß auf Ellis Hüfte und legte ihren Kopf an die Schulter ihrer Mama. Hoffentlich schlief sie nicht schon vor dem Abendessen ein.

Sandros Tor war offen, und Elli betrat den Garten ohne ein Zögern, doch dann stutzte sie. Da stand der Golf Cabrio von Chiara. Sie wollte umkehren, trat einen Schritt zurück. Amrei schaute neugierig auf. Also schlief sie wohl doch noch nicht ein, ging es durch Ellis Kopf. Oder die Tatsache, dass der Körper ihrer Mutter sich anspannte, hatte auch bei ihr für Anspannung gesorgt.

»Kann ich Ihnen irgendwie helfen?« Bevor Elli den Rückzug antreten konnte, kam Chiara auf sie zu.

Die junge Frau war eine absolute Schönheit. Dunkle Haare reichten ihr bis zur Hüfte, und sie hatte die Augen ihres Vaters geerbt. Elli konnte es nicht wissen, aber sie hätte gewettet, dass die junge Frau ein Grübchen am Kinn hatte, wenn sie lachte. Schon jetzt, als sie lediglich ein vorsichtiges Lächeln zeigte, deutete es sich an.

Außerdem war sie groß, schlank und in ein Kleid gekleidet, dem man ansah, dass es teuer gewesen war.

»Ich komm später wieder.« Hatte Sandro nicht erwähnt, dass Chiara heute abreiste? Elli überlegte fieberhaft. Sie musste etwas falsch verstanden haben.

»Sie sind diese Ellen.« Das zarte Lächeln erstarb schlagartig, als Chiara klar wurde, wen sie da vor sich hatte. Wo Ellen, ihr Vorname, aus Sandros Mund wunderbar zart und fließend klang, schaffte es Chiara, ihm einen harten Ton zu verleihen.

Elli wurde sich ihres eigenen Aussehens schlagartig bewusst: rote Haare, die beim heutigen Wind mit Sicherheit wieder den Vogelnestlook angenommen hatten, ihre ausgefransten Shorts und das T-Shirt mit dem Spuckefleck an der Schulter, wo Amrei eben noch fast geschlummert hatte. O je.

»Genau die bin ich.«

»Exakt, wie ich Sie mir vorgestellt habe.« Chiara musterte Elli von oben bis unten. Dann verschränkte sie abwehrend die Arme vor der Brust.

»Mein Vater ist nicht hier. Er hat heute einen wichtigen Termin.«

»Davon hat er gestern gar nichts gesagt.« Elli schluckte hart. Einen Termin, ausgerechnet heute! Dabei hatte sie sich so sehr auf den Abend mit Sandro gefreut.

Doch vielleicht war das ihre Chance, Chiara kennenzulernen? »Wie schade. Aber ich freu mich, Sie kennenzulernen.«

»Hm.« Chiaras linker Mundwinkel zuckte. Ihr prächtiges Haar wurde von einer Windböe erfasst, sodass sie es mit einer ungeduldigen Geste zurück an Ort und Stelle beförderte.

Elli hätte Chiara gern die Hand gegeben, aber ihre Abwehrhaltung machte nur zu deutlich, dass sie das nicht wünschte.

»Glauben Sie mir …« Elli wollte ihr sagen, wer sie war. Sie wollte, dass Chiara wusste, was für ein Mensch in *dieser Ellen* steckte, und dass sie nichts mehr wollte, als Sandro glücklich zu machen und mit ihm gemeinsam glücklich zu sein. In diesem Moment begann Amrei zu weinen.

»O bitte. Das können wir uns an dieser Stelle wirklich ersparen.« Chiaras Mundwinkel zuckte ein weiteres Mal. »Ich werde ohnehin nichts glauben, was auch immer es ist.«

Chiara war groß. Aber als sie sich jetzt noch mehr streckte, wirkte sie wie eine Riesin, die auf Elli herabschaute, während sie versuchte, Amrei zu trösten, indem sie ihrer Tochter über den Rücken streichelte.

»Und mein Vater braucht niemanden wie Sie. Er hat mich und seine Vögel, den See und seinen Sport. Und wenn ihm das noch nicht reicht, kann er sich nur zu gern wieder in der Firma einbringen.«

Amrei schluchzte jetzt herzzerreißend. Sie musste vorhin wirklich fast eingeschlafen gewesen sein. Jetzt war sie über den Punkt hinaus, wo sie gut in den Schlaf finden konnte, und reagierte schlicht übermüdet. Elli begann, in den Knien zu wippen, um Amrei so zu beruhigen. Es war gar nicht so leicht, sich gleichzeitig auf Chiara zu konzentrieren. Sie war nicht besonders gut im Multitasking. Außerdem war Elli wütend über Chiaras aggressiven Worte. Schließlich kannte sie Elli nicht und zeigte eine beträchtliche Arroganz. Dazu kam, dass sie Sandro glücklich machte, egal was Chiara davon hielt. Und sollte ihr als Tochter nicht auch das Glück des Vaters wichtiger sein als ihre eigenen Probleme mit der Wahl seiner Partnerin – der sie nicht einmal die Chance gab, sie kennenzulernen?

»Ich geh dann jetzt, ich muss heute schließlich noch nach München – und Sie sollten sich mal ordentlich um Ihr Kind kümmern, nicht wahr?« Mit diesen Worten drehte Chiara sich um und stolzierte in Richtung ihres Autos. Elli hatte noch nie jemanden so geschickt auf so hohen Absatzschuhen über losen Kiesgrund gehen sehen. Und die Arroganz, die Chiara dabei ausstrahlte! Elli spürte, wie Wut in ihr aufstieg. Sie kümmerte sich gut um Amrei. Was für eine böse Unterstellung!

Doch sie kam nicht dazu, Chiaras Arroganz angemessene Beachtung zu schenken. Amrei brüllte herzzerreißend. Elli musste rüber ins Hotel und sie zügig ins Bett bringen. Die Kleine war fix und fertig. Sicher hatte sie die ungute Stimmung bemerkt. Ihr hochrotes Gesicht war ganz heiß geworden, obwohl Amrei kein Fieber hatte. Elli strich ihr die wilden roten Haare aus der Stirn und küsste sie auf die Wange.

»Na komm, Amrei. Gleich bist du im Bettchen. Alles ist gut, mein Schatz.«

Ganz klar, Chiaras Reaktion würde sie noch einholen. Aber in diesem Augenblick, wo es ihrer Kleinen schlecht ging, gab es mal wieder nur Amrei auf der Welt. Über Sandro und dessen Tochter wollte sie später nachdenken.

14. Wanderfalke

Schade, dass du keine Zeit für mich hattest heute Abend. Es wäre einfach wunderbar gewesen, dich noch mal zu sehen. Ich küsse dich! Deine Ellen

Sie hatte einen Moment überlegt, wie sie die kurze Nachricht, die sie spätabends noch in ihr Handy tippte, unterschreiben sollte. Aber dann war es klar gewesen. Sandro nannte sie Ellen – also würde sie auch so unterschreiben.

Es hatte eine Weile gedauert, bis Amrei endlich in den Schlaf fand. Gut, dass Mary noch unterwegs war, fand Elli. Sonst hätte sie an ihrem letzten Abend ihres Italienurlaubs den ganzen Wirbel mitmachen müssen, und es reichte, wenn sie da war, Amrei über den Rücken strich und leise *Der Mond ist aufgegangen* vorsang. Erst nach mehr als einer Stunde kam Amrei zur Ruhe. Sie lag in Ellis Arm, halb auf ihrem Bauch, und machte endlich, endlich regelmäßige Atemzüge. Elli hatte schon ein paarmal aufgehört zu singen, weil sie sich selbst bleiern müde fühlte und immer wieder wegdöste. Als Amrei tief schlief, hatte Elli keine Motivation mehr, noch mal aufzustehen und die Kleine in ihr Bett zu legen. Sie ließ sie einfach, wo sie war, blieb selbst liegen – sogar ohne sich die Zähne zu putzen.

Schnell tippte sie noch die paar Worte an Sandro, dann war sie auch schon eingeschlafen.

Am nächsten Morgen packte sie zusammen, während Mary noch schlief. Elli selbst hatte so tief geschlafen, dass sie kein einziges Mal wach geworden war und nicht einmal mitbekommen hatte, wann Mary nach Hause gekommen war. Offenbar war es spät geworden, wenn nicht einmal die Unruhe im Zimmer sie aufweckte. Erst als Amrei die Augen öffnete, sich streckte, lachte und Mary in die Nase zwickte, wurde das Au-pair wach.

»Schade, dass wir heute fahren«, war das Erste, was sie sagte. Dann streckte auch sie sich genüsslich. Sie war kein bisschen böse auf Amrei, weil die sie geweckt hatte, stattdessen gab sie der Kleinen, die sie anstrahlte, einen dicken Schmatz auf die Wange. »Na, bist du frech, meine kleine Maus?«, fragte sie in neckischem Ton und begann, Amrei zu kitzeln, die begeistert quietschte.

»Ja, es ist wirklich schade.« Elli beobachtete Mary mit ihrer Tochter und fühlte sich sehr wehmütig. »Ich finde übrigens noch mehr schade, dass du bald zurück nach England gehst.«

Marys Miene wurde schlagartig ernst. Amrei kletterte indessen rückwärts, Beine voran, aus dem Bett und kam in einen wackeligen Stand. Seit sie laufen konnte, tat sie kaum noch etwas anderes, fiel hin, stand wieder auf, fiel erneut. Es war wirklich witzig, zu sehen, mit welchem Engagement und welcher Zielstrebigkeit sie vorging.

»Darüber wollte ich noch mit dir reden.« Mary hatte sich im Bett aufgesetzt. Sie strich sich die dunkelblonden Haare aus dem Gesicht und wirkte mit einem Mal hellwach.

Elli wartete ab, bis Mary weitersprach. »Ich«, sie zögerte, »ich würde mich gern bei dir bewerben.«

»Bitte?« Elli verstand nicht.

»Ich dachte, ich könnte mich bei dir als Kindermädchen bewerben. Ich weiß nicht, ob du das Geld dafür hast. Aber vielleicht wäre es eine Option, wenn ich zusätzlich noch putzen würde oder wir es als Mikrojob nehmen.«

Elli lächelte. »Minijob, meinst du?«

»Ja, genau! Ich würde nur gern bleiben. Ich hab nämlich jemanden kennengelernt.«

»Wie bitte?« Elli konnte kaum glauben, was sie da hörte. In jeder Hinsicht waren das hervorragende Nachrichten.

»Ja. Ich war doch in diesem Sprachkurs, erinnerst du dich?«

Mary hatte einige Sprachkurse besucht. Elli hatte sie gern bezahlt, weil die Arbeit des Au-pair es schlicht verdiente, honoriert zu werden. Mary war immer eine Bereicherung in Ellis Haus gewesen, quasi von Anfang an.

»Meinst du den letzten? Diesen Intensivkurs für Fortgeschrittene?«

»Genau der! Dort hab ich einen Spanier kennengelernt. Er heißt Franco.« Marys Wangen hatten sich gerötet, und eine Art Leuchten war auf ihrem Gesicht zu sehen. »Ich bin sehr verliebt in ihn. Er studiert in München und wird noch ein Jahr bleiben. Wir wollten mal sehen, wohin es führt, und …«, Mary zuckte mit den Schultern, »das geht besser, wenn ich vor Ort bin.«

Elli dachte daran, wie unschön für sie der Gedanke an die bevorstehende Fernbeziehung mit Sandro war, und nickte. »Das versteh ich sehr gut. Aber ich muss dir echt die Leviten lesen: Warum hast du denn nicht eher etwas gesagt?«

Elli hatte schon die Agentur angerufen in der Hoffnung, über sie erneut ein gutes Au-pair vermittelt zu bekommen.

Mary schaute auf ihre Hände. »Schade. Ich dachte, ich könnte bleiben.«

Amrei hielt sich an Ellis Beinen fest und wollte hochgenommen werden. Ihre Mutter kam dem Wunsch nach.

»Keine Sorge«, sagte Elli gleichzeitig in Marys Richtung. »Ich will natürlich, dass du bleibst. Nichts könnte ich mir besser vorstellen – für Amrei und für mich. Du bist längst eine

Freundin und ein Familienmitglied für mich geworden. Du kannst bleiben, solange du möchtest.«

Mary hob ruckartig den Kopf und strahlte. »Ehrlich? Ach, das ist ja wunderbar! Ich muss das sofort Franco schreiben.« Sie griff nach ihrem Handy, das gleich neben ihr auf dem Nachttisch gelegen hatte.

»Dieser Franco ist also der Grund dafür, dass du und dein Handy in diesem Urlaub so unzertrennlich seid?« Elli lachte.

»Na ja … Er fehlt mir. Als ich allein an diesem romantischen Wasserfall war, hab ich ihm sogar einen kleinen Film von mir geschickt. Ich weiß, das ist albern, aber …«

Elli unterbrach Mary. »Weißt du, ich glaube nicht, dass Liebe jemals albern sein kann. Im Gegenteil: Ich finde wunderschön, dass du deinen Gefühlen einfach freien Lauf lässt.«

Sie wandte sich Amrei zu. »Hast du gehört, meine Süße? Unsere Mary bleibt!« Elli begann, durch das Zimmer zu tanzen, ihre Tochter im Arm. »Mary bleibt, Mary bleibt, Mary bleibt!« Sie wiederholte die Worte, sang sie zur Melodie von *Es klappert die Mühle am rauschenden Bach*. Amrei klatschte dazu in die Hände beim »Klipp klapp« und quietschte.

Als Elli aufhörte zu singen und Amrei wieder auf dem Boden abstellte, ging die Kleine auf ihren wackeligen Beinen hinüber zu ihrem Au-pair. »Maly.«

Elli stand der Mund offen. Amrei hatte gesprochen! Sie hatte ganz eindeutig den Namen der Engländerin gesagt! Ihr erstes Wort!

Mary und Elli starrten einander an, dann füllten sich die Augen des Au-pair mit Tränen der Rührung. Sie beugte sich zu Amrei hinunter. »Ja, Amy?«

Amrei strahlte. »Maly!«

Sie konnte noch kein R. Aber – das war egal. Sie war selbst so stolz, mindestens so stolz wie darauf, laufen zu können. Mary küsste das kleine Mädchen erneut auf die Wange. »Du sagst meinen Namen wunderschön!«

Elli freute sich so sehr. Sicher würde ihre Tochter bald noch mehr sprechen, und sie würden noch mehr miteinander interagieren können. Das hier war ein weiterer Schritt dahin – dieser Urlaub stellte sich als einziger Meilenstein heraus.

Amrei war das Ausmaß ihres einen Wortes sicher nicht klar, aber Elli wollte Dirk eine SMS schreiben. Er würde mit ihr gemeinsam stolz sein, das wusste sie.

Als sie ihr Handy von der kleinen Kommode nahm, die neben der Tür ins Bad stand, sah sie, dass Sandro ihr geschrieben hatte. Drei Fragezeichen und dahinter:

Wie kommst du darauf? Ich hätte mich so gefreut, dich zu sehen!

Verdammt! Chiara hatte Elli auch noch angelogen, das wurde ihr in diesem Moment schlagartig klar. Elli wollte mit dem Fuß aufstampfen vor Wut – aber natürlich tat sie das nicht. Stattdessen atmete sie tief durch.

Ich komm nach dem Frühstück kurz rüber. Dann erzähl ich dir alles. Bis dahin schick ich dir einen Kuss.

Mehr schrieb sie ihm nicht. Sie würde erst ihren Hunger stillen, denn nach dem ausgefallenen Abendessen knurrte ihr ordentlich der Magen. Anschließend würde sie zu Sandro gehen und sich von ihm verabschieden. Es war egal, ob sie eine Stunde eher oder später abfuhren, beschloss sie.

* * *

Mit Ernesto und Clement war das Frühstück gleich noch eine Spur unterhaltsamer. Die beiden Männer hatten heute vor, mit exakt dem Fährschiff, auf dem sie sich verlobt hatten, nach Malcesine zu fahren. Ernesto hatte damals einen Heiratsantrag gemacht, von dem Clement noch immer schwärmte und der Elli schier dahinschmelzen ließ. Auf einem der kleinen Außendecks hatte er Rosen an die Passagiere verteilt, die diese wiederum Clement geschenkt hatten – zur Verlobung. Dazu hatte Ernesto auch noch einen traumhaft schönen Ring anfertigen lassen, von einem Künstler, der in der Galerie ausgestellt hatte. Elli gönnte den beiden Männern ihr Glück von Herzen – und gleichzeitig wünschte sie sich, irgendwann eine ähnlich romantische Situation zu erleben. Mit Dirk war es damals anders gewesen. Das Romantischste, das er je getan hatte, war gewesen, hochoffiziell von der Schwangerschaft zu berichten. Direkt auf einer Präsentation für einen großen Schokoladenhersteller mit dem Namen *Chocolate Chase* hatte er mit vor Stolz geschwellter Brust verkündet, dass er Vater wurde. Allerdings musste man dazu sagen, dass er Elli damals mit Kim betrog, und das seit Jahren! Das nahm seiner romantischen Geste viel von ihrem Zauber.

Elli genoss die Schilderungen des Paars sehr: Wie Kim, die als Lockvogel für Clement fungiert hatte, ihn zum Hafen geschleust hatte und ihn dabei immer wieder antreiben musste, damit sie das Schiff nicht verpassten, und wie Clement den ganzen Stress überhaupt nicht hatte verstehen können. Oder den Moment, als dann alle mit Piccolos miteinander angestoßen hatten. Am gleichen Abend war Elli erstmals an den Tisch der drei eingeladen worden, sie erinnerte sich noch ganz genau, wie schnell sie sich wohl und vertraut gefühlt hatte, obwohl sie sich erst kennenlernten. Mittlerweile waren sie Freunde und stießen klirrend mit ihren Cappuccinotassen auf den einjährigen Verlobungstag an.

Als die Dame vom Nachbartisch mit frisch lackierten Finger- und Fußnägeln in Gelb, einer passenden Bermuda und rotem Shirt den Speiseraum betrat, fragte Elli sich erneut, ob sie eine Ballerina war oder vielleicht sogar eine Prominente, die Elli einfach nur nicht kannte. Sie erinnerte sich an das Pfauenkleid und musste grinsen. Auf jeden Fall war diese Frau eine Persönlichkeit, dachte sie bei sich.

»Beatrice!«, rief jemand in diesem Moment, und die Frau drehte sich nach der Stimme um. Jede ihrer Bewegungen verriet Eleganz. Tatsächlich lächelte sie und fasste sich an den fest sitzenden Dutt, dem kein Härchen entkam.

Der Mann mit dem Karohemd war es, der sie so strahlen ließ. Elli stieß Clement in die Seite. »Schau mal, da«, flüsterte sie leise.

»Guten Morgen, Anton!« Die Stimme von Beatrice war erstaunlich tief, tiefer, als Elli sie sich vorgestellt hatte.

»Grüß dich, meine Liebe.« Der Schnauzbart des Mannes tanzte, wenn er sprach. Auch heute hatte er wieder eines seiner karierten Hemden an. Diesmal in Grün-rot. Miteinander waren die beiden älteren Leute das reinste Farbenspiel an diesem Morgen.

Anton beugte sich zu Beatrice und küsste sie auf beide Wangen. »Frühstücken wir zusammen?«, fragte er sie, und sie nickte, offensichtlich angetan.

»Sehr schön. Übrigens finde ich deinen Nagellack sehr hübsch.«

»Dass dir das aufgefallen ist!« Beatrice griff ein weiteres Mal nach ihrem Dutt, dann nahm sie Antons Arm, den er ihr, ganz Gentleman, bereits hinhielt.

»Dann wollen wir mal.« Er deutete mit der freien Hand in Richtung seines Tisches. »Ich hab Valentina vorsorglich für zwei decken lassen, in der Hoffnung auf deine Gesellschaft.«

Seine Hand, eben noch Wegweiser, legte sich auf die Finger mit den gelb lackierten Nägeln. Nur ganz kurz, aber die Geste war voller Zärtlichkeit, und Beatrice lehnte für einen Moment ihren Kopf an Antons Schulter. Sie sahen aus, als gäbe es nur sie beide auf der Welt. Zwei Menschen, die so gegensätzlich aussahen und in diesem Augenblick so sehr im Gleichklang waren.

»Schön, oder?«, raunte Clement ihr zu.

»Ja, wie Schwarz und Weiß, aber genau richtig.« Elli konnte den Blick noch immer nicht von dem kontrastreichen Paar abwenden, als Anton den Stuhl für Beatrice zurechtrückte. Wenn das hier kein Anfang war, dann wusste sie auch nicht. Man spürte förmlich die Magie, die beide verband, über jeden Unterschied hinaus.

Clement nickte. »Das hätte ich nicht schöner sagen können. Die zwei sehen ein wenig aus wie du und Sandro. Oder wie Ernesto und ich. Wir sehen zusammen immer aus wie Dick und Doof. Entschuldige, Schatz«, fügte Clement noch an, aber Ernesto lachte bereits schallend. Er war kein bisschen böse.

Er lachte so laut, dass Beatrice, deren Lächeln tief in ihrem Gesicht verwurzelt war, herüberschaute.

Plötzlich verspürte Elli wahnsinnige Sehnsucht nach Sandro. »Wisst ihr was? Entschuldigt mich und Amrei, wir gehen jetzt noch eben zu Sandro rüber, ja?«

Mary mischte sich ein. »Soll ich dir Amrei abnehmen?«

Elli überlegte kurz. »Nein, ich nehme sie mit, dann kann sie sich auch von Sandro verabschieden.«

Mary nickte. »Gut, dann ruf ich Franco noch an.«

»Mach das, Schätzchen!« Genießerisch biss Ernesto in sein Croissant. Er schien schon bestens über Marys Liebesleben informiert zu sein.

Elli stand auf und hob Amrei aus ihrem Stuhl. Das Cornetto, das sie gerade gefuttert hatte, ließ die Kleine nicht los. Im Gehen winkte Elli Valentina noch zu, die gerade zwei Kaffee an den Tisch von Beatrice und Anton trug.

Draußen schien die Sonne. Sie hatten wirklich Glück mit dem Wetter gehabt, fand Elli.

Den Weg zu Sandro fand sie mittlerweile fast im Schlaf. Sie realisierte, dass er das Schild von seinem Tor genommen hatte, als sie sein Grundstück betrat. Wenn man genau hinschaute, sah man die winzigen Löcher noch, die die vier Reißzwecken hinterlassen hatten.

Im Hof stand nur Sandros großer Geländewagen. Das Auto von Chiara war tatsächlich weg.

Elli wollte klingeln, aber dann entschied sie sich anders und ging direkt auf die Terrasse.

Sandro saß da, mit einer großen Tasse Tee in der Hand, und schaute in Richtung See.

»Ich dachte, Italiener trinken immer Kaffee«, sagte Elli.

Sandro drehte sich um. »Elli!« Er strahlte über das ganze Gesicht. »Und hallo, Amrei! Schön, dass ihr mich besuchen kommt. Und nein, um nur Kaffee zu trinken, ist *der Italiener* viel zu vielseitig.«

Sanft küsste Sandro Elli auf die Wange und gab Amrei einen vorsichtigen Nasenstüber, der dazu führte, dass sie ihm ihr angelutschtes Cornetto hinhielt.

»Oh, danke, Amrei, aber ich hab so früh am Tag selten Hunger, da reicht mir ein Tee völlig.« Er lächelte die Kleine an. »Iss du nur.«

Das ließ Amrei sich nicht zweimal sagen und steckte das Hörnchen in ihren eigenen Mund.

Elli setzte sich. Die Sonne strahlte schon schön warm, obwohl man den Herbst erahnte.

»Erst mal musst du mir das mit gestern erklären. Ich hab es nicht verstanden.« Sandro setzte sich. »Möchtest du auch Tee?«

Elli schüttelte den Kopf. Sie hatte genug gefrühstückt.

»Also – es war so, dass ich dich gestern überraschen wollte. Da bin ich deiner Tochter im Hof begegnet. Sie hat mir gesagt, du seist bei einem wichtigen Termin.« Elli erzählte den Ablauf der Begegnung in kurzen Worten. »Es scheint, ich bin nicht gut genug für dich«, schloss sie.

Sandro klang ärgerlich, als er antwortete. »Ich hab gerade eher das Gefühl, dass Chiara nicht gut genug für dich ist. Sie hat sich sehr schändlich benommen, das muss ich schon sagen. So habe ich sie wirklich nicht erzogen! Und du, du solltest so was nicht sagen, geschweige denn denken!«

Amrei wurde unruhig auf Ellis Schoß, sodass die ihre Tochter auf die Holzterrasse setzte, wo sie sich sofort an einem Stuhl hochzog und langsam in Richtung Wiese wackelte. Ihre Schritte wurden mit jedem Tag sicherer, fand Elli.

»Ich bin schon still«, sagte sie in Richtung Sandro. »Aber schön war das nicht. Noch dazu, weil sie gelogen und uns damit um den letzten Abend gebracht hat.« Das war es, was Elli am meisten wehtat. Jede Minute mit Sandro war kostbar.

»Das sehe ich allerdings wie du.« Sandro pustete auf seinen noch dampfenden Tee. »Ich wünschte, wir hätten gestern noch gemütlich hier ein Glas Wein trinken können.«

Elli erinnerte sich daran, wohin das letzte Glas Wein auf Sandros Terrasse geführt hatte – und es tat ihr glatt noch mehr leid um den verlorenen Abend.

»Es tut mir leid, dass deine Tochter mich so negativ sieht, obwohl sie mich nicht kennt. Und ich weiß, du hast gesagt, dass du mich trotz ihrer Reaktion nicht aufgeben wirst – deshalb wünsche ich dir erst recht, dass ihr weiterhin euer gutes Verhältnis wahren könnt.«

Sandro beugte sich zu Elli herüber und küsste sie. »Das ist lieb von dir. Da ist das letzte Wort auch noch nicht gesprochen.«

Dann pustete er erneut auf seinen Tee. Er dachte nach, das sah Elli ihm an. Aber sie hatte noch nicht alles gesagt.

»Ich muss noch etwas mit dir besprechen. Du weißt, dass ich außerdem nicht aus München wegkann? Dort ist mein Lebensmittelpunkt, die Agentur, Amreis Kindertagesstätte, die ich schon ausgesucht habe, und meine Freunde. Ich bin zu jung für ein Altenteil.«

Sandro lachte leise. »Altenteil, hm?«

»Oh!« Elli hielt sich die Hand vor den Mund. »Ich wollte dich nicht verletzen, ich meinte nur, dass …«

Aber Sandro winkte ab. »Alles okay, ich hab dich schon richtig verstanden. Und mir war auch klar, dass die meisten unserer Treffen eher in München stattfinden werden. Weißt du, ich bin wie ein Wanderfalke.«

»Ein Wanderfalke?«

»Ja. Ich kann mich sehr gut an unterschiedliche Lebensräume anpassen – wie der Wanderfalke. Wanderfalken gibt es quasi überall. In Städten, auf dem Land – sie kommen weltweit vor«, erklärte Sandro. »Außerdem hab ich noch Freunde in München. Wenn ich bei dir übernachten könnte, wäre das natürlich sehr schön. Sonst kann ich aber auch bei Chiara wohnen. Sie lebt in der Eigentumswohnung, die ich selbst bewohnt habe, als ich noch *Down Underwear* geleitet habe.«

»Auf keinen Fall«, sagte Elli. Ihre Antwort kam wie aus der Pistole geschossen. »Natürlich wohnst du bei uns. Mary wird zwar ihr Zimmer behalten – stell dir vor, sie bleibt in München! –, aber das Haus ist groß genug. Und ein wenig hoffe ich, du willst gar kein eigenes Zimmer, wenn du bei mir bist.« Ellis Blick verriet sehr genau, was sie Sandro zu verstehen geben wollte.

»Ich freu mich jetzt schon.« Erneut küsste sich das Paar. Amrei hatte die Wiese erreicht und rupfte Grashalme aus. Das erinnerte sie mit Sicherheit an den Spielplatz vor ein paar Tagen.

Ihr Cornetto lag achtlos neben ihr im Gras.

»Und wegen meiner Tochter zerbrichst du dir bitte auch nicht meinen Kopf. Ich hab da nämlich so eine Idee«, schmunzelte Sandro.

Elli hätte zu gern gewusst, um was für eine Idee es sich da handelte. Doch Sandro schüttelte nur den Kopf und trank endlich aus seiner Tasse. Er war so optimistisch, dass Elli gar nicht wagte, Bedenken zu äußern. Außerdem waren das hier ihre vorerst letzten Augenblicke miteinander. Und Elli würde den Teufel tun und sie mit Schwarzmalerei verderben. Stattdessen beugte sie sich zu Sandro hinüber und küsste ihn erneut. Sie hätte ihn den ganzen Tag einfach nur küssen können. Das Wissen, dass sie sich mit Sicherheit wiedersehen würden, war der einzige Trost, der ihr blieb. Schließlich war Sandro ein waschechter Wanderfalke.

15. Stadttaube

Bevor Elli Sandro kennengelernt hatte, waren ihr die Stadttauben in München nie besonders aufgefallen. Sie waren eben da. Doch seit sie Sandro kannte, nahm sie die Vögel wahr. Sie sahen so anders aus als die Turteltauben, nicht so fein und bunt im Gefieder, sondern hoben sich mit ihrem blaugrau gemusterten Federkleid kaum von der Straße ab, auch kräftiger kamen sie ihr vor.

Gerade war Elli auf dem Weg zur Arbeit. Sie nahm sich vor, Sandro nach den Unterschieden zwischen den Turtel- und den Stadttauben zu fragen. Tatsächlich fand sie es spannend, sich mit den verschiedenen Vogelarten auseinanderzusetzen. Wenn Sandro mit Inbrunst von ihnen berichtete, gelang es ihm mühelos, bei ihr Begeisterung für die Tiere zu wecken. Aber jetzt war keine Zeit, die Vögel zu beobachten. Elli musste weiter.

Sandro hatte ihr vorhin eine Nachricht geschickt und ihr einen schönen Tag gewünscht. Da war Elli bereits aus dem Haus gewesen und hatte auf die blöde Bahn gewartet, die nicht rechtzeitig gekommen war.

Es war mittlerweile schon vier Wochen her, dass sie sich gesehen hatten, und Elli vermisste ihn sehr. Sie telefonierten täglich, mit Video. An ein paar Abenden war es spät geworden, aber hey, es waren schließlich die Nächte, in denen man wach blieb, an die man sich später erinnerte, richtig?

Aber natürlich waren lange Telefonate nicht das Gleiche wie, sich in den Armen zu halten.

Heute Morgen hatte Sandro nicht nur Elli einen guten Arbeitstag gewünscht, sondern sie auch gebeten, Mary und Amrei zu grüßen. So war er: immer bedacht darauf, für alle da zu sein, selbst aus der Ferne. Dabei hatte er, wie er sagte, gerade Hochsaison, was die Vogeljagd anging. Er war täglich unterwegs und machte reiche Beute an der Vogelfallenfront. Oft sah er schrecklich müde aus, wenn Elli ihn am Abend auf dem Bildschirm sah.

Sie war fast in der Agentur angekommen. Mary und Amrei würden heute in den Englischen Garten gehen. Der Herbst war jetzt schon deutlicher spürbar. Das Laub begann sich zu verfärben. Wenn diese Woche gut lief, das hatte Elli sich vorgenommen, würde sie sich am Wochenende einen Ausflug nach Bella Italia gönnen. Ihre Sehnsucht wurde zu groß. Deshalb würde sie Sandro einfach überraschen. Dirk hatte sich schon bereit erklärt, einen Tag auf Amrei aufzupassen, und Mary, die in dieser Woche drei Tage mit Franco nach Berlin geflogen war, um ein Konzert zu besuchen, würde die restlichen zwei Tage auf die Kleine aufpassen. Die drei Tage Berlin hatten für mächtig Unruhe in Ellis Arbeitsablauf gesorgt. Zwar hatte sie daheim einen Computer mit Zugang auf alle wichtigen Dateien – allerdings bekam Amrei schon am ersten Tag Fieber. Der Kinderarzt diagnostizierte Ringelröteln, und obwohl es sich dabei nur um eine leichte Virusinfektion handelte, empfand Ellis kleine Tochter das ganz anders. Das Fieber machte sie unleidlich und sie wollte ununterbrochen bei ihrer Mama sein. Deswegen rief Elli kurzerhand in der Agentur an und meldete sich krank. Sie bat, alle Termine zu verschieben – schließlich hatte das während ihres Italienurlaubs auch geklappt.

Ihre Sekretärin hatte allerdings darauf verwiesen, dass am heutigen Tag ein wichtiges Treffen mit einem neuen Großkunden anberaumt war. Deshalb kam Elli nicht umhin, Amrei bei Mary zu lassen, die am Vorabend aus Berlin zurückgekommen war. Zum Glück war das Fieber über Nacht ein wenig gesunken, und die Kleine hatte am Morgen problemlos akzeptiert, dass ihre Mutter die Jogginghose gegen ein Businesskostüm und den lockeren Pferdeschwanz gegen eine Hochsteckfrisur tauschte. Elli hatte sogar ein wenig Lippenstift aufgetragen und die Wimpern getuscht.

Natürlich war sie später dran als erhofft, eine U-Bahn war ausgefallen, und dabei wusste sie noch nicht einmal genauer, was beworben werden sollte. Sie versuchte, in der Firma anzurufen, aber entweder war die Sekretärin noch nicht da oder sie befand sich nicht in der Nähe des Telefons. Beides gefiel Elli nicht besonders. Sie fühlte sich gestresst, schon bevor sie die Agentur betrat.

Sie lief die vier Treppenstufen hinauf und zog die Tür auf. Es waren helle, gemütliche Räume, modern in Weiß eingerichtet, klassische Linien, die Stil, aber keine Richtung verrieten. Die Agentur Brosewetter konnte sich in dieser Hinsicht sehen lassen. Alles war blitzblank aufgeräumt, im Wartebereich lagen Mappen mit den Referenzen bereit, anhand derer sich die Kunden gleich eingangs mit der Arbeit der Agentur vertraut machen konnten.

Elli eilte im Laufschritt den kleinen Flur hinunter und betrat das Büro ihrer Sekretärin. »Hi, Silke.«

Die junge Frau tippte gerade wild auf ihrer Tastatur und schaute über den Brillenrand ihrer Lesebrille. »Hi, Chefin.«

»Ich brauch blitzschnell die Unterlagen zu dem Kunden, der gleich kommt, und außerdem das, was Anne mit Julian schon vorbereitet hat.«

Anne war eine der Werbedesignerinnen und – zum Glück – fähig. In Zusammenarbeit mit Julian, dem engagierten Praktikanten, musste das Ergebnis eigentlich so durchdacht sein, dass Elli es guten Gewissens an den Kunden verkaufen konnte. Bei einer Agentur dieser Größe, mit fünf Mitarbeitern und wechselnden Praktikanten, kam Elli gar nicht drum herum zu delegieren.

Sie schwitzte. Das Kostüm fühlte sich obenherum ein wenig eng an, am liebsten hätte sie es gegen einen ihrer geliebten Hoodies oder ein lockeres Shirt eingetauscht, aber natürlich war das keine Option. Schließlich repräsentierte Elli mit ihrem Outfit auch die Agentur.

»Liegt auf deinem Schreibtisch!«

»Oh, Silke, du bist ein Schatz.«

Silke grinste. »Ich weiß. Außerdem läuft die Kaffeemaschine, und ich hab kleine Sandwiches im Besprechungsraum aufgebaut, dazu ein paar Kekse, das übliche Programm.«

Elli warf Silke einen Handkuss zu, dann schloss sie ihre Bürotür. Wenigstens das blöde Kostümjäckchen würde sie vorerst ausziehen. Es reichte, wenn ihre Frisur ziepte.

Sie warf die Jacke über ihren Schreibtischstuhl, öffnete hastig die Mappe, die ordentlich auf ihrem Schreibtisch lag, und schnappte nach Luft.

DownUnderwear stand da. Wenn da nicht Sandro seine Finger im Spiel hatte … Wie hatte er es noch formuliert? Das letzte Wort war noch nicht gesprochen? Das hier war wohl das letzte Wort, wenn Elli nicht alles täuschte. Sie ahnte, was er wollte: Er wollte Chiara vermitteln, dass Elli kompetent war, dass sie selbstständig war und dass sie niemanden brauchte, der sie versorgte.

Nur dass sie im Moment keine Ahnung hatte, worum es überhaupt genau ging. Gut, das Meeting war das erste Gespräch, dabei ging es um grobe Vorstellungen, um erste Ansätze, Ideen seitens der Agentur und um gegenseitiges Beschnuppern. Normalerweise reichte Elli ein Arbeitstag, um sich gut in ein Unternehmen einzuarbeiten. Dieses Mal hatte sie die Wortführung Anne überlassen, sie selbst wollte sich dann an den richtigen Stellen einschalten. Mit Chiara als Kundin konnte sie das jedoch nicht so halten, sonst würde die sich in ihrer negativen Meinung über Elli bestätigt fühlen.

Elli schaute auf die Uhr. Sie hatte eine halbe Stunde Zeit. Das konnte ja heiter werden!

Silke kam herein und stellte eine Tasse Kaffee neben Elli ab. »Na, bist du schon in Stimmung?«

»Bitte, was?« Silke hatte Elli aus ihren Gedanken gerissen.

»Na, wegen des potenziellen Auftrags.« Silke deutete mit dem Kinn auf den aufgeschlagenen Hefter.

Elli seufzte. »Nein, nicht wirklich.« Sie dachte an Sandro, daran, dass seine Idee zwar löblich war, eine gewisse Vorbereitung aber auch gut gewesen wäre – jetzt rannte Elli, so empfand sie es, direkt ins offene Messer.

Andererseits: Was, wenn das alles ein Zufall war und Sandro davon nichts wusste? Schließlich war Chiara ihr Nachname nicht bekannt. Womöglich hatte sie die Agentur zufällig ausgesucht.

Elli versuchte, sich zu konzentrieren. Jetzt war überhaupt nicht die Zeit, sich darüber Gedanken zu machen, es galt, die dreißig Minuten so gut zu nutzen, wie es nur irgend ging.

»Ich find das ja super mit der *DownUnderwear*. Mein Freund hat die – und mich bringt diese Unterwäsche sehr wohl in Stimmung!« Silkes frecher, leicht lüsterner Blick unterstrich, dass das, was sie da sagte, stimmte.

Elli runzelte die Stirn. Was hatte Silke am Anfang des Gesprächs gesagt? Wie war der genaue Wortlaut gewesen?

»Meinst du, wir können da Ansichtsexemplare bekommen?«

»Psst! Silke, ich muss nachdenken, sorry.« Elli war gerade völlig egal, ob sie Unterhosen von *DownUnderwear* zur Verfügung gestellt bekommen würde oder nicht.

»Ist ja gut.« Silke trat den Rückzug an.

Elli wusste, dass ihre Sekretärin nicht beleidigt war. Sie hatten ein gutes Verhältnis, wo man im Eifer des Gefechts durchaus das sagen konnte, was man dachte. Elli grübelte noch einen Moment nach, konzentrierte sich auf ihre Arbeit.

Na, bist du schon in Stimmung?, das hatte Silke gesagt! Genau! Das war genial, fand Elli. Sie holte ein leeres Blatt Papier aus ihrem Schreibtisch und begann, darauf herumzukritzeln.

Zehn Minuten später war sie fertig. Das sah ganz gut aus, fand sie.

Sie griff nach dem Hefter und begann, sich in die Zahlen und Fakten der Firma zu vertiefen. Dazu begutachtete sie die klassischen Entwürfe für eine Kampagne, die muskulöse Herren zeigte, die sich nach dem Duschen einen Slip anzogen. Es waren gute Entwürfe, keine Frage, aber keine speziellen Entwürfe.

Elli fasste kurzerhand den Entschluss, beide Versionen zu präsentieren.

Sie stand auf, klappte die Mappe zu und ging hinüber in Annes Büro, um ihr kurz den Ablauf des Meetings zu schildern.

»Ich übernehme die Präsentation heute.« Sie hatte keine Zeit für große Erklärungen. »Ich sag dir später mehr dazu – Julian und du, ihr habt gute Arbeit geleistet. Tut mir aber heute den Gefallen und lasst mich reden, ja? Es ist eine besondere Kundschaft für mich, deshalb …«

Ohne ein Klopfen kam Silke in Annes Büro. »Die Leute von der Unterwäschefirma sind jetzt da. Darf ich sie in den Besprechungsraum führen?«

Elli straffte ihre Haltung. »Ja, natürlich.« Jetzt wurde es ernst.

»Wo ist Julian?«

»An der Uni heute.«

»Ah, okay. Dann sind wir zu zweit«, stellte Elli fest. Sie umklammerte den Hefter fester. »Ich werde mit dem FlipChart arbeiten. Wundere dich nicht. Ich habe mir selber auch noch eine Idee ausgedacht. Wir präsentieren beide Vorschläge, um unsere Vielseitigkeit zu zeigen, und dann sehen wir weiter, ja?«

»Alles klar.« Anne stand auf. Kurze blonde Haare, eine klassische Bundfaltenhose, Bluse. Sie sah perfekt aus, fand Elli.

»Zu wievielt sind sie?«, wollte Elli noch wissen.

»Drei.«

»Gut.« Elli nickte Silke zu als Zeichen dafür, dass alles gesagt war. Silke nickte zurück und verließ den Raum. »Dann mal los.« Elli biss die Zähne zusammen, zwang sich aber gleich darauf, wieder locker zu lassen, und atmete tief durch. Sie rollte ihre Schultern zur Entspannung.

Elli ließ Anne vortreten und folgte ihr.

Chiara saß in der Mitte, die langen Haare zu perfekten Locken frisiert, makellos geschminkt und in einem Hosenanzug, der modisch keine Wünsche offenließ. Sie unterhielt sich mit einem Mann in perfekt sitzendem Anzug, der neben ihr saß. Elli hatte ja den Eindruck, dass Italienerinnen per se ein gutes Gefühl für Mode hatten. Auch wenn das ein Vorurteil war: Chiara bestätigte es immer wieder.

Ganz automatisch kontrollierte Elli ihr eigenes Äußeres. Verdammt! Sie hatte ihre Jacke in ihrem Büro hängen lassen. Und sie hatte geschwitzt, oder? Hoffentlich sah man keine

Flecken unter den Armen. Eine dunkelrote Bluse anzuziehen – was hatte sie da nur geritten?

Aber es gab jetzt kein Zurück mehr. Es galt, absolut professionell zu sein.

»Guten Tag!«, grüßte Elli laut in den Raum.

Chiaras Blick, zuvor auf ihren Gesprächspartner gerichtet, wandte sich ihr zu. Ihre Augen weiteten sich, als sie aufstand.

Elli ging mit Anne auf ihre Kunden zu. Anne gab erst der Dame, dann den beiden Herren die Hand. »Freut mich, dass Sie hier sind.« Wie immer war Anne hochprofessionell.

Chiaras Augen hatten sich an Elli festgesaugt.

Elli hielt Chiara die Hand hin, als ob nichts wäre. »Ich freu mich auch.«

Chiara schaute von einem zum anderen. Sie hatte Elli sofort erkannt. Das stand außer Frage. In dieser Situation blieb ihr allerdings nichts anderes übrig, als den Händedruck zu erwidern.

Elli wandte sich Chiaras Mitarbeitern zu. »Guten Tag, ich bin Ellen Brosewetter, ich leite die Agentur.«

»Hannes Sänger und Leon Angerer.« Chiara stellte die beiden Männer vor.

Elli nickte. »Herzlich willkommen. Möchten Sie vielleicht noch etwas Kaltes trinken?«

Alle Anwesenden schüttelten die Köpfe, und Elli wollte sich gerade setzen, als Chiara aufstand. »Frau Brosewetter, kann ich Sie kurz sprechen? Ich meine, unter vier Augen?«

»Selbstverständlich. Wollen wir in mein Büro gehen?« Elli mühte sich ein Lächeln ab. Vermutlich würde das Gespräch unter vier Augen das Ende der Zusammenarbeit einleiten, die noch nicht einmal begonnen hatte.

Selbstverständlich ging sie voraus. Sie war froh, sich für die hohen Schuhe entschieden zu haben, die sie vorhin noch verflucht hatte. Immerhin war sie mit den Pumps gleich groß wie Chiara und damit auf Augenhöhe.

Als Chiara die Tür von Ellis Büro hinter sich schloss, kam sie sofort auf den Punkt: »Haben Sie das veranlasst?«

»Bitte was?« Elli war hinter ihren Schreibtisch gegangen und schlüpfte jetzt schnell in ihre Kostümjacke. In dieser Uniform fühlte sie sich noch selbstsicherer.

»Diesen Termin. Ist der auf Ihrem Mist gewachsen?«

Elli setzte sich demonstrativ auf ihren Schreibtischstuhl und bot Chiara keinen Sitzplatz an. Die Kälte und Arroganz, die Sandros Tochter verbreitete, ließ Elli auf stur schalten. »Natürlich nicht«, entgegnete sie nur. Sie würde Chiara nicht entgegenkommen.

Chiaras Wangenknochen traten hervor. Sie holte ihr Handy aus der Handtasche, wollte etwas eintippen, ließ es dann doch, starrte auf das Display und schnaubte verächtlich aus.

»Dann ist das Papas Idee gewesen. Der hat mir die Agentur empfohlen.« Chiara ließ ihr Handy zurück in die Tasche fallen.

Elli wartete noch immer ab. Was sollte sie sagen? Natürlich war es Sandro gewesen, der da die Finger im Spiel hatte, man musste nur zwei und zwei zusammenzählen.

»Das war es dann ja wohl auch.« Chiara drehte sich um und hatte schon die Türklinke in der Hand.

Ellis Verstand arbeitete auf Hochtouren. »Meinen Sie nicht, Chiara, dass die Wünsche Ihres Vaters Ihnen ein wenig mehr wert sein sollten?«, sagte sie kühl, als Sandros Tochter den Raum schon verlassen wollte.

Entgeistert drehte Chiara sich um. »Wie bitte?«

»Ich glaube, Sie haben mich sehr gut gehört!« Elli nahm einen Kugelschreiber in die Hand und drückte nervös die Mine heraus und wieder rein. Das leise Klicken durchbrach die kurze Stille im Büro.

»Das ist eine Frechheit. Ich war immer für meinen Vater da!«

»Bis jetzt, meinen Sie. Denn gerade ignorieren Sie seine Wünsche und sein Glück ganz deutlich.« Elli stand auf. Klick, machte der Schreiber. »Er hat sich für seine Firma uns als Partner gewünscht, nicht wahr? Und mich als Partnerin – und Sie geben weder der einen noch der anderen Sache eine Chance. Das ist nun kaum ein Musterbeispiel für ein gutes Vater-Tochter-Verhältnis, würde ich meinen.« Klick! Dieses Mal drückte ihr Daumen den Knopf des Schreibers nachdrücklich.

Chiara stand unschlüssig in der Tür. Dass ihr die Worte fehlten, gab Elli ein Gefühl der Befriedigung.

»Außerdem vergeuden Sie gerade die Zeit von fünf Menschen. Immerhin das könnten Sie respektieren – und die Arbeit meines Teams, das bereits erste Vorschläge für die Kampagne entworfen hat.« Elli blieb sachlich und professionell.

Chiara sprach noch immer nicht. Aber sie ging auch nicht, sondern blieb regungslos im Türrahmen stehen.

Elli ergriff die Gelegenheit beim Schopf. »Können wir dann zu den anderen zurückkehren?«, wagte sie einen Vorstoß.

Chiara räusperte sich und nickte. Sah Elli da etwa einen Hauch Unsicherheit unter dem perfekten Make-up von Sandros Tochter? Sie konnte es nicht herausfinden, ohne die Frau anzustarren, was sie nicht wollte. Deshalb quetschte sie sich einfach an ihr vorbei und ging, ohne sich umzusehen, zurück in Richtung Besprechungsraum. Würde Chiara ihr folgen? Der Drang, sich umzudrehen, war kaum zu bekämpfen. Als sie es fast nicht mehr aushielt, hörte sie das Klacken von Chiaras Absätzen im Flur hinter sich.

Aber natürlich musste das noch nichts heißen. Vielleicht würde Chiara auch nur ihre Mitarbeiter einsammeln – wie hatten sie noch gleich geheißen? Pfeifer und Angerer? Nein, das stimmte nicht ganz … Sänger! Richtig! Sänger und Angerer.

Elli lächelte in die Runde, die miteinander Häppchen aß und Kaffee trank, als sie sich an den großen Tisch setzte. Anne sprach über das Gewitter der vergangenen Nacht und schilderte eine humoristische Szene mit ihrem Sohn, der ein Superheldenfan war und irgendeiner Comicfigur die Donner zugeschrieben hatte.

Elli griff nach einem der kleinen Sandwiches mit scharfem Hummus und Kresse. Als Chiara den Raum betrat, hielt sie den Atem an.

Aber Chiara ging zurück zu ihrem Platz und setzte sich. Sie suchte Ellis Blick. »Überzeugen Sie mich!«

Elli erkannte, dass hinter dem kühlen Ton jetzt etwas anderes mitschwang, vielleicht Respekt für Ellis starken Auftritt. Vielleicht auch nur ein Hauch Unsicherheit über ihr eigenes Handeln.

»Gut.« Elli trank einen Schluck Kaffee. »Dann fangen wir mal an. Anne, würdest du?«

»Ja, gut. Natürlich brauche ich noch Eckdaten. Es soll ja eine Printkampagne geben und diesen kleinen Werbespot fürs Internet, richtig? Herr Sänger hat mir das alles schon genau erklärt.« Anne war in ihrem Element. Sie fasste wichtige Punkte zusammen, erklärte an anderer Stelle, fragte auch nach und vermittelte damit auf ganzer Linie Kompetenz.

Dann erklärte sie kurz ihr klassisches Werbekonzept, und Elli sah sofort, dass das nicht das war, was Chiara sich vorstellte. Man merkte schnell, wenn Kunden unruhig wurden – und Chiara hatte damit gerechnet, unzufrieden zu sein, seit sie Elli gesehen hatte. Dass sie sich etwas anderes erwartet hatte als ersten Entwurf als schöne Männer, die sexy Unterwäsche präsentierten, verbarg sie selbstverständlich nicht. Das hätte auch gar nicht ihrem Charakter entsprochen.

Missmutig gab Chiara einen großen Löffel Zucker in ihren Kaffee und begann, energisch darin herumzurühren, dass es klirrte.

Als Anne zum Ende kam, nickte Elli ihr zu. »Danke dir.«

Anne setzte sich und trank einen Schluck ihres Kaffees, der sicher schon kalt geworden war.

»Ja, danke.« Chiara brachte ein saures Lächeln zustande. Bevor sie weitersprechen konnte, redete Elli auch schon weiter.

»Als innovative Firma arbeiten wir in mehreren Teams, die Vorschläge präsentieren«, sagte sie und hoffte, dass Annes Blick deren Überraschung nicht verriet. Um selbst ihre Maske zu wahren, schaute sie nicht zu Anne hinüber, sondern konzentrierte sich auf Chiara und ihre schweigsamen Mitarbeiter.

»Wir haben noch eine ganz andere Idee, die wir Ihnen zeigen wollen.« Elli stand auf und ging zum Flipchart hinüber.

Na, bist du schon in Stimmung?, schrieb Elli in ihrer schönen, schwungvollen Schrift. »Das wäre mein Leitsatz. Ich stelle mir dazu ganz normale Situationen in Beziehungen vor, eventuell mit einer Prise Erotik, aber präsentiert von ganz normalen Menschen. Heteropaare, Homosexuelle, dicke Menschen, dünne Menschen. Es darf auch immer der Humor nicht zu kurz kommen. Ich würde wirklich extravagante Modelle aus der Kollektion wählen, die die Produkte von *DownUnderwear* von anderen Wäschemarken abheben. Besonders auch Slips mit passenden Socken und Krawatten bieten sich an, um zu vermitteln, wie innovativ und eben anders *DownUnderwear* daherkommt. Wir wollen die Leute in ihrem Alltag abholen und ganz normalen Situationen einen erotischen Moment verleihen mit Models, mit denen der Kunde sich identifizieren kann. Die Frau, die nach dem Sport mit rotem Kopf ins Schlafzimmer kommt und dort ihren Mann nur in Boxershorts vorfindet. Er, der sagt: *Na, bist du schon in Stimmung?* Oder der romantische Hochzeitstanz eines Paares in klassischer Kleidung; sie sieht, dass er grüne Socken trägt, und flüstert ihm diesen Satz ins Ohr. Oder ein Mann, der diverse Garnituren von *DownUnderwear* anprobiert, bis er sich für ein Design entscheiden kann und dessen Lebensgefährte schließlich in exakt der gleichen Unterwäsche in den Raum kommt. Die Szenarien sind unerschöpflich.« Elli schwieg. »Ich glaube, man würde auf jeden Fall mit einer solch lebensnahen Werbung Sympathiepunkte sammeln, und für die Printmedien würden Fotos entsprechender Werbungen dann das Ihre dazutun.«

Elli schaute zu Chiara, Herrn Sänger und Herrn Angerer, der sich auf seinem Stuhl vorgebeugt hatte. Chiaras Miene war regungslos.

»Finde ich großartig«, platzte da Herr Sänger heraus. »Was meinen Sie, Chiara? Kollege Angerer?«

»Ja, ganz meine Meinung. Ich stelle es mir sehr bunt und auffällig vor, ein wenig schräg, aber genau deshalb auch auf die richtige Weise anders.« Herr Angerer schaute zwischen Chiara und Herrn Sänger hin und her. »Genau das haben wir gesucht, nicht wahr? Also ich kann mir das perfekt vorstellen.«

Chiara schwieg noch immer. Auf dem Chart stand nur der eine Satz, Elli hatte nur gesprochen. »Ja, ich gebe Ihnen recht«, wandte Chiara sich schließlich an die beiden Herren. »Aber eins will ich noch wissen. Alfred, weißt du, wer die Dame ist?« Chiara deutete auf Elli.

»Das ist Frau Brosewetter, Chiara. Sie hat sich uns vorgestellt.« Herr Sänger, ein Mann um die sechzig, sprach mit der ruhigen Stimme desjenigen, der wusste, wer er war, und auch, was er im Leben erreicht hatte.

Chiara schenkte ihm einen prüfenden Blick. »Wann hast du zuletzt mit Papa gesprochen?«

»Mit Sandro?« Alfred Sänger runzelte die Stirn. »Puh. In der Vogeljagdsaison ist er immer so schwer zu erreichen. Das muss, hm, sagen wir, drei, vier Wochen her sein? Du weißt, dass er sich in letzter Zeit nicht mehr viel am Firmengeschehen beteiligt hat.«

»Ja, das weiß ich wohl.« Chiaras steife Haltung entspannte sich ein wenig. »Gut. Dann arbeiten wir mit dem Entwurf weiter. Wir machen die Termine aus und Sie gehen in die detaillierte Ausarbeitung des Projekts.«

Es klopfte an der Tür in dem Moment, als Chiara aufstand, um sich und die beiden Mitarbeiter zu verabschieden.

Silke steckte den Kopf zur Tür herein. »Anne, kommst du eben? Herr Müller von *Chocolate Chase* ist am Telefon. Er sagt, es sei dringend.«

»Natürlich.« Anne wandte sich an die Kunden. »Ich darf mich verabschieden.« Sie schüttelte reihum die Hand, nickte Elli zu und war schon aus der Tür.

Elli wandte sich an Chiara. »Dann bedanke ich mich für den Auftrag.«

»Oh, ich bin nicht sicher, ob Sie sich dafür bei mir bedanken sollten oder bei meinem Vater. Allerdings …« Chiara machte eine kurze Pause, bevor sie weitersprach. »Ich bin wirklich überzeugt von Ihrem Vorschlag. Sonst hätte ich mich nicht darauf eingelassen.«

Sie ging um den Tisch herum und stand jetzt vor Elli.

»Das weiß ich.« Elli versuchte, Chiaras Blick einzufangen, und lächelte der Frau zu. »Sie wissen sehr gut selbst, was Sie wollen.«

Endlich, endlich löste sich die Spannung aus Chiaras Gesicht, und sie lächelte zurück. »Das ist wahr. Ich weiß das – und mein Vater weiß es für sich selbst ganz offensichtlich auch.«

»Ich glaube, Sie haben viel gemeinsam«, sagte Elli.

»Das kann man laut sagen!« Alfred Sänger schmunzelte.

Chiaras Augen blitzten auf. Sie waren von dem gleichen strahlenden Blau wie die ihres Vaters. Zum ersten Mal sah sie genauso jung aus, wie sie war. »Onkel Alfred kennt mich, seit ich ein kleines Mädchen war – er muss es wissen.« Sie grinste.

Elli erwiderte das breite Grinsen mit einer Mischung aus Freude und Erleichterung.

Die beiden Frauen gaben sich die Hand. Es war nicht nur ein Vertragsabschluss, das spürten sie beide. Das hier war ein Waffenstillstand.

»Bis wann können Sie mir Entwürfe präsentieren?«, wollte Chiara wissen.

»Geben Sie mir ein paar Tage Zeit, ich bin dieses Wochenende – ähm, verreist. Ich rufe Sie an«, antwortete Elli. Sie war tatsächlich für einen Moment verlegen geworden.

»Gern. Und kannst du ihm einen schönen Gruß ausrichten und ihm sagen, dass er ein ganz schönes Schlitzohr ist?« Chiara war vom Sie zum Du gewechselt, wie Elli sofort registrierte.

Sie wusste, dass dieser Satz eine viel größere Bedeutung hatte, als er auf den ersten Blick vermuten ließ. Sie erkannte ihn als das, was er war: ein Friedensangebot.

»Das mach ich gern. Schließlich hat er mich genauso gekriegt wie dich. Da sollten wir uns wirklich irgendwann eine Retourkutsche überlegen.« In dem Moment, wo Elli es laut ausgesprochen hatte, fürchtete sie, dass sie zu weit gegangen war, zu sehr in Chiaras privaten Bereich vordrang mit ihren Worten.

Doch Chiara hob den Daumen, eine Geste, die überhaupt nicht zu ihrem erwachsenen Outfit passen wollte. Dazu grinste sie ein weiteres Mal und sah dabei aus wie eine Art italienische Pippi Langstrumpf, die es faustdick hinter den Ohren hatte. »Worauf du dich verlassen kannst.«

Als Chiara schon aus der Tür war, reichten erst Herr Angerer und abschließend Herr Sänger Elli die Hand. Letzterer beugte sich zu Elli herunter – er war einen Kopf größer als sie – und raunte ihr einen Satz ins Ohr. »Sandro hatte schon immer einen hervorragenden Geschmack.« Dann ließ Alfred Sänger Ellis

Hand los, trat einen Schritt zurück und zwinkerte ihr fröhlich zu, bevor er seiner Chefin und seinem Kollegen mit schwungvollem Gang folgte.

Elli starrte dem Dreigespann noch hinterher, als die längst aus der Tür waren. Sandro hatte wohl recht gehabt: Am Ende wurde tatsächlich alles gut.

16. Eisvogel

Ellis Herz, oh, ihr Herz! Es wollte sich überhaupt nicht mehr beruhigen, schon seit sie von der Autobahn abgefahren war, schlug es schneller. Sie konnte es kaum erwarten, Sandro wiederzusehen. Außerdem hatte sie satte zwei Stunden im Stau gestanden, war müde und völlig verschwitzt. Heute war ein sehr heißer Tag dafür, dass es Anfang Oktober war.

Es war Abend geworden, Sandro hatte sogar schon versucht, Elli anzurufen, aber sie war nicht drangegangen vor lauter Angst, sich zu verplappern.

Er hatte Chiara mit keinem Wort erwähnt in der vergangenen Woche und, das wusste Elli, weil sie vor ihrer Abfahrt wegen der Werbekampagne mit Chiara telefoniert hatte, auch mit seiner Tochter nicht darüber gesprochen, dass er sie zu Ellis Agentur gelockt hatte. Das Gespräch mit Chiara war höchst angenehm verlaufen. Die Frauen gingen vorsichtig miteinander um, aber, wie Elli fand, durchaus wohlwollend. Sie erwartete ohnehin keine Entschuldigung – ein wenig verstand sie, wie Chiara auf sie reagiert hatte. Zumindest bis zu dem Punkt, wo sie wusste, dass sie es aus Liebe zu ihrem Vater tat. Jetzt hoffte Elli, die Zeit würde dafür sorgen, dass ihr Verhältnis sich positiv weiterentwickelte.

Sie hatte sich für die schöne Strecke entschieden, es machte von der Entfernung her keinen Unterschied – und sie konnte den Ausblick über den See genießen. So hatte sie es sich jedenfalls vorgestellt. Jetzt allerdings war sie so aufgeregt, dass sie die herrliche Gardasee-Landschaft kaum wahrnahm, obwohl die verfärbten Blätter und die leuchtend gelben Zitronen, die noch vielerorts in den Bäumen hingen, der Umgebung einen zusätzlichen Charme verliehen.

Elli fuhr durch Riva und verließ den Ort in Richtung Limone, als das helle Licht des Tages der goldenen Färbung des Abends wich. Hoffentlich mochte Sandro Überraschungen!

Sie lenkte ihren Wagen in die Straße, in der sich sowohl Antonellas Hotel als auch, eine Einfahrt weiter, Sandros Haus befand. Kurz überlegte sie, bei Antonella zu parken, um dann zu Fuß zu ihm hinüberzugehen. Aber sein Hoftor stand auch heute offen, sodass sie nicht widerstehen konnte und einfach in die Einfahrt abbog. Alles war noch so, wie sie es in Erinnerung hatte. Sie sprang aus dem Wagen, atmete die herrliche, nach Pinien duftende Luft ein, genoss die abendliche Milde. Natürlich war alles noch so, wie es gewesen war! Schließlich war Elli nur vier Wochen weg gewesen und keine Ewigkeit, auch wenn es sich für sie sehr danach anfühlte.

In diesem Moment war ihr egal, dass sie total verschwitzt war, ihr war egal, dass sie vermutlich ein Vogelnest auf dem Kopf hatte statt einer Frisur, ihr war egal, ob ihr sparsames Make-up verlaufen war. Elli wollte Sandro sehen und das schnell. All ihre Geduld war aufgebraucht.

Sie lief auf die Terrasse, so schnell ihre Flipflops sie ließen. Die Glastür stand offen und sie trat einfach ins Haus.

»Sandro? Sandro!« Elli schrie so laut, dass man es mit Sicherheit bis in den letzten Winkel des Hauses hörte. Aber es kam keine Reaktion. »Sandro?« So schnell war sie nicht bereit aufzugeben.

Es roch nach ihm hier drin. Es roch so gut. Sie lief aus dem Wohnzimmer, ins Schlafzimmer hinüber. Das Bett war ordentlich gemacht. Das Bild über der Kopfseite zeigte einen Eisvogel: blaues Gefieder an Rücken und Kopf, der Bauch in warmem Braun. Die Farben des Vogels fanden sich in der Bettwäsche wieder, die dem Raum in unterschiedlichen Brauntönen ein herrlich warmes Ambiente verlieh. Die blauen Teppiche, die das Bett umgaben, verstärkten die gemütliche Atmosphäre noch. Weiße Möbel, wie im Wohnzimmer, rundeten das Gesamtbild ab.

Elli rief erneut Sandros Namen, aber er war nicht da. Unschlüssig trat sie wieder auf die Terrasse hinaus. Sein Auto stand im Hof. Ob er zu einem abendlichen Streifzug aufgebrochen war? Direkt von zu Hause aus?

Seufzend ließ Elli sich auf einen Terrassenstuhl fallen. Ihre Enttäuschung war grenzenlos. Aber natürlich war das alles ihre Schuld. Wie hatte sie davon ausgehen können, dass Sandro an einem so herrlichen Abend zu Hause rumsaß? Vor lauter Begeisterung für ihre Idee, ihn zu überraschen, hatte sie vergessen, dass er ein eigenes Leben hatte und natürlich nicht mit ihr rechnete. Elli hätte sich ohrfeigen wollen für ihre Gedankenlosigkeit! Weil sie ihm nichts von ihrem Kommen gesagt hatte, verlor sie jetzt womöglich einen ganzen Abend, den sie an seiner Seite hätte verbringen können.

»Verdammt!« Sie erschrak selbst, als sie das Wort laut aus ihrem Mund kommen hörte. Und was jetzt? Elli schaute auf die Uhr. Es lohnte sich nicht, hier zu warten. Da konnte sie ihm genauso gut eine Nachricht hinterlassen und dann zu Antonella rübergehen. Mit etwas Glück bekam sie dort ein Abendessen. Ihr Magen knurrte, als sie an die herrliche Zitronenpasta dachte, die Antonella zubereitete.

Sie stand auf. Genau das würde sie tun! Sie würde Antonella besuchen – oder doch zumindest ihren Speiseraum.

Der Hof des *Casa Felicità* war genauso vollgeparkt wie bei ihrem Urlaub vor vier Wochen. Das überraschte Elli – hatte nicht die Nachsaison begonnen? Da war doch eigentlich mit weniger Gästen zu rechnen?

Elli hörte ein Maunzen. Barbarossa kam unter einem Auto hervor und streckte sich lang, bevor er erhabenen Schrittes zu Elli heranstolzierte, die längst in die Knie gegangen war, um den Kater zu streicheln, der jetzt um ihre Beine herumstrich. Sein Schnurren war ein leiser, tiefer Brummton. Barbarossa stupste mit seinem Kopf gegen Ellis Hand und sie kraulte ihn zwischen den Ohren. Er war einfach zu süß. Elli widmete dem Kater zwei weitere Minuten, dann stand sie auf, trotz seines vorwurfsvollen Blicks. Ihr Magen knurrte.

Sie betrat das Haus und ging, vorbei an der Rezeption, direkt in den Speiseraum. Es duftete nach Fisch und frischen Kräutern. Allerdings bemerkte Elli auf einen Blick, dass die Gäste bereits das Dessert verspeisten. Es sah sehr nach Pannacotta mit Beeren aus, und Ellis Magen zog sich fast schon schmerzhaft zusammen.

»Ciao, Elli!« Valentina hatte sie gesehen und kam sofort auf sie zu, um ihr kräftig die Hand zu schütteln. »Wie schön!«

Doch sofort nach der Begrüßung huschte ein Schatten über ihr Gesicht. »Hast du gebucht? Dann ist das untergegangen und …«

»Oh, nein, nein! Ich habe nicht gebucht«, wehrte Elli ab. »Ich wollte eigentlich zu Sandro und hoffe doch sehr, ich kann bei ihm übernachten.« Sie dachte an das gemütliche Schlafzimmer, den Eisvogel, blau und braun. Allein die Vorstellung, neben ihm aufzuwachen, war herrlich. »Aber Sandro war nicht zu Hause«, fügte sie jetzt noch hinzu. »Deswegen bin ich erst mal hier rübergekommen in der Hoffnung, noch schnell etwas zu essen zu kriegen.«

Valentina nickte. »Der Speisesaal ist heute sehr voll.«

»Ja, das seh ich. Macht nichts, ich kann ja eben noch ins Dorf gehen.«

Ein junger Mann mit zurückgekämmten Haaren versuchte, Valentina auf sich aufmerksam zu machen, indem er sein leeres Weinglas in die Luft hielt und damit winkte – wohl um ein weiteres Glas Vino bianco zu ordern. Er tat es auf so dominante und unfreundliche Weise, dass Elli Valentina dafür bewunderte, dass sie dem Gast freundlich zuwinkte und zum Zeichen, dass sie ihn verstanden hatte, nickte.

»Nein, nein«, wandte Valentina sich anschließend sofort wieder an Elli. »Schau mal raus auf die Terrasse. Da ist noch ein Plätzchen. Ich kann dir eine Decke für die Beine bringen, wenn dir zu kühl werden sollte.«

»Das ist lieb. Aber ich glaube kaum, dass ich frieren werde.« Im Gegenteil, Elli hatte das Gefühl, dass die Luft endlich angenehme Temperaturen erreichte.

»Gut. Du suchst dir ein schönes Plätzchen, und ich geh eben in die Küche. Sicher finde ich noch einen Rest Pasta. Möchtest du auch Forelle? Heute hatten wir Fisch.«

»Am liebsten würde ich einmal alles essen«, gestand Elli.

Valentina lachte. »Das ist die richtige Einstellung. Und dazu eine Weinschorle?«

»Ganz genau. Dass du dir das gemerkt hast!« Elli war überrascht; es kamen so viele Gäste in das Hotel.

»Ich merk mir das nur bei den Gästen, die ich mag.« Valentina zwinkerte Elli zu. Dann war sie auch schon hinter die Theke der Bar geeilt und goss Weißwein in ein Glas – sicher für den jungen Mann, der sich tief über den Teller mit dem Dessert beugte und es regelrecht verschlang.

»Danke, Valentina, das geht runter wie Öl.«

Valentina warf Elli eine Kusshand zu, lachte und lief mit dem Weinglas in Richtung des Mannes.

Elli durchquerte den Speiseraum. Antonellas dröhnendes Lachen drang von der Terrasse herein. Wie sich Elli auf die alte Italienerin freute, wurde ihr erst in diesem Augenblick so richtig bewusst.

»Ciao, Antonella!«, rief sie in dem Moment, wo sie hinaus auf die Terrasse trat. Dann setzte ihr Herzschlag aus.

»Sandro!« Der Mann ihres Herzens saß mit Antonella auf der Terrasse. Ein Glas dunklen, fast schwarz wirkenden Rotweins stand vor ihm auf dem Tisch. Er trug eine helle Leinenhose und ein passendes Hemd, dessen Ärmel er hochgekrempelt hatte. Sandro sah noch besser aus, als Elli ihn in Erinnerung hatte, wie er da mit lässig übereinandergeschlagenen Beinen den Abend genoss.

Antonella saß ihm gegenüber. Sie hatte gerade in schnellem Italienisch etwas gesagt, war dann aber bei Ellis Anblick einfach nur aufgesprungen und hatte die junge Frau in ihre Arme gerissen, deren Blick noch immer auf Sandro ruhte. Seine blauen Augen weiteten sich, er brauchte einen Augenblick, um zu kapieren, dass da wirklich Elli stand. Antonella küsste Elli kräftig auf die Wange und ließ sie wieder los.

»Buona sera, Elli!«

»Ellen, du bist es«, stellte er dann fest. Sie standen einander gegenüber. Sandros intensiven Blick würde Elli nie vergessen – alle Freude dieser Welt lag in seinen Augen, und das nur, weil er sie sah. Er umarmte sie nicht stürmisch. Ganz vorsichtig legte er seine Hände an Ellis Wangen und küsste sie zärtlich, als könnte er sie zerbrechen, wenn er zu wild mit ihr umginge. Elli erwiderte seinen Kuss, spürte ihn, spürte Sandro endlich wieder. Die Wärme um ihr Gesicht und die zärtlichen Lippen sprachen mehr als tausend Worte.

Dann löste Sandro sich von ihr, streichelte ihre Wangen mit seinen Daumen. Erst jetzt legte er den Arm um sie, zog sie an sich heran, und sie umarmten einander, ohne Mauern, ohne

Distanz, ganz so, als wären sie einander gerade eben noch nah gewesen – aber vermutlich waren sie das auch, weil man Distanz nicht in Kilometern, sondern in innerer Nähe misst.

»Hast du Hunger?«

Elli nickte. »Und wie!«

»Antonella, ist noch Fisch da?«, wandte er sich an Antonella, die das Paar die ganze Zeit unverwandt beobachtet hatte. Ihr Gesicht zeigte ihre tiefe Zufriedenheit.

»Natürlich. Ich geh gleich in die Küche und …«

»Musst du nicht. Valentina schaut schon nach einer Kleinigkeit zu essen für mich.«

Antonella nickte. »Sehr gut. Dann bleib ich noch fünf Minuten und trinke meinen Wein aus.«

Sie setzte sich wieder an den Tisch. »Oder störe ich euch?«

»Natürlich nicht.« Sandro rückte einen Stuhl für Elli zurecht, und sie setzte sich.

»Nein«, bestätigte auch Elli. »Ich bleibe nämlich das ganze Wochenende.« Sie erklärte noch kurz, wo Amrei war und wie sie es geschafft hatte, ein Wochenende freizuschaufeln.

Dann kam auch schon Valentina mit einem hübsch angerichteten Teller Pasta und stellte ihn gemeinsam mit der Weinschorle vor Elli ab. Oliven, Auberginen, Tomaten, Kapern – Elli begann sofort zu essen. Die erwartete Geschmacksexplosion blieb nicht aus.

Sandro und Elli waren nach dem Essen nicht mehr lange geblieben. Sie konnten ohnehin die Finger nicht voneinander lassen. Sandros Hand hatte während des Essens unter dem Tisch auf ihrem Oberschenkel gelegen, Elli sanft streichelnd. Dann war sie zu ihrem Rücken gewandert und ruhig dort verharrt. Elli war, sobald die Pasta aufgegessen war, mit ihrem Stuhl noch näher zu Sandro gerückt, und Antonella, die liebe Antonella, war tatsächlich nach fünf Minuten zurück in die Küche gegangen, sich bestimmt der Tatsache bewusst, dass sie hier gerade nicht mehr gebraucht wurde, auch wenn sie das natürlich nicht so formulierte, sondern etwas von Vorbereitungen für den nächsten Tag sagte.

Als Sandro Ellis kleinen Koffer ins Schlafzimmer trug, spürte Elli erst, wie müde sie tatsächlich war.

Er warf den Koffer achtlos aufs Bett. »Schau mal.«

Sandro ging zu der Kommode, die an der Wand rechts des Eisvogels stand. Darauf stand ein Foto, das ihn mit einer jüngeren Chiara zeigte. Er öffnete die Schublade. Sie war gähnend leer.

»Ich hab hier freigeräumt. Gleich, als du abgereist warst. Ich dachte, vielleicht kommst du mal.« Er wirkte verlegen. »Hoffentlich kommt dir das jetzt nicht zu bescheuert vor.« Sandro stand neben der Kommode und sah fast schon unheimlich jung aus, wie er sich durch die kurzen Haare strich.

Elli ging zu ihm und schloss ihn in die Arme. »Kein Stück!« Sie hatte sich selten so willkommen gefühlt wie in diesem Moment, wo sie Sandro küsste. »Aber bist du sicher, es ist ein gutes Omen, wenn Chiara über mir steht?« Es fiel ihr schwer, ein ernstes Gesicht zu machen.

Sandro räusperte sich. Er konnte Elli gerade nicht anschauen. Nein, zum Lügner taugte er wirklich nicht.

»Sie war bei mir in der Agentur, wie du weißt.«

»Oh? Sie war schon da? Und wie ist es gelaufen?«

»Na, sie hat mich erst gesehen und ist dann wieder hinausgerauscht.« Sollte Sandro ruhig für einen Moment zittern.

»Mist!« Sandro war die Enttäuschung anzusehen, als er sich aufs Bett setzte.

Nein, sie konnte ihn einfach so nicht hängen lassen. »Also, nachdem sie der Agentur den Auftrag erteilt hat, natürlich.«

Sandro schaute zu Elli auf. »Ehrlich?«

»Ja, ehrlich! Allerdings ist sie ein wenig sauer auf ihren Vater, weil er sie in eine Falle gelockt hat.« Elli versuchte, tadelnd auszusehen, was ihr nicht gelang. Dafür liebte sie Sandro in diesem Augenblick viel zu sehr. »Doch die Arbeit der Agentur hat ihr umso mehr zugesagt.« Endlich ließ Elli die Fassade fallen und lachte.

»Mensch, Ellen! Jetzt hättest du mich fast gekriegt.« Sandro sprang auf und fing Elli. Er umschloss sie mit seinen Armen und warf sie regelrecht auf das Bett, wo er begann, sie so sehr zu kitzeln, dass Elli sich kichernd unter seinen Händen wand. Ihr Koffer war längst achtlos zu Boden gefallen.

»Stopp!« Langsam ging Elli vor lauter Lachen die Luft aus. »Bitte, Gnade!«

»Ihr habt euch also verbündet, oder?« Sandro hielt Ellis Hände über ihrem Kopf fest und schenkte ihr einen weiteren Blick aus seinen einzigartigen Augen, in die sie bis ans Ende ihres Lebens verliebt sein würde.

»Möglicherweise ja. In jedem Fall geben wir einander eine Chance, glaube ich.«

Sandro nickte. »Also habe ich erreicht, was ich wollte. Sehr gut!«

Elli wollte gerade etwas dazu sagen, dass er so klug gewesen war, sogar die Tatsache vorauszusehen, dass die beiden Frauen sich verbünden würden – aber in diesem Moment küsste Sandro sie, ließ ihre Hände los und küsste sie wieder. Wie von selbst umschlossen Ellis Arme Sandro und zogen ihn auf sich. Alle Gedanken waren wie aus ihrem Hirn gefegt.

Aus Zärtlichkeit wurde schnell mehr, und Elli konnte gar nicht anders, als ihre Hand unter Sandros T-Shirt verschwinden zu lassen und seine nackte Haut zu fühlen. Gott, wie sie diesen Mann vermisst hatte! Sein Gewicht lag auf ihrem Körper, und sie spürte allzu genau, dass Sandro sich mit zärtlichen Küssen genauso wenig zufriedengeben würde wie sie selbst.

Doch dann rückte er von Elli ab und tastete mit seinen Augen auch den kleinsten Fleck ihres Gesichts ab.

»Wie schön du bist«, sagte er schließlich. »Wie unglaublich schön du bist.«

Er wartete ihre Antwort nicht ab. Es gab keine Antwort, nur seine und ihre Lust. Es gab zwei Menschen, vier Hände und eine große Leidenschaft füreinander, die Erfüllung finden wollte.

Epilog

Drei Wochen später

Antonella saß auf ihrer Bank im Garten. Die ruhigere Jahreszeit war nun doch noch im Hotel angekommen. Zwei Drittel der Zimmer waren belegt, was einen deutlich geringeren Arbeitsaufwand bedeutete, als dies normal der Fall war. Sie genoss ihren Cappuccino umso mehr, weil sie mehr Zeit hatte. Der köstliche Milchschaum in Verbindung mit dem Espresso sorgte dafür, dass sie sich entspannt auf ihrer Bank zurücklehnte und wohlig seufzte.

Aus dem Augenwinkel nahm sie eine Bewegung wahr. Barbarossa! Aber er war nicht allein.

»Bist du nicht langsam mal in dem Alter, in dem du das lassen könntest?«, warf Antonella ihrem Kater vor.

Der schaute sie aus Unschuldsaugen an, kam zu ihr hinüber und setzte sich. Dann legte er den Vogel, den er im Maul getragen hatte, vor Antonella ab. Seine Haltung verriet Jägerstolz. Ganz klar: Er erwartete Lob statt Schimpfe. Schließlich hatte er ihr ein Geschenk gebracht. Das war natürlich auch der

Italienerin klar, die sich widerwillig vorbeugte und ihm über das Köpfchen strich.

»Du weißt, dass du meine große Liebe bist. Und ich weiß, dass du es gut meinst. Aber wenn Sandro dich in seinem Garten herumstromern sieht, geht uns am Ende noch der Limoncello aus.«

Antonellas Körperhaltung straffte sich. Richtig, Sandro war ja nach München gefahren. Er meinte, er würde zwei Wochen wegbleiben. Sogar in die Firma wollte er wieder einsteigen, hatte er gesagt, zumindest in Teilzeit, um Chiara ein wenig mehr Luft im Leben zu verschaffen, wie er es formuliert hatte. Es war absehbar, dass er in naher Zukunft seinen Lebensmittelpunkt zurück nach München verlegen würde.

Antonella schaute auf die arme Amsel hinunter, die Barbarossa gerade wieder ins Maul genommen hatte, um mit seiner Beute unter der Hecke zu verschwinden. Die Italienerin stand auf. Ihr war etwas eingefallen, das sie sofort erledigen musste. In ihrem Alter vergaß sie manchmal Dinge, denen sie nicht gleich nachkam. Sie nahm ihre Kaffeetasse, ging ins Haus und stellte sie, noch halb voll, mit einem leisen Klirren auf der Theke im Speiseraum ab. Valentina war nicht da, sie machte vermutlich gerade die Betten in den Zimmern.

Zielsicher marschierte Antonella in die Küche. Es gab zwei angrenzende Räume: eine kleine Kühlung und eine Art Vorratskammer, wo sie Wein in speziellen Schränken und ihre Liköre sowie alle möglichen Lebensmittel aufbewahrte. Sie griff, ohne zu zögern, nach einer Flasche Limoncello.

Lächelnd ging sie zurück in die Küche und stellte die Flasche auf die Arbeitsfläche. An der Rezeption holte sie eine passende Schachtel und legte die Flasche hinein. Die Freiräume im Karton stopfte sie mit Zeitungspapier aus, damit nichts zu Bruch gehen konnte.

Dann holte sie noch eine Karte (warum hatte sie beim ersten Gang an die Rezeption nicht schon daran gedacht?, jetzt musste sie noch mal laufen!), schrieb eine Nachricht und legte die Karte obenauf in die Schachtel, bevor sie diese mit Klebeband verschloss. Valentina würde das Päckchen später zur Post bringen. Antonella war zufrieden, als sie noch einmal an die Worte dachte, die sie Elli geschrieben hatte. Jedes davon war wahr.

Liebe Elli!
Soweit ich weiß, hast du meinen Limoncello noch immer nicht probiert. Jetzt wird es wirklich Zeit für einen Schluck Italien. Alles Liebe für dich und Sandro, genießt den Zitronenlikör am besten gemeinsam. Ihr seid ein wunderschönes Paar, lasst euch von niemandem etwas anderes sagen.
Deine Antonella

Zufrieden ging Antonella hinter den Tresen und machte die Kaffeemaschine an. Es war an der Zeit für einen weiteren Cappuccino!